人生几度秋凉

梁实秋 著

图书在版编目（CIP）数据

人生几度秋凉 / 梁实秋著． -- 石家庄：花山文艺出版社，2018.3
　ISBN 978-7-5511-1762-3

Ⅰ．①人… Ⅱ．①梁… Ⅲ．①散文集－中国－现代 Ⅳ．① I267

中国版本图书馆CIP数据核字（2017）第271366号

书　　名：	人生几度秋凉
著　　者：	梁实秋

责任编辑：	梁东方　韩　松
责任校对：	李　鸥
美术编辑：	胡彤亮
出版发行：	花山文艺出版社（邮政编码：050061）
	（河北省石家庄市友谊北大街330号）
销售热线：	0311-88643221/29/31/32/26
传　　真：	0311-88643225
印　　刷：	北京联兴盛业印刷股份有限公司
经　　销：	新华书店
开　　本：	620×889　1/16
印　　张：	17
字　　数：	210千字
版　　次：	2018年3月第1版
	2018年3月第1次印刷
书　　号：	ISBN 978-7-5511-1762-3
定　　价：	59.50元

（版权所有　翻印必究·印装有误　负责调换）

目 录

第一辑 内心湛然，则无往而不乐

雅舍 __002　谈话的艺术 __005

骂人的艺术 __009　谈幽默 __014

学问与趣味 __017　脸谱 __020

职业 __023　结婚典礼 __027

谈友谊 __030　为什么不说实话 __034

废话 __036　文艺与道德 __039

钱的教育 __043　晒书记 __047

割胆记 __049

第二辑 生如逆旅，素履而往

沉默 __058　寂寞 __061

快乐 __064　说俭 __067

谦让 __069　守时 __072

运动 __076　廉 __079

勤 __082　怒 __084

谈礼 __086　养成好习惯 __089

孩子 __092　女人 __096

男人 __100

第三辑 心无所恃，随遇而安

读书苦？读书乐？__104

影响我的几本书__112

早起__124　下棋__127

写字__130　读画__133

漫谈读书__136

谈时间__139　独来独往__143

时间即生命__145　旅行__147

利用零碎时间__150　苦雨凄风__153

第四辑 聚散两依依，悲欢总关情

我在小学 __162

我的暑假是怎样过的 __171

清华八年 __175　六朝如梦 __204

想我的母亲 __210

我的一位国文老师 __213

记梁任公先生的一次演讲 __217

胡适先生二三事 __220

辜鸿铭先生逸事 __227

闻一多在珂泉 __229　忆冰心 __239

忆周作人先生 __250

关于老舍 __256

第一辑 内心湛然，则无往而不乐

「雅舍」非我所有，我仅是房客之一。但思「天地者万物之逆旅」，人生本来如寄，我住「雅舍」一日，「雅舍」即一日为我所有。

/ 雅舍 /

到四川来,觉得此地人建造房屋最是经济。火烧过的砖,常常用来做柱子,孤零零地砌起四根砖柱,上面盖上一个木头架子,看上去瘦骨嶙嶙,单薄得可怜;但是顶上铺了瓦,四面编了竹篦墙,墙上敷了泥灰,远远地看过去,没有人能说不像是座房子。我现在住的"雅舍"正是这样一座典型的房子。不消说,这房子有砖柱,有竹篦墙,一切特点都应有尽有。讲到住房,我的经验不算少,什么"上支下摘""前廊后厦""一楼一底""三上三下""亭子间""茅草棚""琼楼玉宇"和"摩天大厦"各式各样,我都尝试过。我不论住在哪里,只要住得稍久,对那房子便发生感情,非不得已我还舍不得搬。这"雅舍",我初来时仅求其能蔽风雨,并不敢存奢望,现在住了两个多月,我的好感油然而生。虽然我已渐渐感觉它是并不能蔽风雨,因为有窗而无玻璃,风来则洞若凉亭,有瓦而空隙不少,雨来则渗如滴漏。纵然不能蔽风雨,"雅舍"还是自有它的个性。有个性就可爱。

"雅舍"的位置在半山腰,下距马路约有七八十层的土阶。前面是阡陌螺旋的稻田。再远望过去是几抹葱翠的远山，旁边有高粱地、有竹林、有水池、有粪坑，后面是荒僻的榛莽未除的土山坡。若说地点荒凉，则月明之夕，或风雨之日，亦常有客到，大抵好友不嫌路远，路远乃见情谊。客来则先爬几十级的土阶，进得屋来仍须上坡，因为屋内地板乃依山势而铺，一面高，一面低，坡度甚大，客来无不惊叹，我则久而安之，每日由书房走到饭厅是上坡，饭后鼓腹而出是下坡，亦不觉有大不便处。

"雅舍"共是六间，我居其二。篦墙不固，门窗不严，故我与邻人彼此均可互通声息。邻人轰饮作乐，咿唔诗章，喁喁细语，以及鼾声，喷嚏声，吮汤声，撕纸声，脱皮鞋声，均随时由门窗户壁的隙处荡漾而来，破我岑寂。入夜则鼠子瞰灯，才一合眼，鼠子便自由行动，或搬核桃在地板上顺坡而下，或吸灯油而推翻烛台，或攀缘而上帐顶，或在门框桌脚上磨牙，使得人不得安枕。但是对于鼠子，我很惭愧地承认，我"没有法子"。"没有法子"一语是被外国人常常引用着的，以为这话最足代表中国人的懒惰隐忍的态度。其实我对付鼠子并不懒惰。窗上糊纸，纸一戳就破；门户关紧，而相鼠有牙，一阵咬便是一个洞洞。试问还有什么法子？洋鬼子住到"雅舍"里，不也是"没有法子"？比鼠子更骚扰的是蚊子。"雅舍"的蚊风之盛，是我前所未见的。"聚蚊成雷"真有其事！每当黄昏时候，满屋里磕头碰脑的全是蚊子，又黑又大，骨骼都像是硬的。在别处蚊子早已肃清的时候，在"雅舍"则格外猖獗，来客偶不留心，则两腿伤处累累隆起如玉蜀黍，但是我仍安之。冬天一到，蚊子自然绝迹，明年夏天——谁知道我还是住在"雅舍"！

"雅舍"最宜月夜——地势较高，得月较先。看山头吐月，红盘乍涌，一霎间，清光四射，天空皎洁，四野无声，微闻犬吠，坐客无不悄然！舍前有两株梨树，等到月升中天，清光从树间筛洒而下，地上阴影斑斓，此时尤为幽绝。直到兴阑人散,归房就寝,月光仍然逼进窗来,助我凄凉。细雨蒙蒙之际,"雅舍"亦复有趣。推窗展望,俨然米氏章法,若云若雾,一片弥漫。但若大雨滂沱,我就又惶悚不安了,屋顶湿印到处都有,起初如碗大,俄而扩大如盆,继则滴水乃不绝,终乃屋顶灰泥突然崩裂,如奇葩初绽,訇然一声而泥水下注,此刻满室狼藉,抢救无及。此种经验,已数见不鲜。

"雅舍"之陈设,只当得简朴二字,但洒扫拂拭,不使有纤尘。我非显要,故名公巨卿之照片不得入我室;我非牙医,故无博士文凭张挂壁间;我不业理发,故丝织西湖十景以及电影明星之照片亦均不能张我四壁。我有一几一椅一榻,酣睡写读,均已有着,我亦不复他求。但是陈设虽简,我却喜欢翻新布置。西人常常讥笑妇人喜欢变更桌椅位置,以为这是妇人天性喜变之一证。诬否且不论,我是喜欢改变的。中国旧式家庭,陈设千篇一律,正厅上是一条案,前面一张八仙桌,一旁一把靠椅,两旁是两把靠椅夹一只茶几。我以为陈设宜求疏落参差之致,最忌排偶。"雅舍"所有,毫无新奇,但一物一事之安排布置俱不从俗。人入我室,即知此是我室。笠翁《闲情偶寄》之所论,正合我意。

"雅舍"非我所有,我仅是房客之一。但思"天地者万物之逆旅",人生本来如寄,我住"雅舍"一日,"雅舍"即一日为我所有。即使此一日亦不能算是我有,至少此一日"雅舍"所能给予之苦辣酸甜我实躬受亲尝。刘克庄词:"客里似家家似寄。"我此时此刻卜居"雅舍","雅舍"即似我家。其实似家似寄,我亦分辨不清。

长日无俚,写作自遣,随想随写,不拘篇章,冠以"雅舍小品"四字,以示写作所在,且志因缘。

/ 谈话的艺术 /

一个人在谈话中可以采取三种不同的方式，一是独白，一是静听，一是互话。

谈话不是演说，更不是训话，所以一个人不可以霸占所有的时间，不可以长篇大论的絮聒不休，旁若无人。有些人大概是口部筋肉特别发达，一开口便不能自休，绝不容许别人插嘴，话如连珠，音容并茂。他讲一件事能从盘古开天地讲起，慢慢地进入本题，亦能枝节横生，终于忘记本题是什么。这样霸道的谈话者，如果他言谈之中确有内容，所谓"吐佳言如锯木屑，霏霏不绝"，亦不难觅取听众。在英国文人中，约翰逊博士是一个著名的例子。在咖啡店里，他一开口，老鼠都不敢叫。那个结结巴巴的高尔斯密一插嘴便触霉头。Sir Oracle 在说话，谁敢出声？约翰逊之所以被称为当时文艺界的独裁者，良有以也。学问风趣不及约翰逊者，必定是比较的语言无味，如果喋喋不已，如何令人耐得。

有人也许以为嘴只管吃饭而不做别用，对人乃钳口结舌，一言不发。这样的人也是谈话中所不可或缺的，因为谈话和演戏一样，是需要听众的,这样的人正是理想的听众。欧洲中古时代的一个严肃的教派Carthusian monks以不说话为苦修精进的法门之一,整年的不说一句话,实在不易。那究竟是方外人,另当别论,我们平常人中却也有人真能寡言。他效法金人之三缄其口,他的背上应有铭曰:"今之慎言人也。"你对他讲话,他洗耳恭听,你问他一句话,他能用最经济的辞句把你打发掉。如果你恰好也是"毋多言,多言多败"的信仰者,相对不交一言,那便只好共听壁上挂钟之滴答滴答了。钟会之与嵇康,则由打铁的叮当声来破除两人间之岑寂。这样的人现代也有,相对无言,莫逆于心,吧嗒吧嗒地抽完一包香烟,兴尽而散。无论如何,老于世故的人总是劝人多听少说,以耳代口,凡是不大开口的人总是令人莫测高深;口边若无遮拦,则容易令人一眼望到底。

谈话和作文一样,有主题、有腹稿、有层次、有头尾,不可语无伦次。写文章肯用心的人就不太多,谈话而知道剪裁的就更少了。写文章讲究开门见山,起笔最要紧,要来得挺拔而突兀,或是非常爽朗,总之要引人入胜,不同凡响。谈话亦然。开口便谈天气好坏,当然亦不失为一种寒暄之道,究竟缺乏风趣。常见有客来访,宾主落座,客人徐徐开言:"您没有出门啊?"主人除了重申"我没有出门"这一事实之外,没有法子再作其他的答话。谈公事、讲生意,只求其明白清楚,没有什么可说的。一般的谈话往往是属于"无题""偶成"之类,没有固定的题材,信手拈来,自有情致。情人们喁喁私语,总是有说不完的话题,谈到无可再谈,则"此时无声胜有声"了。老朋友们剪烛西窗,班荆道故,上下古今无不可谈,其间并无定则,只要对方不打哈欠。禅师们在谈吐间好逗机锋,不落迹象,那又是一种境界,不是我们凡夫俗子所能企望得到的。善谈和健谈不同,健谈者能使四座生春,但多少有点霸道,善谈者尽管舌灿莲花，但总还要给别人留些说话的机会。

话的内容总不能不牵涉到人，而所谓人，则不是别人便是自己。谈论别人则东家长西家短全成了上好的资料，专门隐恶扬善则内容枯燥听来乏味，揭人阴私则又有伤口德，这其间颇费斟酌。英文 gossip 一字原义是"教父母"，尤指教母，引申而为任何中年以上之妇女，再引申而为闲谈，再引申而为飞短流长，为为长舌妇。可见这种毛病由来有自，"造谣学校"之缘起亦在于是，而且是中外皆然。不过现在时代进步，这种现象已与年纪无关。谈话而专谈自己当然不会伤人，并且缺德之事经自己宣扬之后往往变成为值得夸耀之事。不过这又显得"我执"太深，而且最关心自己的事的人，往往只是自己。英文的"我"字，是大写字母的 I，有人已嫌其夸张，如果谈起话来每句话都用"我"字开头，不更显得自我本位了吗？

在技巧上，谈话也有些个禁忌。"话到口边留半句"，只是劝人慎言，却有人认真施行，真个只说半句，其余半句要由你去揣摩，好像文法习题中的造句，半句话要由你去填充。有时候是光说前半句，要你猜后半句；有时候是光说后半句，要你想前半句。一段谈话中若是破碎的句子太多，在听的方面不加整理是难以理解的。费时费事，莫此为甚。我看在谈话时最好还是注意文法，多用完整的句子为宜。另一极端是，唯恐听者印象不深，每一句话重复一遍，这办法对于听者的忍耐力实在要求过奢。谈话的腔调与嗓音因人而异，有的如破锣，有的如公鸡，有的行腔使气有板有眼，有的回肠荡气如怨如诉，有的于每一句尾加上一串咯咯的笑，有的于说完一段话之后像鲸鱼一般喷一口大气，这一切都无关宏旨，要紧的是说话的声音之大小需要一点控制。一开口便血脉偾张，声震屋瓦，不久便要力竭声嘶，气急败坏，似可不必。另有一些人的谈话别有公式,把每句中的名词与动词一律用低音,甚至变成耳语,令听者颇为吃力。有些人唾腺特别发达,三言两语之后嘴角上便积有两摊如奶油状的泡沫,于发出重唇音的时候便不免星沫四溅,真像是痰唾珠玑。人与人相处,本来易生摩擦,谈话时也要保持距离,以策安全。

/ 骂人的艺术 /

古今中外没有一个不骂人的人。骂人就是有道德观念的意思,因为在骂人的时候,至少在骂人者自己总觉得那人有该骂的地方。何者该骂,何者不该骂,这个抉择的标准,是极道德的。所以根本不骂人,大可不必。骂人是一种发泄感情的方法,尤其是那一种怨怒的感情。想骂人的时候而不骂,时常在身体上弄出毛病,所以想骂人时,骂骂何妨。

但是,骂人是一种高深的学问,不是人人都可以随便试的。有因为骂人挨嘴巴的,有因为骂人吃官司的,有因为骂人反被人骂的,这都是不会骂人的缘故。今以研究所得,公诸同好,或可为骂人时之一助乎?

(一)知己知彼

骂人是和动手打架一样的,你如其敢打人一拳,你先要自己忖度下,你吃得起别人的一拳否。这叫作知己知彼。骂人也是一样。譬如你骂他是"屈死",你先要反省,自己和"屈死"有无分别。你骂别人荒唐，你自己想想曾否吃喝嫖赌。否则别人回敬你一两句，你就受不了。所以别人有着某种短处，而足下也正有同病，那么你在骂他的时候只得割爱。

（二）无骂不如己者

要骂人须要挑比你大一点的人物，比你漂亮一点的或者比你坏得万倍而比你得势的人物。总之，你要骂人，那人无论在好的一方面或坏的一方面都要能胜过你，你才不吃亏的。你骂大人物，就怕他不理你，他一回骂，你就算骂着了。在坏的一方面胜过你的，你骂他就如教训一般，他即便回骂，一般人仍不会理会他的。假如你骂一个无关痛痒的人，你越骂他他越得意，时常可以把一个无名小卒骂出名了，你看冤与不冤？

（三）适可而止

骂大人物骂到他回骂的时候，便不可再骂；再骂则一般人对你必无同情，以为你是无理取闹。骂小人物骂到他不能回骂的时候，便不可再骂；再骂下去则一般人对你也必无同情，以为你是欺负弱者。

（四）旁敲侧击

他偷东西，你骂他是贼；他抢东西，你骂他是盗，这是笨伯。骂人必须先明虚实掩映之法，须要烘托旁衬，旁敲侧击，于要紧处只一语便得，所谓杀人于咽喉处着刀。越要骂他你越要原谅他，即便说些恭维话亦不为过，这样的骂法才能显得你所骂的句句是真实确凿，让旁人看起来也可见得你的度量。

（五）态度镇定

骂人最忌浮躁。一语不合，面红筋跳，暴躁如雷，此灌夫骂座、泼妇骂街之术，不足以骂人。善骂者必须态度镇静，行若无事。普通一般骂人，谁的声音高便算谁占理，谁来得势猛便算谁骂赢，唯真善骂人者，乃能避其锐而击其懈。你等他骂得疲倦的时候，你只消轻轻地回敬他一句，让他再狂吼一阵。在他暴躁不堪的时候，你不妨对他冷笑几声，包管你不费力气，把他气得死去活来，骂得他针针见血。

（六）出言典雅

骂人要骂得微妙含蓄，你骂他一句要使他不甚觉得是骂，等到想过一遍才慢慢觉悟这句话不是好话，让他笑着的面孔由白而红，由红而紫，由紫而灰，这才是骂人的上乘。欲达到此种目的，深刻之用词故不可少，而典雅之言词尤为重要。言词典雅则可使听者不致刺耳。如要骂人骂得典雅，则首先要在骂时万万别提起女人身上的某一部分，万万不要涉及生理学范围。骂人一骂到生理学范围以内，底下再有什么话都不好说了。譬如你骂某甲，千万别提起他的令堂令妹。因为那样一来，便无是非可言，并且你自己也不免有令堂令妹，他若回敬起来，岂非势均力敌，半斤八两？再者骂人的时候，最好不要加入以种种难堪的名词，称呼起来总要客气，即使他是极卑鄙的小人，你也不妨称他先生，越客气，越骂得有力量。骂的时节最好引用他自己的词句，这不但可以使他难堪，还可以减轻他对你骂的力量。俗话少用，因为俗话一览无遗，不若典雅古文曲折含蓄。

（七）以退为进

两人对骂，而自己亦有理屈之处，则处于开骂伊始，特宜注意，最好是毅然将自己理屈之处完全承认下来，即使道歉认错均不妨事。先把自己理屈之处轻轻遮掩过去，然后你再重整旗鼓，着着逼人，方可无后顾之忧。即使自己没有理屈的地方，也绝不可自行夸张，务必要谦逊不遑，把自己的位置降到一个不可再降的位置，然后骂起人来，自有一种公正光明的态度。否则你骂他一两句，他便以你个人的事反唇相讥，一场对骂，会变成两人私下口角，是非曲直，无从判断。所以骂人者自己要低声下气，此所谓以退为进。

（八）预设埋伏

你把这句话骂过去，你便要想想看，他将用什么话骂回来。有眼光的骂人者，便处处留神，或是先将他要骂你的话替他说出来，或是预先安设埋伏，令他骂回来的话失去效力。他骂你的话，你替他说出来，这便等于缴了他的械一般。预设埋伏，便是在他要攻击你的地方，你先轻轻地安下话根，然后他骂过来就等于枪弹打在沙包上，不能中伤。

（九）小题大做

如对方有该骂之处，而题目身小，不值一骂，或你所知不多，不足一骂，那时节你便可用小题大做的方法，来扩大题目。先用诚恳而怀疑的态度引申对方的意思，由不紧要之点引到大题目上去，处处用严谨的逻辑逼他说出不逻辑的话来，或是逼他说出合乎逻辑但不合乎理的话来，然后你再大举骂他，骂到体无完肤为止，而原来惹动你的小题目，轻轻一提便了。

（十）远交近攻

一个时候，只能骂一个人，或一种人，或一派人。绝不宜多树敌。所以骂人的时候，万勿连累旁人，即使必须牵涉多人，你也要表示好意，否则回骂之声纷至沓来，使你无从应付。

骂人的艺术，一时所能想起来的有上面十条，信手拈来，并无条理。我做此文的用意，是助人骂人。同时也是想把骂人的技术揭破一点，供爱骂人者参考。挨骂的人看看，骂人的心理原来是这样的，也算是揭破一张黑幕给你瞧瞧！

/ 谈幽默 /

幽默是 humour 的音译，译得好，音义兼顾，相当传神，据说是林语堂先生的手笔。不过幽默二字，也是我们古文学中的现成语。《楚辞·九章·怀沙》："眴兮杳杳，孔静幽默。"幽默是形容山高谷深荒凉幽静的意思，幽是深，默是静。我们现在所要谈的幽默，正是意义深远耐人寻味的一种气质，与幽默二字所代表的意思似乎颇为接近。现在大家提起幽默，立刻想起原来幽默二字的意思了。

幽默一语所代表的那种气质，在西方有其特定的意义与历史。据古代生理学，人体有四种液体：血液、黏液、黄胆液、黑胆液。这些液体名为幽默（humours），与四元素有密切关联。血似空气，湿热；黄胆液似火，干热；黏液似水，湿冷；黑胆液似土，干冷。某些元素在某一种液体中特别旺盛，或几种液体之间失去平衡，则人生病。液体蒸发成气，上升至脑，于是人之体格上的、心理上的、道德上的特点予以形成，是之谓他的脾气性格，或径名之曰他的幽默。完好的性格是没有一种幽默主宰他。乐天派的人是血气旺，善良愉快而多情。胆气粗的人易怒、焦急、顽梗、记仇。黏性人迟钝，面色苍白、怯懦。忧郁的人贪吃、畏缩、多愁善感。幽默之反常状态能进一步导致夸张的特点。在英国伊丽莎白时代，幽默一词成了人的"性格"（disposition）的代名词，继而成了"情绪"（mood）的代名词。到了一六〇〇年，常以幽默作为人物分类的准绳。从十八世纪初起，英语中的幽默一语专用于语文中之足以引人发笑的一类。幽默作家常是别具只眼，能看出人类行为之荒谬、矛盾、滑稽、虚伪、可哂之处，从而以犀利简洁之方式一语点破。幽默与警语（wit）不同，前者出之以同情委婉之态度，后者出之以尖锐讽刺之态度，而二者又常不可分辨。例如莎士比亚创造的人物之中，福斯塔夫滑稽突梯，妙语如珠，便是混合了幽默与警语之最好的榜样之一。

幽默一词虽然是英译，可是任何民族都自有其幽默。常听人说我们中国人缺乏幽默感。在以儒家思想为正统的社会里，幽默可能是不被鼓励的，但是我们看《诗经·卫风·淇奥》："善戏谑兮，不为虐兮"，谑而不虐仍不失为美德。东方朔、淳于髡，都是滑稽之雄。太史公曰："天道恢恢，岂不大哉？谈言微中，亦可以解纷。"为立《滑稽列传》。较之西方文学，我们文学中的幽默成分并不晚出，也并未被轻视。宋元明理学大盛，教人正心诚意居敬穷理，好像容不得幽默存在，但是文学作家，尤其是戏剧与小说的作者，在编写行文之际从来没有舍弃幽默的成分。几乎没有一部小说没有令人绝倒的人物，几乎没有一出戏没有小丑插科打诨。至于明末流行的笑话书之类，如冯梦龙《笑府序》所谓"古今世界一大笑府，我与若皆在其中供话柄，不话不成人，不笑不成话，不笑不话不成世界"，直把笑话与经书子史相提并论，更不必说了。我们中国人不一定比别国人缺乏幽默感，不过表现的方式容或不同罢了。

我们的国语只有四百二十个音缀，而语词不下四千（高本汉这样说）。

这就是说，同音异义的字太多，然而这正大量提供了文字游戏的机会。例如诗词里"晴""情"二字相关，俗话中生熟的"生"与生育的"生"二字相关，都可以成为文字游戏。能说这是幽默吗？在英国文学里，相关语（pun）太多了，在十六世纪时还成了一种时尚，为雅俗所共赏。文字游戏不是上乘的幽默，灵机触动，偶一为之，尚无不可，滥用就惹人厌。幽默的精义在其中所含的道理，而不在于舞文弄墨博人一粲。

所以善幽默者，所谓幽默作家（humourists），其人必定博学多识，而又悲天悯人，洞悉人情世故，自然的谈吐珠玑，令人解颐。英小说家萨克莱于一八五一年作一连串演讲，《英国十八世纪幽默作家》，刊于一八五三年，历述绥夫特、斯特恩等的思想文字，着重点皆在于其整个的人格，而不在于其支离琐碎的妙语警句。幽默引人笑，引人笑者并不一定就是幽默。人的幽默感是天赋的，多寡不等，不可强求。

王尔德游美，海关人员问他有没有应该申报纳税的东西，他说："没有什么可申报的，除了我的天才之外。"这回答很幽默也很自傲。他可以这样说，因为他确是有他一份的天才。别人不便模仿他。我们欣赏他这句话，不是欣赏他的恃才傲物，是欣赏他讽刺了世人重财物而轻才智的陋俗的眼光。我相信他事前没有准备，一时兴到，乃脱口而出，语妙天下，讥嘲与讽刺常常有幽默的风味，中外皆然。

我有一次为文，引述了一段老的故事：某寺僧向人怨诉送往迎来不胜其烦，人劝之曰："尘劳若是，何不出家？"稿成，投寄某刊物，刊物主编以为我有笔误，改"何不出家"为"何必出家"，一字之差，点金成铁。他没有意会到，反语（irony）也往往是幽默的手段。

/ 学问与趣味 /

前辈的学者常以学问的趣味启迪后生,因为他们自己实在是得到了学问的趣味,故不惜现身说法,诱导后学,使他们在愉快的心情之下走进学问的大门。例如,梁任公先生就说过:"我是个主张趣味主义的人,倘若用化学化分'梁启超'这件东西,把里头所含一种元素名叫'趣味'的抽出来,只怕所剩下的仅有个零了。"任公先生注重趣味,学问甚是渊博,而并不存有任何外在的动机,只是"无所为而为",故能有他那样的成就。一个人在学问上果能感觉到趣味,有时真会像是着了魔一般,真能废寝忘食,真能不知老之将至,苦苦钻研,锲而不舍,在学问上焉能不有收获?不过我常想,以任公先生而论,他后期的著述如历史研究法、先秦政治思想史,以及有关墨子、佛学、陶渊明的作品,都可说是他的一点"趣味"在驱使着他,可是他在年轻的时候,从师受业,诵读典籍,那时节也全然是趣味吗?作八股文,作试帖诗,莫非也是趣味吗?我想未必。大概趣味云云,是指年长之后自动作学问之时而言,在年轻时候为学问打根底之际恐怕不能过分重视趣味。学问没有根底,趣味也很难滋生。任公先生的学问之所以那样的博大精深,涉笔成趣,左右逢源,不能不说一大部分得力于他的学问根底之打得坚固。

我曾见许多年轻的朋友,聪明用功,成绩优异,而语文程度不足以达意,甚至写一封信亦难得通顺,问其故则曰其兴趣不在语文方面。又有一位,执笔为文,斐然可诵,而视数理科目如仇雠,勉强才能及格,问其故则亦曰其兴趣不在数理方面,而且他们觉得某些科目没有趣味,便撇在一边视如敝屣,怡然自得,振振有词,略无愧色,好像这就是发扬趣味主义。殊不知天下没有没有趣味的学问,端视吾人如何发掘其趣味,如果在良师指导之下按部就班地循序而进,一步一步地发现新天地,当然乐在其中,如果浅尝辄止,甚至躐等躁进,当然味同嚼蜡,自讨没趣。一个有中上天资的人,对于普通的基本的文理科目,都同样的有学习的能力,绝不会本能地长于此而拙于彼。只有懒惰与任性,才能使一个人自甘暴弃地在"趣味"的掩护之下败退。

由小学到中学,所修习的无非是一些普通的基本知识。就是大学四年,所授课业也还是相当粗浅的学识。世人常称大学为"最高学府",这名称易滋误解,好像过此以上即无学问可言。大学的研究所才是初步研究学问的所在,在这里做学问也只能算是粗涉藩篱,注重的是研究学问的方法与实习。学无止境,一生的时间都嫌太短,所以古人皓首穷经,头发白了还是在继续研究,不过在这样的研究中确是有浓厚的趣味。

在初学的阶段,由小学至大学,我们与其倡言趣味,不如偏重纪律。一个合理编列的课程表,犹如一个营养均衡的食谱,里面各个项目都是有益而必须的,不可偏废,不可再有选择。所谓选修科目也只是在某一项目范围内略有拣选余地而已。一个受过良好教育的人,犹如一个科班出身的戏剧演员,在坐科的时候他是要服从严格纪律的,唱工做工武把子都要认真学习，各种角色的戏都要完全谙通，学成之后才能各按其趣味而单独发展其所长。学问要有根底，根底要打得平正坚实，以后永远受用。初学阶段科目之最重要的莫过于语文与数学。语文是阅文达意的工具，国文不通便很难表达自己，外国文不通便很难吸取外来的新知。数学是思想条理之最好的训练。其他科目也是各有各的用处，其重要性很难强分轩轾，例如体育，从另一方面看也是重要得无以复加。总之，我们在求学时代，应该暂且把趣味放在一边，捺着性子接受教育的纪律，把自己锻炼成为坚实的材料。学问的趣味，留在将来慢慢享受一点也不迟。

/ 脸谱 /

我要说的脸谱不是旧剧里的所谓"整脸""碎脸""三块瓦"之类，也不是麻衣相法里所谓观人八法"威、厚、清、古、孤、薄、恶、俗"之类。我要谈的脸谱乃是每天都要映入我们眼帘的形形色色的活人的脸。旧戏脸谱和麻衣相法的脸谱，那乃是一些聪明人从无数活人脸中归纳出来的几个类型公式，都是第二手的资料，可以不管。

古人云"人心不同，各如其面"，那意思承认人面不同是不成问题的。我们不能不叹服人类创造者的技巧的神奇，差不多的五官七窍，但是部位配合，变化无穷，比七巧板复杂多了。对于什么事都讲究"统一""标准化"的人，看见人的脸如此复杂离奇，恐怕也无法训练改造，只好由它自然发展罢？假使每一个人的脸都像是从一个模子里翻出来的，一律的浓眉大眼，一律的虎额隆准，在排起队来检阅的时候固然甚为壮观整齐，但不便之处必定太多，那是不可想象的。

人的脸究竟是同中有异，异中有同，否则也就无所谓谱。就粗浅的经验说，人的脸大致为二种，一种是令人愉快的，一种是令人不愉快的。

凡是常态的、健康的、活泼的脸,都是令人愉快的,这样的脸并不多见。令人不愉快的脸,心里有一点或很多不痛快的事,很自然地把脸拉长一尺,或是罩上一层阴霾,但是这张脸立刻形成人与人之间的隔阂,立刻把这周围的气氛变得阴沉。假如,在可能范围之内,努力把脸上的筋肉松弛一下,嘴角上挂出一个微笑,自己费力不多,而给予人的快感甚大,可以使得这人生更值得留恋一些。我永不能忘记那永长不大的孩子潘彼得,他嘴角上永远挂着一颗微笑,那是永恒的象征。一个成年人若是完全保持一张孩子脸,那也并不是理想的事,除了给"婴儿自己药片"做商标之外,也不见得有什么用处。不过赤子之天真,如在脸上还保留一点痕迹,这张脸对于人类的幸福是有贡献的。令人愉快的脸,其本身是愉快的,这与老幼妍媸无关。丑一点、黑一点,下巴长一点,鼻梁塌一点,都没有关系,只要上面漾着充沛的活力,便能辐射出神奇的光彩,不但有光,还有热,这样的脸能使满室生春,带给人们兴奋、光明、调谐、希望、欢欣。一张眉清目秀的脸,如果恹恹无生气,我们也只好当作石膏像来看待了。

我觉得那是一个很好的游戏:早起出门,留心观察眼前活动的脸,看看其中有多少类型,有几张使你看了一眼之后还想再看?

不要以为一个人只有一张脸。女人不必说,常常"上帝给她一张脸,她自己另造一张"。不涂脂粉的男人的脸,也有"卷帘"一格,外面摆着一副面孔,在适当的时候呱嗒一声如帘子一般卷起,另露出一副面孔。"杰克博士与海德先生"(Dr.Jekyll and Mr.Hyde)那不是寓言。误入仕途的人往往养成这一套本领。对下司道貌岸然,或是面部无表情,像一张白纸似的,使你无从观色,莫测高深,或是面皮绷得像一张皮鼓,脸拉得驴般长,使你在他面前觉得矮好几尺!但是他一旦见到上司,驴脸得立刻缩短,再往瘪里一缩,马上变成柿饼脸,堆下笑容,直线条全变成曲线条，如果见到更高的上司，连笑容都凝结得堆不下来，未开言嘴唇要抖上好大一阵，脸上做出十足的诚惶诚恐之状。帘子脸是傲下媚上的主要工具，对于某一种人是少不得的。

不要以为脸和身体其他部分一样地受之父母，自己负不得责。不，在相当范围内，自己可以负责的，大概人的脸生来都是和善的，因为从婴儿的脸看来，不必一定都是颜如渥丹，但是大概都是天真无邪，令人看了喜欢的。我还没见过一个孩子带着一副不得善终的脸，脸都是后来自己作践坏了的，人们多半不体会自己的脸对于别人发生多大的影响。脸是到处都有的。在送殡的行列中偶然发现的哭丧脸，作讣闻纸色，眼睛肿得桃儿似的，固然难看。一行行的囚首垢面的人，如稻草人、如丧家犬，脸上作黄蜡色，像是才从牢狱里出来，又像是要到牢狱里去，凸着两只没有神的大眼睛，看着也令人心酸。还有一大群心地不够薄、脸皮不够厚的人，满脸泛着平价米色，嘴角上也许还沾着一点平价油，身穿着一件平价布，一脸的愁苦，没有一丝的笑容，这样的脸是颇令人不快的。但是这些贫病愁苦的脸还不算是最令人不愉快，因为只是消极得令人心里堵得慌，而且稍微增加一些营养（如肉糜之类）或改善一些环境，脸上的神情还可以渐渐恢复常态。最令人不快的是一些本来吃得饱，睡得着，红光满面的脸，偏偏带着一股肃杀之气，冷森森地拒人千里之外，看你的时候眼皮都不抬，嘴撇得瓢儿似的，冷不防抬起眼皮给你一个白眼，黑眼球不知翻到哪里去了，脖梗子发硬，脑壳朝天，眉头皱出好几道熨斗都熨不平的深沟——这样的神情最容易在官办的业务机关的柜台后面出现。遇见这样的人，我就觉得惶惑：这个人是不是昨天赌了一夜以致睡眠不足，或是接连着腹泻了三天，或是新近遭遇了什么冥凶，否则何以乖戾至此，连一张脸的常态都不能维持了呢？

/ 职业 /

职业,原指有官职的人所掌管的业务,引申为一切正当合法的谋生糊口的行当。一百二十行,乃至三百六十行,都可视为职业。纡青拖紫,服冕乘轩,固然是乐不可量的职业,引车卖浆,贩夫走卒之辈,也各有其职业。都是唛饭,唯其饭之精粗美恶不同耳。

宋沈括《梦溪笔谈》:"林君复多所乐,唯不能着棋,尝言:'吾于世间事,唯不能担粪着棋耳!'"着棋与担粪并举,盖极形容二者皆为鄙事,表示不屑之意。在如今看来,担粪是农家子不可免的劳动,阵阵的木樨香固然有得消受,但是比起某一些蝇营狗苟的宦场中人之蛇行匍匐,看上司的嘴脸,其龌龊难当之状为何如?至于弈棋,虽曰小道,亦有可观,比饱食终日言不及义要好一些,且早已成为文人雅士的消遣,或称坐稳,或谓手谈。今则有职业棋士,犹拳击之有职业拳手。着棋也是职业。

我的职业是教书,说得文雅一点是坐拥皋比,说得难听一些是吃粉笔末。其实哪有皋比可坐,课室里坐的是冷板凳。前几年我的一位学生自澳洲来，贻我袋鼠皮一张，旋又有绵羊皮一张，在寒冷时铺在我房里的一把小小的破转椅上，这才隐然似有坐拥皋比之感。粉笔末我吃得不多，只因我懒，不大写黑板。教书好歹是个职业，至于在别人眼里这是什么样的一种职业，我也管不了许多。通常一般人说教书是清高的职业，我听了就觉得惭愧。"清"应该作"清寒"解，有一阵子所谓清寒教授在逢年过节的时候可以轮流领到小小一笔钱，是奖励还是慰问，我记不得了，我也叨领过一两次，具领之际觉得有一丝寒意，清寒的寒。至于"高"，更不知从何说起了，除非是指那座高高的讲台。

有些心直口快的人对于教书的职业做较彻底的评估。记得我在抗战胜利后返回家乡，遇到一位拐弯抹角的亲戚，初次谋面不免寒暄几句，他问我"在什么地方得意"，我据实以告，在某某学校教书，他登时脸色一变，随口吐出一句真言："啊，吃不饱，饿不死。"这似是实情，但也是夸张。以我所知，一般教授固然不能像东方朔所说"侏儒饱欲死"，也不见得都像杜工部所形容的"甲第纷纷厌粱肉，广文先生饭不足"，饭还是吃饱了的，没听说有谁饿死，顶多是脸上略有菜色而已，然而我听了这样率直的形容，好像是在人面前顿时矮了一截。在这"吃不饱饿不死"状态之下，居然延年益寿，拖了几十年，直到"强迫退休"之后又若干年的今天。说不定这正是拜食无求饱之赐。

有一回应邀参加一次宴会，举座几乎尽是权门显要，已经有"衣敝缊袍与衣狐貉者立"的感觉，万没想到其中有一位却是学优而仕平步青云的旧相识，他好像是忘了他和我一样在同一学校曾经执教，几杯黄汤下肚之后，他再也按捺不住，歪头苦笑睇我而言曰："你不过是一个教书匠，胡为厕身我辈间？"此言一出，一座尽惊。主人过意不去，对我微语："此公酒后，出言无状。"其实酒后吐真言，"教书匠"一语夙所习闻，只是尊姐间很少以此直呼。按教书而能成匠，亦非易事。必须对其所学了如指掌，然后才能运用匠心教人以规矩，否则直是戾家，焉能问世？我不认为教书匠是轻蔑语。

如今在学校教书，和从前不同，像马融"坐高堂，施绛纱帐，前授生徒，后列女乐"那样的排场，固然不敢想象，就是晚近三家村的塾师动不动拿起烟袋锅子敲脑壳的威风亦不复见。我小时候给老师送束修，用大红封套，双手奉上，还要深深一揖。如今老师领薪，要自己到出纳室去，像工厂发工资一样。教师是佣工的性质。听说有些教师批改作文卷子不胜其烦，把批改的工作发包出去，大包发小包，居然有行有市。

尊师重道是一个理想，大概每年都有人口头上说一次。大学教授之"资深优良"者有奖，照章需要自行填表申请。我自审不合格，故不欲填表，但是有一年学校主事者认为此事与学校颜面有关，未征同意就代为申请了，列为是三十年资深优良教师之一。经层峰核可，颁发奖金匾额。我心里悬想，匾额之颁发或有相当仪式，也许像病家给医师挂匾，一路上吹吹打打，甚至放几声鞭炮，门口围上一些看热闹的人。我想错了。一切从简。门铃响处，一位工友满头大汗，手提一个相当大的镜框（比理发店墙上挂的大得多），问明主人姓氏，像是已经验明正身，把手中的镜框丢在地上，扬长而去。镜框里是四个大字（记不得是什么字了），有上款下款，朱印灿然。我叹息一声，把它放在我认为应该放置的地方。

教书这种职业有其可恋的地方。上课的时间少，空余的闲暇多，应付人事的麻烦少，读书进修的机会多。俗语说："讨饭三年，给知县都不做。"实在是懒散惯了，受不得拘束。教书也是如此，所以我滥竽上庠，一蹭就是几十年，直到有一天听说法令公布，六十五岁强迫退休。退休是好事，求之不得，何必强迫？我立刻办理手续，当时真有朋友涕泣以告："此事万万使不得，赶快申请延期，因为一旦退休，生活顿失常态，无法消遣，不知所措。可能闷出病来，加速你的老化。"我没听。今已退休二十年，仍觉时间不够用，一天只有二十四小时。

退休给我带来一点小小的困扰。有一年要换新的身份证。我在申请表格职业栏里除原有的"某校教授"字样下面加添一个括弧，内书"退休"二字。办事的老爷大概是认为不妥。新身份证发下，职业一栏干脆是一个"无"字。又过几年，再换身份证，办事的老爷也许也发觉不妥，在"无"字下又添了一个括弧，内书"退休"。其实职业一栏填个"无"字并不算错。本来以教书为业，既已退休，而且是当真退休，不是从甲校退休改在乙校授课，当然也就等于是无业，也可说是长期失业。只是"无业"二字，易与"游民"二字连在一起，似觉脸上无光。可是回心一想，也就释然。《大戴礼记》曾子立事第四十九："其少不讽诵，其壮不论议，其老不教诲，亦可谓无业之人矣。"我是道道地地的一个"无业之人"。

/结婚典礼/

结婚这件事,只要成年的一男一女两相情愿就成,并不需要而且不可以有第三者的参加。但是《民法》第八百九十二条规定要有公开仪式,再加上社会的陋俗(大部分似"野蛮的遗留"),以及爱受洋罪者的参酌西法,遂形成了近年来通行于中上阶级之所谓结婚典礼,又名"文明结婚",犹戏中之有"文明新戏"。婚姻大事,不可潦草,单凭父母之命、媒妁之言就把一对无辜男女捏合起来,这不叫作潦草;只因一时冲动而遂盲目地订下偕老之约,这也不叫潦草;唯有不请亲戚朋友、街坊四邻来胡吃乱叫,或不当众提出结婚人来验明正身,则谓之曰潦草,又名不隆重。假如人生本来像戏,结婚典礼便似"戏中戏",越隆重则越像。这出戏定期开演,先贴海报,风雨无阻,"撒网"敛钱,鼎惠不辞;届时悬灯结彩,到处猩红;在音乐方面则或用乞丐兼任的吹鼓手,或用卖仁丹游街或绸缎店大减价的铜乐队,或钢琴或风琴或口琴;少不了的是与演员打成一片的广大观众,内中包括该回家去养老的,该寻正当娱乐的,该受别种社会教育以及平时就该摄取营养的……演员的服装,或买或借或赁,常见的是蓝袍马褂及与环境全然不调和的一身西装大礼服,高冠燕尾,还有那短得像一件斗篷而还特烦两位小朋友牵着的那一橛子粉红纱!那出戏的尾声是,主人的腿子累得发麻,客人醉翻三五辈,门外的车夫一片叫嚣。评剧家曰:"很热闹!"

这戏的开始照例是证婚人致辞。证婚人照例是新郎的上司,或新娘家中比较拿出来最像样的贵戚。他的身份等于"跳加官",但他自己不知道,常常误会他是在做主席,或是礼拜堂里的牧师,因此他的职务成为善颂善祷,和那些在门口高叫"正念喜,抬头观,空中来了福禄寿三仙……"的叫花子是异曲而同工!他若是身通"国学",诗云子曰的一来,那就不得了,在讲易经阴阳乾坤的时候,牵纱的小朋友们就非坐在地上不可,而在人丛后面伸长颈子的那位客人,一定也会把其颈项慢慢缩回去了。我们应该容忍他,让他毕其辞,甚而至于违着良心的报之以稀稀拉拉的掌声。放心,他将得意不了几次!

介绍人要两个,仿佛从前的一男媒一女媒,其实是为站在证婚人身旁时一边一个,较有对称之美。介绍人宜于是面团团一团和气,谁见了他都会被他撮合似的。所以常害胃病的,专吃平价米的都不该入选。许多荣任介绍人的常喜欢当众宣布他们只是名义上的介绍人,新郎新娘早已就……好像是生恐将来打离婚官司时要受连累,所以特先自首似的。其实是他多虑。所谓介绍,是指介绍结婚,这是婚书上写得明明白白的,并不曾要他介绍新郎新娘认识或恋爱,所以以前的因误会而恋爱和以后的因失望而反目,其责任他原是不负的。从前俗语说,"新娘搀上床,媒人扔过墙",现在的介绍人则无须等待新娘上床便已解除职务了。

新郎新娘的"台步"是值得注意的,从这里可以看出导演者的手法。新郎应该像是一只木鸡,由两个傧相挟之而至,应该脸上微露苦相,好像做下什么坏事现在败露了要受裁判的样子,这才和身份相称。新娘走出来要像蜗牛,要像日移花影,只见她的位置移动,而不见她行走,头要垂下来,但又不可太垂,要表示出头和颈子还是连着的,扶着两个煞费苦心才寻到的不比自己美的傧相,随着一派乐声,在众目睽睽之下,由大家尽量端详。礼毕,新娘要准备迎接一阵"天雨粟",也有羼杂粮的,也有带干果的,像冰雹似的没头没脸地打过来。有在额角上被命中一颗核桃的,登时皮肉隆起如舍利子。如果有人扫拢来,无疑地可以熬一大锅"腊八粥"。还有人抛掷彩色纸条。想把新娘做成一个茧子。客人对于新娘的种种行为,由品头论足以至大闹新房,其实在《刑法》上都可以构成诽谤、侮辱、伤害、侵入私宅和有伤风化等罪名的,但是在隆重的结婚典礼里,这些丑态是属于"撑场面"一类,应该容许!

曾有人把结婚比作"蛤蟆跳井"——可以得水,但是永世不得出来。现代人不把婚姻看得如此严重,法律也给现代人预先开了方便的后门或太平梯之类,所以典礼的隆重并不发生任何担保的价值。没有结过婚的人,把结婚后幻想成为神仙的乐境,因此便以结婚为得意事,甘愿铺张,唯恐人家不知,更恐人家不来,所以往往一面登报"一切从简",一面却是倾家荡产地"敬治喜筵",以为诱饵。来观婚礼的客人,除了真有友谊的外,是来签到,出钱看戏,或真是双肩承一喙地前来就食!

我们能否有一种简便的、节俭的、合理的、愉快的结婚仪式呢?这件事需要未婚者来细想一下,已婚者就不必多费心了。

/ 谈友谊 /

朋友居五伦之末，其实朋友是极重要的一伦。所谓友谊实即人与人之间的一种良好的关系，其中包括了解、欣赏、信任、容忍、牺牲……诸多美德。如果以友谊作基础，则其他的各种关系如父子、夫妇、兄弟之类均可圆满地建立起来。当然父子兄弟是无可选择的永久关系，夫妇虽有选择余地，但一经结合便以不再仳离为原则，而朋友则是有聚有散可合可分的。不过，说穿了，父子、夫妇、兄弟都是朋友关系，不过形式性质稍有不同罢了。严格地讲，凡是充分具备一个好朋友的条件的人，他一定也是一个好父亲、好儿子、好丈夫、好妻子、好哥哥、好弟弟。反过来亦然。

我们的古圣先贤对于交友一端是甚为注重的。《论语》里面关于交友的话很多。在西方亦是如此。罗马的西塞罗有一篇著名的《论友谊》。法国的蒙田、英国的培根、美国的爱默生都有论友谊的文章。我觉得近代的作家在这个题目上似乎不大肯费笔墨了。这是不是叔季之世友谊没落的象征呢？我不敢说。

古之所谓"刎颈交",陈义过高,非常人所能企及。如 Damon 与 Pythias,Daived 与 Jonathan,怕也只是传说中的美谈罢。就是把友谊的标准降低一些,真正能称得起朋友的还是很难得。试想一想,如有银钱经手的事,你信得过的朋友能有几人?在你蹭蹬失意或疾病患难之中还肯登门拜访乃至雪中送炭的朋友又有几人?你出门在外之际对于你的妻室弱媳肯加照顾而又不照顾得太多者又有几人?再退一步,平素投桃报李,莫逆于心,能维持长久于不坠者,又有几人?总角之交,如无特别利害关系以为维系,恐怕很难在若干年后不变成为路人。富兰克林说:"有三个朋友是最忠实可靠的——老妻、老狗和现款。"妙的是这三个朋友都不是朋友。倒是亚里士多德的一句话最干脆:"我的朋友们啊!世界上根本没有朋友。"这句话近于愤世嫉俗,事实上世界里还是有朋友的,不过虽然无须打着灯笼去找,却是像沙里淘金而且还需要长时间地洗炼。一旦真铸成了友谊,便会金石同坚,永不退转。

大抵物以类聚,人以群分。臭味相投,方能永以为好。交朋友也讲究门当户对,纵不必像九品中正那么严格,也自然有个界线。"同学少年多不贱,五陵裘马自轻肥",于"自轻肥"之余还能对着往日的旧游而不把眼睛移到眉毛上边去吗?汉光武容许严子陵把他的大腿压在自己的肚子上,固然是雅量可风,但是严子陵之毅然决然地归隐于富春山,则尤为知趣。朱洪武写信给他的一位朋友说:"朱元璋做了皇帝,朱元璋还是朱元璋……"话自管说得很漂亮,看看他后来之诛戮功臣,也就不免令人心悸。人的身心构造原是一样的,但是一入宦途,可能发生突变。孔子说,"无友不如己者"。我想一来只是指品学而言,二来只是说不要结交比自己坏的,并没有说一定要我们去高攀。友谊需要两造,假如双方都想结交比自己好的,那就永远交不起来。

好像是王尔德说过,"一个男人与一个女人之间是不可能有友谊存在的"。就一般而论,这话是对的,因为男女之间如有深厚的友谊,那友谊容易变质,如果不是心心相印,那又算不得是友谊。过犹不及,那分际是很难把握的。忘年交倒是可能的。祢衡年未二十,孔融年已五十,便相交友,这样的例子史不绝书。但似乎以同性为限。并且以我所知,忘年交之形成固有赖于兴趣之相近与互相之器赏,但年长的一方面多少需要保持一点童心,年幼的一方面多少需要显着几分老成。老气横秋则令人望而生畏,轻薄儇佻则人且避之若浼。单身的人容易交朋友,因为他的情感无所寄托,漂泊流离之中最需要一个一倾积愫的对象,可是等到他有红袖添香稚子候门的时候,心境就不同了。

"君子之交淡若水",因为淡所以不腻,才能持久。"与朋友交,久而敬之。"敬也就是保持距离,也就是防止过分的亲昵。不过"狎而敬之"是很难的。最要注意的是,友谊不可透支,总要保留几分。Mark Twain 说:"神圣的友谊之情,其性质是如此的甜蜜、稳定、忠实、持久。可以终生不渝,如果不开口向你借钱。"这真是慨乎言之。朋友本有通财之谊,但这是何等微妙的一件事!世上最难忘的事是借出去的钱,一般认为最倒霉的事又莫过于还钱。一牵涉钱,恩怨便很难清算得清楚,多少成长中的友谊都被这阿堵物所戕害!

规劝乃是朋友中间应有之义,但是谈何容易。名利场中,沆瀣一气,自己都难以明辨是非,哪有余力规劝别人?而在对方则又良药苦口忠言逆耳,谁又愿意让别人批他的逆鳞?规劝不可当着第三者的面前行之,以免伤他的颜面,不可在他情绪不宁时行之,以免逢彼之怒。孔子说:"忠告而善道之,不可则止。"我总以为劝善规过是友谊的消极的作用。

友谊之乐是积极的。只有神仙与野兽才喜欢孤独，人是要朋友的。"假如一个人独自升天，看见宇宙的大观，群星的美丽，他并不能感到快乐，他必要找到一个人向他述说他所见的奇景，他才能快乐。"共享快乐，比共受患难，应该是更正常的友谊中的趣味。

/ 为什么不说实话 /

听一个朋友说起一个有趣的故事,这是个老故事,但我是初次听见,所以以为有趣。他说:

有一家酒店,隔壁住着好几个酒徒,酒徒竟偷酒喝,偷酒的方法是凿壁成穴,以管入酒缸而吸饮之,轮流吸饮,每天夜晚习以为常。酒店老板初而惊讶酒浆损失之巨,继而暗叹酒徒偷饮技术之精,终乃思得报复之道。老板不动声色,入晚于置酒缸之处改置小便桶一,内中便溺洋溢,不可向迩。夜深人静,酒徒又来吮饮,争先恐后,欲解馋吻。用尽力一吸,饱尝异味,挤眉咧嘴,汩汩自喉而下,刚要声张,旋思我若声张,别人必不再来上当,我独自吃亏,岂不太冤枉乎?有亏大家吃。于是乎连呼:"好酒!好酒!"而退,乙继之,亦同样上当,亦同样不肯独自上当,亦连呼"好酒!好酒!"而退。丙丁戊己,循序而饮,以至于全体酒徒均得分润。事毕环立,相视而笑。

我听过这个故事之后,心里有一点儿明白为什么有些人不肯说老实话。有些人宁愿自己吃亏,宁愿跟着别人吃亏,宁愿套引别人跟着他吃亏,而也不愿意把自己所实感的坦白直说出来。因为说出来之后，别人就不再吃亏，而他自己就显得特别委屈。别人和他同样的吃亏，他就觉得有人陪着他吃亏了，不冤枉了。

我又想：万一其中有一个心直口快，把老实话脱口而出，这个人将要受怎样的遭遇呢？我想这个人是不受欢迎的，并且还要受到诅咒，尤其是那些已经饮过小便而貌作饮过醇酿的人必定要骂这个人是个呆瓜！

要下水，大家拖下水。谁也不说老实话。说老实话就是呆瓜！

这种心理，到处皆然，要不得！

/ 废话 /

常有客过访,我打开门,他第一句话便是:"您没有出门?"我当然没有出门,如果出门,现在如何能为你启门?那岂非是活见鬼?他说这句话也不是表讶异。人在家中乃寻常事,何惊诧之有?如果他预料我不在家才来造访,则事必有因,发现我竟在家,更应该不露声色,我想他说这句话,只是脱口而出,没有经过大脑,犹如两人见面不免说一句"今天天气……"之类的话,聊胜于两个人都绷着脸一声不吭而已。没有多少意义的话就是废话。

人不能不说话,不过废话可以少说一点。十一世纪时罗马天主教会在法国有一派僧侣,专主苦修冥想,是圣·伯鲁诺所创立,名为Carthusians,盖因地而得名,他的基本修行方法是不说话,一年到头的不说话。每年只有到了将近年终的时候,特准交谈一段时间,结束的时刻一到,尽管一句话尚未说完,大家立刻闭起嘴巴。明年开禁的时候,两人谈话的第一句往往是"我们上次谈到……"一年说一次话,其间准备的时光不少,废话一定不多。

梁武帝时，达摩大师在嵩山少林寺，终日面壁，九年之久，当然也不会随便开口说话，这种苦修的功夫实在难能可贵。明莲池大师《竹窗随笔》有云："世间酽醯醇醴，藏之弥久而弥美者，皆繇封锢牢密不泄气故。古人云：'二十年不开口说话，向后佛也奈何你不得。'旨哉言乎！"一说话就怕要泄气，可是这一口气憋二十年不泄，真也不易。监狱里的重犯，常被判处独居一室，使无说话机会，是一种惩罚。畜生没有语言文字，但是也会发出不同的鸣声表示不同的情意。人而不让他说话，到了寂寞难堪的时候真想自言自语，甚至说几句废话也是好的。

可是说话自由的时候，还是少说废话为宜。"群居终日，言不及义，难矣哉！"那便是废话太多的意思。现代的人好像喜欢开会，一开会就不免有人"致辞"，而致辞者常常是长篇大论，直说得口燥舌干，也不管听者是否恹恹欲睡欠伸连连。《孔子家语》："庙堂右阶之前，有金人焉，三缄其口，而铭其背曰：'古之慎言人也。'"能慎言，当然于慎言之外不会多说废话。三缄其口只是象征，若是真的三缄其口，怎么吃饭？

串门子闲聊天，已不是现代社会所允许的事，因为大家都忙，实在无暇闲磕牙。不过也有在闲聊的场合而还侈谈本行的正经事者，这种人也讨厌。最可怕的是不经预先约定而闯上门来的长舌妇或长舌男，他们可以把人家的私事当作座谈的资料。某人资产若干，月入多少，某人芳龄几何，美容几次，某人帷薄不修，某人似有外遇……说得津津有味，实则有伤口业的废话而已。

行文也最忌废话。"朱子语类"里有两段文字：

> 欧公文，亦多是修改到妙处。顷有人买得他醉翁亭稿。初说滁州四

面有山，凡数十字，末后改定，只曰"环滁皆山也"五字而已。如寻常不经思虑，信意所作言语，亦有绝不成文理者，不知如何。

南丰过荆襄，后山携所作以谒之。南丰一见爱之，因留款语，适欲作一文字，事多，因托后山为之，且授以意。后山文思亦涩，穷日之力方成，仅数百言，明日以呈南丰。南丰云："大略也好，只是冗字多，不知可分略删动否？"后山因请改窜。但见南丰就座，取笔抹数处，每抹处连一两行，便以授后山，凡削去一二百字。后山读之，则其意尤完，因叹服，遂以为法，所以后山文字简洁如此。

前一段说的是欧阳修的《醉翁亭记》。开端第一句"环滁皆山也"，不说废话，开门见山，是从数十字中删汰而来。后一段记的是陈后山为文数百言，由曾巩削去一二百个冗字，而文意更为完整无瑕。凡为文者皆须知道文字须要锻炼，简言之，就是少说废话。

/文艺与道德/

在美国的《新闻周刊》上看到这样一段新闻：

"且来享受醇酒妇人，尽情欢笑；明天再喝苏打水，听人讲道。"这是英国诗人拜伦（一七八八年至一八二四年）的句子，据说他不仅这样劝别人，他自己也彻底地接受了他自己的劝告；他和无数的情人缱绻，许多的丑闻使得这位面貌姣好头发鬈曲的诗人，死后不得在西敏寺内获一席地，几近一百五十年之久。一位教会长老说过，拜伦的"公然放浪的行为"和他的"不检的诗篇"使他不具有进入西敏寺的资格。但是"英格兰诗会"以为这位伟大的浪漫作家，由于他的诗和"他对于社会公道与自由之经常的关切"，还是应该享有一座纪念物的，西敏寺也终于改变了初衷，在"诗人角"里，安放了一块铜牌来纪念拜伦。那"诗人角"是早已装满了纪念诗人们的碑牌之类，包括诸大诗人如莎士比亚、弥尔顿、巢塞、雪莱、济慈，甚至还有一位外国诗人名为朗费洛的在内。

这样的一条新闻实在令人感慨万千。拜伦是英国的一位浪漫诗人，在行为与作品上都不平凡，"一觉醒来，名满天下"，他不但震世骇俗，他也愤世嫉俗，"不是英格兰不适于我，便是我不适于英格兰"，于是怫然出国，遨游欧土，卒至客死异乡，享年不过三十有六。他生不见容于重礼法的英国社会，死不为西敏寺所尊重，这是可以理解的事。一百五十年后，情感被时间冲淡，社会认清了拜伦的全部面貌，西敏寺敞开了它的严封固扃的大门，这一事实不能不使我们想一想，文艺与道德究竟是怎样的一种关系。

有人说，文艺与道德没有关系。一位厨师，只要善于调和鼎鼐，满足我们的口腹，我们就不必追问他的私生活中有无放荡逾检之处。这一比喻固很巧妙，但并不十分允洽。因为烹调的成品，以其色香味供我们欣赏，性质简单。而文艺作品之内容，则为人生的写照，人性的发挥，我们不仅欣赏其文词，抑且受其内容的感动，有时为之逸兴遄飞，有时为之回肠荡气。我们纵然不问作者本人的道德行为，却不能不理会文艺作品本身所涵蓄着的道德意味。人生的写照，人性的发挥，永远不能离开道德。文艺与道德不可能没有关系。进一步说，口腹之欲的满足也并非是饮食之道的极致；快我朵颐之外，也还要顾到营养健康。文艺之于读者的感应，其间更要引起道德的影响与陶冶的功能。

所谓道德，其范围至为广阔，既不限于礼教，更有异于说教。吾人行事，何者应为，抉择之间端在一心，那便是道德价值的运用。悲天悯人，民胞物与的精神，也正是道德的高度表现。以拜伦而论，他的私人行为有许多地方诚然不足为训，但是他的作品却常有鼓舞人心向上的力量，也常有令人心胸开阔的妙处。他赞赏光荣的历史，他同情被压迫的人民，那一份激昂慷慨的精神，百余年之后仍然虎虎有生气，使得西敏寺的主持人不能不心回意转,终于奉献给他那一份积欠已久的敬意。在伟大作品照耀之下,作者私人生活的玷污终被淡忘,也许不是谅恕,这是不是英国人聪明的地方呢?我们中国人礼教的观念很强,以为一个人私德有亏,便一无是处,我们是不容易把人品和作品分开来的,而且"文人无行"的看法也是很普遍的,好像一个人一旦成为文人,其品行也就不堪闻问,甚至有些文人还有意的不肯敦品,以为不如此不能成其为文人。

文艺的题材是人生,所以文艺永远含有道德的意味;但是文艺的功用是不是以宣扬道德为最重要的一项呢?在西洋文学批评里,这是一个老问题。罗马的何瑞士采取一种折中的态度,以为文学一面供人欣赏,一面教训,所谓寓教训于欣赏。近代纯文学的观念则是倾向于排斥道德教训于文艺之外。我们中国的传统看法,把文艺看成为有用的东西,多少是从实用的观点出发,并不充分承认其本身价值。从孔子所说"诗可以兴,可以观,可以群,可以怨,迩之事父,远之事君,多识于鸟兽草木之名"起,以至于周敦颐所谓之"文以载道",都是把文艺当作教育工具看待,换言之,就是强调文艺之教育的功能,当然也就是强调文艺之道德的意味。直到晚近,文艺本身价值才逐渐被人认识,但是开明如梁任公先生的《小说与群治之关系》,仍未尽脱传统的功利观念的范围。我国的戏剧文学未能充分发达的原因之一,便是因为社会传统过分重视戏剧之社会教育价值。劝忠说孝,没有人反对;旧日剧院舞台两边柱上都有惩恶奖善性质的对联,可惜的是编剧的人受了束缚,不能自由发展,而观众所能欣赏到的也只剩了歌腔身段。戏剧有社会教育的功能,但戏剧本身的价值却不尽在此。文艺与道德有密切的关系,但那关系是内在的,不是目的与手段之间的主从关系。我们可以利用戏剧而从事社会教育,例如破除迷信,扫除文盲,以至于促进卫生,保密防谍,都可以透过戏剧的方式把主张传播给大众。但是我们必须注意，这只是借用性质，借用就是借用，不是本来用途。

　　文艺作品里有情感、有思想，可是里面的思想往往是很难捉摸的，因为那思想与情感交织在一起，而且常是不自觉偶然流露出来的。文艺作家观察人生，处理他选定的题材，自有他独特的眼光，他不会拘于成见，他也不会唯他人之命是从，他不可能遗世独立，把文艺与道德完全隔离，亦不可能忘却他的严肃的"观察人生，并且观察人生全体"之神圣使命。

/ 钱的教育 /

乌托邦的作者告诉我们说,在理想的国里,小孩子拿金钱当作玩具,孩子们可以由性地大把地抓钱,顺手丢来丢去地玩。其用意在使孩子把金钱看成司空见惯的东西,久之便会觉得金钱这东西稀松平常,长大了之后自然也就不会过分地重视金钱,贪吝的毛病也就可以不至于犯了。这理想恐怕终归是个理想吧?小孩子没有不喜欢耍枪弄棒的,长大之后更容易培养出尚武的精神;小孩子没有不喜欢飞机模型的,长大之后很可能对航空发生很大的兴趣。所以幼习俎豆,长大便成圣贤,这种故事不能不说有几分道理。小时候在钱堆里打滚,大了便不爱钱,这道理我却不敢深信。

事实上一般小孩子们所受的关于钱的教育,都是培养他对于钱的爱好。我们小时候,玩的不是钱,而常常是装钱的扑满。门口过来了一个小贩,吆喝着:"小盆儿啊小罐儿啊!"往往不经我们的请求,大人就给买一个瓦制的小扑满。大人告诉我们把钱一个个地放进那个小孔里面,积着,积着,积满了之后噗的一声摔碎,便可以有笔大钱。那一笔钱做什么用？从来没有人告诉我们。以我个人而论，我拿到一个扑满之后，我却是被这个古怪的玩意儿所诱惑了，觉得怪有趣的，恨不得能立刻把它填满，我憧憬着将来有一天摔碎它时的那种快乐。我手里难得有钱，钱是在父亲屋里的大木柜里锁着的，我手里的钱只有三种来源：一是过年时的压岁钱，或是客人来时给的红纸包的钱；一是自己生辰家里长辈给的钱；一是从每日点心费里积攒下来的节余。有一点儿富余的钱，便急忙投进扑满，当的一声，怪好玩儿的。起初我对于这小小的储蓄银行很感兴趣，不时地取出来摇摇，从那个小孔往里面窥看。但是不久我就恍然，我是被骗了，因为我在想买冰糖葫芦或是糯米藕的时候，才明白那扑满里的钱是无法取出来用的，那窟窿太小，倒是倒不出来，用刀子拨也拨不出来，要摔又不敢，我开始明白这不是一个玩具，这是一个强迫储蓄的一种陷阱。金钱这东西为什么是那样的宝贵，必须如此周密地储藏起来呢？扑满并没有给我养成储蓄的美德，它反倒帮助我对于钱发生一种神秘的感觉。

有人主张绝对不给孩子们任何零钱，一切糖果玩具都已准备齐全，当然无从令孩子们去学习挥霍的本领。铜臭是越晚沾染人的双手越好。可是这种办法也有时效的限制，一离开家之后任何孩子都会立刻感觉到钱的重要。我小的时候，每天上学口袋里放两个铜板，到学校可以买两套烧饼油条做早点吃，我本来也没有别的其他欲望。但是过了两天，学校门口来了一个卖糯米藕的小贩，围了一圈的小顾客，我挤进去一看，那小贩正在一片一片地切着一橛赭中带紫的东西，像是藕，可是孔里又塞着东西，切好之后浇一小勺红糖汁和一小勺桂花，令人馋涎欲滴！我咽了一口唾沫之后退出来了。第二天仗着胆子去买一碟尝尝，却料不到起码要四个铜板才肯卖。我忍了两天没吃早点换到了一碟这个无名的美味。这是我有生以来第一次感觉到钱的用处，第一次感觉到没有钱的苦处。我相当地了解了钱的神秘。

钱的用处比较容易明白，钱从什么地方来，便比较难以了解。父母的柜子里、皮包里，不断地有钱的补充。但是从哪里来的呢？有人主张用实验的方法教导孩子：不工作便没有钱。于是他们鼓励孩子们服务，按服务的多寡优劣而付给报酬。芟除庭草，一角钱；汲水浇花，一角钱；看家费，一角钱；投邮费，一角钱……这种办法有好处，可以让孩子知道钱不是白给的，是劳动换来的。但是也有流弊，"没有钱便不工作"。我看见过很多人家的孩子，不给钱便不肯写每天一页的大字，不给钱便死抱着桌腿不肯上学，不给钱便撒泼打滚不给你一刻安静的工夫去睡午觉。这样，钱的报酬的功用已经变成为贿赂的功用了！"没有钱便不工作"，这原则并不错，不过在家庭里应用起来，便抹煞了人与人之间的情分，似乎是太早地戕贼了人的性灵了。

如果把钱的教育写成一本大书，我想也不过是上、下两卷，上卷是钱怎样来，下卷是钱怎样去。

钱怎样来，只能由上一辈的人做一个榜样给下一辈的人看。示范的作用很大，孩子们无须很早的就实习。如果一个人的人生观和宇宙观都是从钱的方孔里望出去的，我相信他的孩子们一定会有一套拜金主义的心理。如果一个人用各种欺骗舞弊的方法把钱弄到家里而并不脸红，而且扬扬得意地自诩为能，甚而给孩子们也分润一点儿油水，我想这也就是很有效的一种教育，孩子长大必定也会有从政经商的全副的本领。所谓家学渊源，在这一方面也应用得上。讲到钱的去处，孩子们的意见永远不会和上一辈的相同，年轻人总觉得父母把钱系在肋骨上，每个大钱拿下来都是血淋淋的。钱永远没有足够的时候。正当的用钱的方法，是可以从小就加以训练的。有人主张，一个家庭的经济应该对孩子们公开，月底召开一次家庭会议，懂事的孩子们全都到席，家长报告账目和预算，让大家公开讨论。在这民主的形式之下，孩子们会养成一种自尊。大姐姐本来吵着买大衣，结果会自动放弃，移作弟弟妹妹买皮鞋用，大哥哥本来争着要置自行车，结果也会自动放弃，移作冬天买煤之用。这是良好习惯的养成。钱用在比较最需要的地方去。钱不但满足自己的物质的需要，钱还要顾及自己的内心的平安。这样的用钱的方法，值得一试。孩子们不一定永远是接受命令，他也可以理解。

/ **晒书记** /

《世说新语》:"郝隆七月七日,出日中仰卧,人问其故,曰:'我晒书。'"

我曾想,这位郝先生直挺挺地躺在七月的骄阳之下,晒得浑身滚烫,两眼冒金星,所为何来?他当然不是在做日光浴,书上没有说他脱光了身子。他本不是刘伶那样的裸体主义者。我想他是故作惊人之状,好引起"人问其故",他好说出他的那一句惊人之语"我晒书"。如果旁人视若无睹,见怪不怪,这位郝先生也只好站起来拍拍衣服上的灰尘而去。郝先生的意思只是要向侪辈夸示他的肚里全是书。书既装在肚里,其实就不必晒。

不过我还是很羡慕郝先生之能把书藏在肚里。至少没有晒书的麻烦。我很爱书,但不一定是爱读书。数十年来,书也收藏了一点,可是并没有能尽量地收藏到肚里去。到如今,腹笥还是很俭。所以读到《世说新语》这一则,便有一点惭愧。

先严在世的时候,每次出门回来必定买回一包包的书籍。他喜欢研究的主要是小学，旁及于金石之学，积年累月，收集渐多。我少时无形中亦感染了这个嗜好，见有合意的书即欲购来而后快。限于资力学力，当然谈不到什么藏书的规模。不过汗牛充栋的情形却是体会到了，搬书要爬梯子，晒一次书要出许多汗，只是出汗的是人，不是牛。每晒一次书，全家老小都累得气咻咻然，真是天翻地覆的一件大事。见有衣鱼蛀蚀，先严必定蹙额太息，感慨地说："有书不读，叫蠹鱼去吃也罢。"刻了一颗小印，曰"饱蠹楼"，藏书所以饱蠹而已。我心里很难过，家有藏书而用以饱蠹，子女不肖，贻先人羞。

丧乱以来，所有的藏书都弃置在家乡，起先还叮嘱家人要按时晒书，后来音信断绝也就无法顾到了。仓皇南下之日，我只带了一箱书籍，辗转播迁，历尽艰苦。曾穷三年之力搜购杜诗六十余种版本，因体积过大亦留在大陆。从此不敢再做藏书之想。此间炎热，好像蠹鱼繁殖特快，随身带来的一些书籍竟被蛀蚀得体无完肤，情况之烈前所未有。日前放晴，运到阶前展晒，不禁想起从前在家乡晒书，往事历历，如在目前。南渡诸贤，新亭对泣，联想当时确有不得不然的道理在。我正在佝偻着背，一册册地拂拭，有客适适然来，看见阶上阶下五色缤纷的群籍杂陈，再看到书上蛀蚀透背的惨状，对我发出轻微的嘲笑道："读书人竟放任蠹虫猖狂乃尔！"我回答说："书有未曾经我读，还需拿出暴晒，正有愧于郝隆；但是造物小儿对于人的身心之蛀蚀，年复一年，日益加深，使人意气消沉，使人形销骨毁，其惨烈恐有甚于蠹鱼之蛀书本者。人生贵适意，蠹鱼求一饱，两俱相忘，何必戚戚？"客嘿然退。乃收拾残卷，抱入室内。而内心激动，久久不平，想起饱蠹楼前趋庭之日，自惭老大，深愧未学，忧思百结，不得了脱，夜深人静，爰濡笔为之记。

/割胆记/

"胆结石?没关系,小毛病,把胆割去就好啦!赶快到医院去。下午就开刀,三天就没事啦!"——这是我的一位好心的朋友听说我患胆结石之后对我所说的一番安慰兼带鼓励的话。假如这结石是生在别人的身上,我可以完全同意他的看法,可惜这结石是生在我的这只不争气的胆里,而我对于自己身上的任何零件都轻易不肯割爱。

一九六二年五月二十二日,我清晨照例外出散步,回来又帮着我的太太提了二十几桶水灌园浇花,也许劳累了些,随后就胃痛起来。这一痛,不似往常的普通胃痛,真正的是如剜如绞,在床上痛得翻跟头,竖蜻蜓,呼天抢地,死去活来。医生来,说是胆结石症(Cholelithiasis),打过针后镇定了一会儿,随后又折腾起来。熬过了一夜,第二天我就进了医院——中心诊所。

除了胃痛之外,我还微微发热,这是胆囊炎(Cholecystitis)的征象。在这情形之下,如不急剧恶化,宜先由内科治疗等到体温正常,健康复原之后再择吉开刀。X光照相显示,我的胆特别大,而且形状也特别,位置也异常。我的胆比平常人的大两三倍。通常是梨形，上小底大，我只是在越王勾践"卧薪尝胆图"上看见过。我的胆则形如扁桃。胆的位置是在腹部右上端，而我的胆位置较高，高三根肋骨的样子。我这扁桃形的胆囊，左边一半堆满了石头，右边一半也堆满了石头，数目无法计算。做外科手术，最要紧的是要确知患部的位置，而那位置最好是能相当暴露在容易动手处理的地方。我的胆的部位不太好。别人横斜着挨一刀，我可能要竖着再加上一刀，才能摘取下来。

感谢内科医师们，我的治疗进行得非常顺利，使紧急开刀成为不必需。七天后我出院了。医师嘱咐我，在体力恢复到最佳状态时，向外科报到。这是一个很令人为难的处境。如果在病发的那一天，立刻就予以宰割，没有话说，如今要我把身体养得好好的再去从容就义，那很不是滋味。这种外科手术叫作"间期手术"（interval operation），是比较最安全可靠的。但是对病人来讲，在精神上很紧张。

关心我的朋友们也开始紧张了。主张开刀派与主张不开刀派都言之成理，但是我没有法子能同时听从两面的主张。"去开刀罢，一劳永逸，若是不开也不一定就出乱子，可是有引起黄疸病的可能，也可能导致肝癌，而且开刀也很安全，有百分之九十几的把握。如果迁延到年纪再大些，开刀就不容易了……"——这一套话很有道理。"要慎重些的好，能不开还是不开，年纪大的人要特别慎重，医师的话要听但亦不可全听，专家的知识可贵，常识亦不可忽视……"这一套话也很中听。

这时节报纸上刊出西德新发明专治各种结石特效药的广告，不用开刀，吃下药去即可将结石融化，或使大者变小，小者排出体外。这种药实在太理想了！可是一细想这样神奇的药应该经由临床实验，应该由医学机构证明推荐，何必花费巨资在报纸上大登广告？良好的医师都不登广告，良好的药品似乎也无须大吹大擂。我不但未敢尝试，也未敢向医师提起这样的神药。

中医有所谓偏方，据说往往有奇效。四年前我发现有糖尿症，我明知道这病症是终身的，无法根治，但是好心的朋友们坚持要我喝玉黍须煮的水，我喝了一百天，结果是病未好，不过也没有坏。这次我患胆结石，从三个不同的来源来了三个偏方，核对之下内容完全一样，有一个特别注明为"叶天士秘方"。叶天士大名鼎鼎，无人不知，这秘方满天飞，算不得怎样秘了。处方如下：

白术二钱　　白芍二钱　　白扁豆二钱炒　　黄蓍二钱炙
茯苓二钱　　甘草二钱　　生姜五片　　　　红枣二枚

就是不懂岐黄之术的人也可以看得出来这不是一服霸道的药。吃几服没有关系，有益无损，只怕叶天士未必肯承认是他的方子而已。

又有朋友老远地寄给我一包药草，说是山胞在高山采摘的专治结石的特效药，他的母亲为了随时行善特地在庭园栽植了满满的一畦。像是菊花叶似的，味苦。神农尝百草，不知他尝过这草没有。不过据说多少人都服了见效，一块块的石头都消灭于无形，病霍然愈。

各种偏方，无论中西，都能给怕开刀的人以精神上的安慰，有时也能给病人以灵验的感觉。因为像胆结石这样的病，即使不服任何药物，也会渐渐平伏下去，不过什么时候再来一次猛烈的袭击就不得而知。可能这一生永不再发，也可能一年半载之后又大发特发，甚至一发不可收拾。所以拖延不是办法。或是冒险而开刀，或是不开刀而冒险，二者必取其一。我自内科治疗之后，体力复元很慢，一个月后体温始恢复正常，然后迁延复迁延，同时又等候着秋凉，而长夏又好像没有尽止似的燠热，秋凉偏是不来。这样的我熬过于五个月，身体上没有什么苦痛，精神上可受了折磨。胆里含着一包石头，就和肚里怀着鬼胎差不多，使得人心里七上八下的不得安宁。好容易挨到十月底，凉风起天末，中心诊所的张先林主任也从美国回来了，我于二十二日入院接受手术。

二十二日那一天，天高气爽，我携带一个包袱，由我的太太陪着，准时于上午八点到达医院报到，好像是犯人自行投案一般。没有敢惊动朋友们，因为开刀的事无论如何也不能算是喜事，而且刀尚未开，谁也不敢说一定会演变成为丧事，既不在红白喜事之列，自然也不必声张。可是事后好多朋友都怪我事前没有通知。五个月前的旧地重游，好多的面孔都是熟识的。我的心情是很坦然的，来者不怕，怕者不来，既来之则安之。我担心的是我的太太，我怕她受不住这一份紧张。

我对开刀是有过颇不寻常的经验的。二十年前我在四川北碚割盲肠，紧急开刀。临时把外科主任请来，他在发疟疾，满头大汗。那时候除了口服的Sulfanilamide之外还没有别的抗生素。手术室里蚊蝇乱舞，两位护士不住地挥动拍子防止蚊蝇在伤口下蛋。手术室里一灯如豆，而且手术正在进行时突然停电，幸亏在窗外伫立参观手术的一位朋友手里有一只二英尺长的大型手电筒，借来使用了一阵。在这情形之下完成了手术，七天拆线，紧跟着发高热，白细胞激增，呈昏迷现象，于是医师会诊，外科说是感染了内科病症，内科说是外科手术上出了毛病，结果是二度开刀打开看看以释群疑。一看之下，谁也没说什么，不再缝口，塞进一卷纱布，天天洗脓，足足仰卧了一个多月，半年后人才复原。所以提起开刀，我知道是怎样的滋味。

但是我忽略了一个事实。二十年来，医学进步甚为可观，而且此时此地的人才与设备，也迥异往昔。事实证明，对于开刀前前后后之种种顾虑，全是多余的。二十二日这一天，忙着做各项检验，忙得没有工夫去胡思乱想。晚上服一颗安眠药，倒头便睡。翌日黎明，又服下一粒Morphine Atroprin，不大工夫就觉得有一点飘飘然、忽忽然、软爬爬的、懒洋洋的，好像是近于"不思善，不思恶"那样的境界，心里不起一点杂念，但是并不是湛然寂静，是迷离恍惚的感觉。就在这心理状态下，于七点三十分被抬进手术室。想象中的手术前之紧张恐怖，根本来不及发生。

剖腹，痛事也。手术室中剖腹，则不知痛为何物。这当然有赖于麻醉剂。局部麻醉，半身麻醉，全身麻醉，我都尝受过，虽然谈不上痛苦，但是也很不简单。我记得把醚（ether）扣在鼻子上，一滴一滴地往上加，弄得腮帮嘴角都湿漉漉的，嘴里"一、二、三……"应声数着，我一直数到三十几才就范，事后发现手腕扣紧皮带处都因挣扎反抗而呈瘀血状态。我这一回接受麻醉，情形完全不同。躺在冰凉梆硬的手术台上，第一件事是把氧气管通到鼻子上，一阵清凉的新鲜空气喷射了出来，就好像是在飞机乘客座位旁边的通气设备一样。把氧气和麻醉剂同时使用是麻醉术一大进步，病人感觉至少有舒适之感。其次是打葡萄糖水，然后静脉注射一针，很快地就全身麻醉了，妙在不感觉麻醉药的刺激，很自然很轻松地不知不觉地丧失了知觉，比睡觉还更舒服。以后便是撬开牙关，把一根管子插入肺管，麻醉剂由这管子直接注入肺里去，在麻醉师控制之下可以知道确实注入了多少麻醉剂，参看病人心脏的反应而予以适当的调整。这其间有一项危险，不牢固的牙齿可能脱落而咽了下去；我就有两颗动摇的牙齿，多亏麻醉师王大夫（学仕）为我悉心处理，使我的牙齿一点也没受到影响。

手术是由张先林先生亲自实行的，由俞瑞璋、苑玉玺两位大夫协助。张先生的学识经验，那还用说？去年我的一位朋友患肾结石，也是张先生动的手术，他告诉我张先生的手不仅是快，而且巧。肉窟窿里面没有多少空间让手指周旋，但是他的几个手指在里面运用自如，单手就可以打个结子。我在八时正式开刀，十时抬回了病房。在我，这就如同睡了一觉，大梦初醒，根本不知过了多久，亦不知发生了什么事。猛然间听得耳边有人喊我，我醒了，只觉得腰腹之间麻木凝滞，好像是梆硬的一根大木橛子横插在身体里面，可是不痛。照例麻醉过后往往不由自主地吐真言。我第一句话据说是："石头在哪里？石头在哪里？"由鼻孔里插进去抽取胃液的橡皮管子，像是一根通心粉，足足地抽了三十九小时才撤去，不是很好受的。

我的胆是已经割下来了，我的太太过去检观，粉红的颜色，皮厚有如猪肚，一层层地剖开，里面像石榴似的含着一大堆湿黏乌黑的石头。后来用水漂洗，露出淡赭色，上面有红蓝色斑点，石质并不太坚，一按就碎，大者如黄豆，小者如芝麻，大小共计一百三十三颗，装在玻璃瓶里供人参观。石块不算大，数目也不算多，多的可达数百块，而且颜色普通，没有鲜艳的色泽，也不清莹透彻，比起以戒定慧熏修而得的佛舍利，当然相去甚远。胆不是一个必备的器官，它的职务只是贮藏胆液并且使胆液浓缩，浓缩到八至十倍。里面既已充满石头，它的用处也就不大，割去也罢。高级动物大概都有胆，不过也有没有胆的，所以割去也无所谓。割去之后，立刻感觉到腹腔里不再东痛西痛。

朋友们来看我，我就把玻璃瓶送给他看。他们的反应不尽相同，有的说："啊哟，这么多石头，你看，早就该开刀，等了好几个月，多受了多少罪！"有的说："啊哟，这么多石头，当然非开刀不可，吃药是化不了的!"有的说:"啊哟,这么多石头,可以留着种水仙花!"有的说:"啊哟,这么多石头,外科医师真是了不起!"随后便是我或繁或简地叙述割胆的经过,垂问殷勤则多说几句,否则少说几句。

第二天早晨护士小姐催我起来走路。才坐起来便觉得头晕目眩、心悸气喘,勉强下床两个人搀扶着绕走了一周。但是第三天不需扶持了,第四天可以绕室数回,第五天可以外出如厕了。手术之后立即进行运动的办法,据说是由于我们中国伤兵在第二次世界大战中所表现的惊人的成效而确立的。我们的伤兵于手术之后不肯在床上僵卧,常常自由活动,结果恢复得特别快,这给了医术人员一个启示。不知这说法有无根据?

我在第九天早晨,大摇大摆地提着包袱走出医院,回家静养。一出医院大门,只见一片阳光,照耀得你睁不开眼,不禁暗暗叫道:"好漂亮的新鲜世界!"

第二辑

生如逆旅,素履而往

在这种境界中,我们可以在想象中翱翔,跳出尘世的渣滓,与古人同游。所以我说,寂寞是一种清福。

/沉默/

我有一位沉默寡言的朋友。有一回他来看我,嘴边绽出微笑,我知道那就是相见礼,我肃客入座,他欣然就席。我有意要考验他的定力,看他能沉默多久,于是我也打破我的习惯,我也守口如瓶。二人默对,不交一语,壁上的时钟滴答滴答的声音特别响。我忍耐不住,打开一听香烟递过去,他便一支接一支地抽了起来,吧嗒吧嗒之声可闻。我献上一杯茶,他便一口一口地翕呷,左右顾盼,意态萧然。等到茶尽三碗,烟罄半听,主人并未欠伸,客人兴起告辞,自始至终没有一句话。这位朋友,现在已归道山,这一回无言造访,我至今不忘。想不到"闻所闻而来,见所见而去"的那种六朝人的风度,于今之世,尚得见之。

明张鼎思《琅琊代醉编》有一段记载:"刘器之待制对客多默坐,往往不交一谈,至于终日。客意甚倦,或谓去,辄不听,至留之再三。有问之者,曰:'人能终日危坐,而不欠伸欹侧,盖百无一二,其能之者必贵人也。'以其言试之,人皆验。"可见对客默坐之事,过去亦不乏其例。不过所谓"主贵"之说，倒颇耐人寻味，所谓贵，一定要有一副高不可攀的神情，纵然不拒人千里之外，至少也要令人生莫测高深之感，所以处大居贵之士多半有一种特殊的本领，两眼望天，面部无表情，纵然你问他一句话，他也能听若无闻，不置可否。这样的人，如何能不贵？因为深沉的外貌，正好掩饰内部的空虚，这样的人最宜于摆在庙堂之上。《孔子家语》明明地写着，孔子："入太祖后稷之庙，庙堂右阶之前有金人焉，三缄其口，而铭其背曰：'古之慎言人也。'"这庙堂右阶的金人，不是为市井细民做榜样的。

謇谔之臣，骨鲠在喉，一吐为快，其实他是根本负有诤谏之责，并不是图一时之快。鸡鸣犬吠，各有所司，若有言官而箝口结舌，宁不有愧于鸡犬？至于一般的仁人君子，没有不愤世忧时的，其中大部分悯默无言，但有间或也有"宁鸣而死，不默而生"的人，这样的人可使当世的人为之感喟，为之击节，他不能全名养寿，他只能在将来历史上享受他应得的清誉罢了。在有"不发言的自由"的时候而甘愿放弃这一项自由，这也是个人的自由。在如今这个时代，沉默是最后的一项自由。

有道之士，对于尘劳烦恼早已不放在心上，自然更能欣赏沉默的境界。这种沉默，不是话到嘴边再咽下去，是根本没话可说，所谓"知者不言，言者不知"。世尊在灵山会上，拈花示众，众皆寂然，唯迦叶破颜微笑，这会心微笑胜似千言万语。莲池大师说得好："世间醅醯醇醴，藏之弥久而弥美者，皆繇封锢牢密不泄气故。古人云：'二十年不开口说话，向后佛也奈何你不得。'旨哉言乎！"二十年不开口说话，也许要把口闷臭，但是语言道断之后，性水澄清，心珠自现，没有饶舌的必要。基督教Carthusian教派也是以沉默静居为修行法门，经常彼此不许说话。

"此中有真意,欲辨已忘言。"

庄子说:"吾安得夫忘言之人,而与之言哉?"现在想找真正懂得沉默的朋友,也不容易了。

/ 寂寞 /

寂寞是一种清福。我在小小的书斋里,焚起一炉香,袅袅的一缕烟线笔直地上升,一直戳到顶棚,好像屋里的空气是绝对的静止,我的呼吸都没有搅动出一点波澜似的。我独自暗暗地望着那条烟线发怔。屋外庭院中的紫丁香还带着不少嫣红焦黄的叶子,枯叶乱枝的声响可以很清晰地听到,先是一小声清脆的折断声,然后是撞击着枝干的磕碰声,最后是落到空阶上的拍打声。这时节,我感到了寂寞。在这寂寞中我意识到了我自己的存在——片刻的孤立的存在。这种境界并不太易得,与环境有关,但更与心境有关。寂寞不一定要到深山大泽里去寻求,只要内心清净,随便在市廛里、陋巷里,都可以感觉到一种空灵悠逸的境界,所谓"心远地自偏"是也。在这种境界中,我们可以在想象中翱翔,跳出尘世的渣滓,与古人同游。所以我说,寂寞是一种清福。

在礼拜堂里我也有过同样的经验。在伟大庄严的教堂里,从彩画玻璃窗透进一股不很明亮的光线,沉重的琴声好像是把人的心都洗淘了一番似的,我感到了我自己的渺小。这渺小的感觉便是我意识到我自己存在的明证。因为平常连这一点点渺小之感都不会有的!

我的朋友萧丽先生卜居在广济寺里,据他告诉我,在最近一个夜晚,月光皎洁,天空如洗,他独自踱出僧房,立在大雄宝殿的石阶上,翘首四望,月色是那样的晶明,蓊郁的树是那样的静止,寺院是那样的肃穆,他忽然顿有所悟,悟到永恒,悟到自我的渺小,悟到四大皆空的境界。我相信一个人常有这样的经验,他的胸襟自然豁达辽阔。

但是寂寞的清福是不容易长久享受的。它只是一瞬间的存在。世界有太多的东西不时地提醒我们,提醒我们一件煞风景的事实:我们的两只脚是踏在地上的呀!一只苍蝇撞在玻璃窗上挣扎不出,一声"老爷太太可怜可怜我这个瞎子罢",都可以使我们从寂寞中间一头栽出去,栽到苦恼烦躁的旋涡里去。至于"催租吏"一类的东西打上门来,或是"石壕吏"之类的东西半夜捉人,其足以使人败兴生气,就更不待言了。这还是外界的感触,如果自己的内心先六根不净,随时都意马心猿,则虽处在最寂寞的境地里,他也是慌成一片、忙成一团,六神无主,暴躁如雷,他永远不得享受寂寞的清福。

如此说来,所谓寂寞不即是一种唯心论,一种逃避现实的现象吗?也可以说是。一个高韬隐遁的人,在从前的社会里还可以存在,而且还颇受人敬重,在现在的社会里是绝对的不可能。现在似乎只有两种类型的人了,一是在现实的泥溷中打转的人,一是偶然也从泥溷中昂起头来喘口气的人。寂寞便是供人喘息的几口新空气。喘几口气之后还得耐心地低头钻进泥溷里去。所以我对于能够昂首物外的举动并不愿再多苛责。逃避现实,如果现实真能逃避,吾寤寐以求之!有过静坐经验的人该知道,最初努力把握着自己的心,叫它什么也不想,而是多么困难的事！那是强迫自己入于寂寞的手段，所谓参禅入定完全属于此类。我所赞美的寂寞，稍异于是。我所谓的寂寞，是随缘偶得，无须强求，一霎间的妙悟也不嫌短，失掉了也不必怅惘。但是我有一刻寂寞，我要好好地享受它。

/ 快乐 /

天下最快乐的事大概莫过于做皇帝。"首出庶物，万国咸宁。"至不济可以生杀予夺，为所欲为。至于后宫粉黛三千，御膳八珍罗列，更是不在话下。清乾隆皇帝，"称八旬之觞，镌十全之宝"，三下江南，附庸风雅。那副志得意满的神情，真是不能不令人兴起"大丈夫当如是也"的感喟。

在穷措大眼里，九五之尊，乐不可支。但是试起古今中外的皇帝于地下，问他们一生中是否全是快乐，答案恐怕相当复杂。西班牙国王拉曼三世（Abder Rahman III，960）说过这么一段话：

我于胜利与和平之中统治全国约五十年，为臣民所爱戴，为敌人所畏慎，为盟友所尊敬。财富与荣誉，权力与享受，呼之即来，人世间的福祉，从不缺乏。在这情形之中，我曾勤加计算，我一生中纯粹的真正幸福日子，总共仅有十四天。

御宇五十年，仅得十四天真正幸福日子。我相信他的话。宸谟睿略，日理万机，很可能不如闲云野鹤之怡然自得。于此我又想起从一本英语教科书上读到一篇寓言。题目是"一个快乐人的衬衫"。某国王，端居大内，抑郁寡欢，虽极耳目声色之娱，而王终不乐。左右纷纷献计，有一位大臣言道：如果在国内找到一位快乐的人，把他的衬衫脱下来，给国王穿上，国王就会快乐。王趣其言，于是使者四出寻找快乐的人。访遍了朝廷显要，朱门豪家，人人都有心事，家家都有一本难念的经，都不快乐。最后找到一位农夫，他耕罢在树下乘凉，裸着上身，大汗淋漓。使者问他："你快乐吗？"农夫说："我自食其力，无忧无虑！快乐极了！"使者大喜，便索取他的衬衣。农夫说："哎呀！我没有衬衣。"这位农夫颇似我们的禅门之"一丝不挂"。

常言道，"境由心生"，又说"心本无生因境有"。总之，快乐是一种心理状态。内心湛然，则无往而不乐。吃饭睡觉，稀松平常之事，但是其中大有道理。大珠《顿悟入道要门论》："有源律师来问：'和尚修道，还用功否？'师曰：'用功。'曰：'如何用功？'师曰：'饥来吃饭，困来即眠。'曰：'一切人总如是，同师用功否？'师曰：'不同。'曰：'何故不同？'师曰：'他吃饭时不肯吃饭，百种须索，睡时不肯睡，千般计较。所以不同也。'律师杜口。"可是修行到心无挂碍，却不是容易事。

我认识一位唯心论的学者，平素昌言意志自由，忽然被人绑架，系于暗室十有余日，备受凌辱，释出后他对我说："意志自由固然不诬，但是如今我才知道身体自由更为重要。"常听人说烦恼即菩提，我们凡人遇到烦恼只是深感烦恼，不见菩提。

快乐是在心里，不假外求，求即往往不得，转为烦恼。叔本华的哲学是：苦痛乃积极的实在的东西，幸福快乐乃消极的根本不存在的东西。所谓快乐幸福乃是解除苦痛之谓。没有苦痛便是幸福。再进一步看，没有苦痛在先，便没有幸福在后。梁任公先生曾说："人生最快乐的事，莫过于看着一件工作的完成。"在工作过程之中，有苦恼也有快乐，等到大功告成，那一份"如愿以偿"的快乐便是至高无上的幸福了。

有时候，只要把心胸敞开，快乐也会逼人而来。这个世界，这个人生，有其丑恶的一面，也有其光明的一面。良辰美景，赏心乐事，随处皆是。智者乐水，仁者乐山。雨有雨的趣，晴有晴的妙，小鸟跳跃啄食，猫狗饱食酣睡，哪一样不令人看了觉得快乐？就是在路上、在商店里、在机关里，偶尔遇到一张笑容可掬的脸，能不令人快乐半天？有一回我住进医院里，僵卧了十几天，病愈出院，刚迈出大门，陡见日丽中天，阳光普照，照得我睁不开眼，又见市廛熙攘，光怪陆离，我不由得从心里欢叫起来："好一个艳丽盛装的世界！"

"幸遇三杯酒美，况逢一朵花新？"我们应该快乐。

/ 说俭 /

俭是我们中国的一项传统的美德。老子说他有三宝,其中之一就是"俭","俭故能广"。《易·否》:"君子以俭德辟难。"书,太甲上:"慎乃俭德,唯怀永图。"《墨子·辞过》:"俭节则昌,淫逸则亡。"都是说俭才能使人有远大的前途,长久的打算,安稳的生活,古训昭然,不需辞费。读书人尤其喜欢以俭约自持,纵然显达,亦不欲稍涉骄溢,极端的例如正考父为上卿,饘粥以糊口,公孙弘位在三公,犹为布被,历史上都传为美谈。大概读书知礼之人,富在内心,应不以处境不同而改易其操守。佛家说法,七情六欲都要斩尽杀绝,俭更不成其为问题。所以,无论从哪一种伦理学说来看,俭都是极重要的一宗美德,所谓"俭,德之共也"就是这个意思。不过,理想自理想,事实自事实,侈靡之风亦不自今日始。一千年前的司马温公在他著名的《训俭示康》一文里,对于当时的风俗奢侈即已深致不满。"走卒类士服,农夫蹑丝履",他认为是怪事。士大夫随俗而靡,他更认为可异。可见美德自美德,能实践的人大概不多。也许正因为风俗奢侈,所以这一项美德才有不时地标出的必要。

在西洋，情形好像是稍有不同。柏拉图的"共和国"，列举"四大美德"（Cardinal Virtues），而俭不在其内，后来罗马天主教会补列三大美德，俭亦不包括在内。当然基督教主张生活节约，这是众所熟知的。有人问 Thomas à Kempis（《效法基督》的作者）："你是过来人，请问和平在什么地方？"他回答说："在贫穷、在退隐、在与上帝同在。"不过这只是为修道之士说法，其境界不是一般人所能企及的。西洋哲学的主要领域是它的形而上学部分，伦理学不是主要部分，这是和我们中国传统迥异其趣的。所以在西洋，俭的观念一向是很淡薄的。

西洋近代工业发达，人民生活水准亦因之而普遍提高。物质享受方面，以美国为最。美国是个年轻的国家，得天独厚，地大物博，人口稀少，秉承了欧洲近代文明的背景，而又特富开拓创造的精神，所以人民生活特别富饶，根本没有"饥荒心理"存在。美国人只要勤，并不要俭。有一分勤劳，即有一分收获；有一分收获，即有一分享受。美国的《独立宣言》明白道出其立国的目标之一是"追求幸福"，物质方面的享受当然是人生幸福中的一部分。"一箪食，一瓢饮"，在我们看是君子安贫乐道的表现，在美国人看是落伍的理想，至少是中古的禁欲派的行径。美国人不但要尽量享受，而且要尽量设法提前享受，分期付款制度的畅行，几乎使得人人经常的负上债务。

奢与俭本无明确界限，在某一时某一地并无亏于俭德之事，在另一时另一地即可构成奢侈行为。我们中国地大而物不博，人多而生产少，生活方式仍宜力持俭约。像美国人那样的生活方式，固可羡慕，但是不可立即模仿。

/ 谦让 /

谦让仿佛是一种美德，若想在眼前的实际生活里寻一个具体的例证，却不容易。类似谦让的事情近来似很难得发生一次。就我个人的经验说，在一般宴会里，客人入席之际，我们最容易看见类似谦让的事情。

一群客人挤在客厅里，谁也不肯先坐，谁也不肯坐首座，好像"常常登上座，渐渐入祠堂"的道理是人人所不能忘的。于是你推我让，人声鼎沸。辈分小的，官职低的，垂着手远远地立在屋角，听候调遣。自以为有占首座或次座资格的人，无不攘臂而前，拉拉扯扯，不肯放过他们表现谦让的美德的机会。有的说："我们叙齿，你年长！"有的说："我常来，你是稀客！"有的说："今天非你上座不可！"事实固然是为让座，但是当时的声浪和唾沫星子却都表示像在争座。主人觍着一张笑脸，偶然插一两句嘴，作鹭鸶笑。这场纷扰，要直到大家的兴致均已低落，该说的话差不多都已说完，然后急转直下，突然平息，本就该坐上座的人便去就了上座，并无苦恼之象，而往往是显着踌躇满志顾盼自雄的样子。

我每次遇到这样谦让的场合，便首先想起聊斋上的一个故事：一伙人在热烈地让座，有一位扯着另一位的袖子，硬往上拉，被拉的人硬往后躲，双方势均力敌，突然间拉着袖子的手一松，被拉的那只胳臂猛然向后一缩，胳臂肘尖正撞在后面站着的一位驼背朋友的两只特别凸出的大门牙上，咔吱一声，双牙落地！我每忆起这个乐极生悲的故事，为明哲保身起见，在让座时我总躲得远远的。等风波过后，剩下的位置是我的，首座也可以，坐上去并不头晕，末座亦无妨，我也并不因此少吃一嘴。我不谦让。

考让座之风之所以如此地盛行，其故有二。第一，让来让去，每人总有一个位置，所以一面谦让，一面稳有把握。假如主人宣布，位置只有十二个，客人却有十四位，那便没有让座之事了。第二，所让者是个虚荣，本来无关宏旨，凡是半径都是一般长，所以坐在任何位置（假如是圆桌）都可以享受同样的利益。假如明文规定，凡坐过首席若干次者，在铨叙上特别有利，我想让座的事情也就少了。我从不曾看见，在长途公共汽车车站售票的地方，如果没有木制的长栅栏，而还能够保留一点谦让之风！因此我发现了一般人处世的一条道理，那便是：可以无须让的时候，则无妨谦让一番，于人无利，己无损；在该让的时候，则不谦让，以免损己；在应该不让的时候，则必定谦让，于己有利，于人无损。

小时候读到孔融让梨的故事，觉得实在难能可贵，自愧弗如。一只梨的大小，虽然是微屑不足道，但对于一个四五岁的孩子，其重要或者并不下于一个公务员之心理盘算简、万、委。有人猜想，孔融那几天也许肚皮不好，怕吃生冷，乐得谦让一番。我不敢这样妄加揣测。不过我们要承认，利之所在，可以使人忘形，谦让不是一件容易的事。孔融让梨的故事，发扬光大起来，确有教育价值，可惜并未发生多少实际的效果：今之孔融，并不多见。

谦让作为一种仪式，并不是坏事，像天主教会选任主教时所举行的仪式就蛮有趣。就职的主教照例地当众谦逊三回，口说"nolocpiscopari"意即"我不要当主教"，然后照例地敦促三回终于勉为其难了。我觉得这样的仪式比宣誓就职之后再打通电声明固辞不获要好得多。谦让的仪式行久了之后，也许对于人心有潜移默化之功，使人在争权夺利奋不顾身之际，不知不觉地也举行起谦让的仪式。可惜我们人类的文明史尚短，潜移默化尚未能奏大效，露出原始人的狰狞面目的时候要比雍雍穆穆地举行谦让仪式的时候多些。我每次从公共汽车售票处杀进杀出，心里就想先王以礼治天下，实在有理。

/ 守时 /

《史记》五十五留侯世家,记载圯上老人授书张良的故事,甚为生动:"后五日平明,与我会此。良因怪之,跪曰:'诺。'五日平明,良往,父已先在,怒曰:'与老人期,后何也?'去曰:'后五日早会。'五日鸡鸣,良往,父又先在,复怒曰:'后何也?'去曰:'后五日复早来。'五日良夜未半往。有顷,父亦来,喜曰:'当如是。'"

老人与良约会三次。第一次平明为期,平明就是天刚亮,语义相当含糊,天亮到什么程度才算是平明,本难确定。"东方未明"是一阶段,"东方未晞",又是一阶段,等到东方天际泛鱼肚色则又是一阶段。良平明往,未落日出之后,就不算是迟到。老人发什么脾气?说什么"与老人期"之倚老卖老的话?第二次约,时间更不明确,只说早一点去。良鸡鸣往,"鸡既鸣矣",就是天明以前的一刹那,事实上已经提早到达,还嫌太晚。第三次良夜未半往,夜未半即是午夜以前,这一次才满老人意。既然如此,为什么不早明说,虽然这是老人有意测验年轻人的耐性,但也不必这样蛮不讲理地折磨人。有人问我,假如遇见这样的一个老人做何感想,我说我愿效禅师的说法:"大喝一声,一棒打杀!"

黄石公的故事是神话。不过守时却是古往今来文明社会共有的一个重要的道德信念。远古的时候问题简单,日出而作,日入而息,根本没有精确的时间观念,而且人与人要约的事恐怕也不太多。《易·系辞》所谓"日中为市,致天下之民,聚天下之货,交易而退,各得其所",不失为大家在时间上共立的一个标准,晚近的庙会市集,也还各有其约定俗成的时期规格。自从有了漏刻,分昼夜为百刻,一天之内才算有正确时间可资遵循。周有挚壶氏,自唐至清有挈壶正,是专管时间的官员。沙漏较晚,制在元朝。到了近年,也还有放午炮之说。现代的准确计时之器,如钟表之类,则是明季的舶来品,"明万历二十八年,大西洋人利玛窦来献自鸣钟"(《续通考·乐考》),嗣后自鸣钟在国内就大行其道。我小时候在三贝子花园畅观楼内,尚及见清朝洋人所贡各式各样的自鸣钟,金光灿烂,洋洋大观。在民间几乎家家案上正中央都有一架自鸣钟,用一把钥匙上弦,昼夜按时刻叮叮当当地响。外国人家墙上常见的鹧鸪钟,一只小鸟从一个小门跳出来报时,在国内尚比较少见。好像我们老一辈的中国人特别喜爱钟表,除了背心上特缝好几个小衣袋专放怀表之外,比较富裕的人家墙上还常有一个硬木螺钿玻璃门的表柜,里面挂着二三十只形形色色的表,金的、银的、景泰蓝的、闷壳的,甚至背面壳里藏有活动秘戏图的,非如此不足以餍其收藏癖。至于如今的手表(实际是腕表)则高官大贾以至贩夫走卒无不备有一只了。

普遍地有了计时的工具,若是大家不知守时,又有何用?普通的衙门机关之类都定有办公时间,假如说是八点开始,到时候去看看,就会知道那是怎么一回事。大抵较低级的人员比较最守时,虽然其中难免有几位忙着在办事桌上吃豆浆油条。首长及高级人员大概就姗姗来迟了，他们还有一套理由，只有到了十点左右办稿拟稿逐层旅行的公文才能到达他们手里，早去了没有用。至于下班的时间，则大家多半知道守时，眼巴巴地望着时钟，谁也不甘落后。

和民众接触最频繁的莫过于银行、邮局，可是在门前逡巡好久，进门烧头炷香的顾客不见得立刻就能受理，往往还要伫候一阵子，因为柜台后面的先生小姐可能很忙，忙着打开保险柜，忙着搬运文件，忙着清理卡片，忙着数钞票，忙着调整戳印，甚至于忙着泡茶，件件都需要时间。顾客们要少安毋躁。

朋友宴客，有一两位照例迟到，一碟瓜子大家都快嗑完了，主人急得团团转，而那一两位客偏不来。按说"后至者诛"才是正理，但是后至者往往正是主客或是贵宾，所以必须虚上席以待。旧日戏园演戏，只有两盏汽油灯为照明之具，等到名角出台亮相，则几十盏电灯一齐照耀，声势非凡。有迟到之癖的客人大概是以名角自居，迟到之后不觉得歉然，反倒有得色。而迟到的人可能还要早退，表示另有一处要应酬，也许只是虚晃一招，实际是回家吃碗蛋炒饭。

要守时，但不一定要分秒不差，那就是苛求了。但也不能距约定时间太远，甲欲访乙，先打电话过去商洽，这是很有礼貌的行为，甲问什么时候驾临，乙说马上就去。问题就出在这"马上"二字，甲忘了钉问是什么马，是"竹披双耳峻，风入四蹄轻"的胡马，还是"皮干剥落，毛暗萧条"的瘦马，是练习纵跃用的木马，还是渡过了康王的泥马。和人要约，害得对方久等，揆诸时间即生命之说，岂是轻轻一声抱歉所能赎其罪愆？

守时不是容易事，要精神总动员。要不要先整其衣冠，要不要携带什么,要不要预计途中有多少红灯,都要通过大脑盘算一下。迟到固然不好,早到亦非万全之策,早到给自己找烦恼,有时候也给别人以不必要的窘。黄石公那段故事是例外,不足为训。记得莎士比亚有一句戏词:"赴情人约,永远是早到。"情人一心一意地在对方身上,不肯有分秒的延误,同时又怕对方忍受枯守之苦,所以"月上柳梢头,人约黄昏后",老早地就去等着,"月移花影动,疑是玉人来"了。

我们能不能推爱及于一切邀约,大家都守时?

/运动/

大概是李鸿章罢,在出使的时候道出英国,大受招待,有一位英国的皇族特别讨好,亲自表演网球赛,以娱嘉宾,我们的特使翎顶袍褂地坐在那里参观,看得眼花缭乱,那位皇族表演完毕,气咻咻然,汗涔涔然,跑过来问大使表演如何,特使戚然曰:"好是好,只是太辛苦,为什么不雇两个人来打呢?"我觉得他答得好,他充分地代表了我们国人多少年来对于运动的一种看法。看两个人打球,是很有趣味的,如果旗鼓相当,砰一声打过来,砰一声打过去,那趣味是不下于看斗鸡、斗鹌鹑、斗蟋蟀。人多少还有一点蛮性的遗留,喜欢站在一个安逸的地方看别个斗争,看到紧急处自己手心里冷津津地捏着两把汗,在内心处感觉到一种轻松。可是自己参加表演,就犯不着累一身大汗,何苦来哉?摔跤的,比武的,那是江湖卖艺者流,士君子所不取。虽然相传自黄帝时候就有"蹴鞠"之戏,可是自汉唐以降我们还不知道谁是蹴球健将,我看了《水浒传》才知道宋朝一个"浮浪破落户子弟""高俅那厮""最是踢得好脚气球"。我们自古以来就讲究雍容揖让,纵然为了身体的健康,做一点运动,也要有分寸，顶多不过像陶侃之"日运百甓"，其用意也无非是习劳，并不曾想把身体锻炼得健如黄犊。

士大夫阶级太文明了、太安逸了，固然肢体都要退化，有变成侏儒的危险，肩不能挑担，手不能提篮，有变为废物的可能，但是在另一方面所谓的广大民众又嫌太劳苦了，营养不足，疲劳过度，吃不饱，睡不足，一个个的面如削瓜，身体畸形发展，抬轿的肩膀上头有一块红肿的肉隆起如驼峰，挑水的脚筋上累累的疙瘩如瘿木，担石头的空手走路时也佝偻着腰像是个猿人，拉车子的鸡胸驼背，种庄稼的胼手胝足——对于这一般人我们实在不愿意再提倡运动，我们要提倡的是生活水准的提高，然后他们可以少些运动。对于躺着吃饭坐着蹲臁的朋友们，我们可以因势利导劝他们行八段锦太极拳，大概不会发生什么大危险，对于天天在马路上赛跑的人力车夫们，田径赛是多余的。

外国人保留的蛮性要比我们多一些，也许是因为他们去古未远的缘故。看他们打架的方式就可以知道，一言不合，便是直接行动，看谁的胳臂力量大，不像我们之善于口角，干打雷不下雨。外国人的运动方式也多少和野蛮人的生活方式有些关联。我看过美国人赛足球，事前的准备不必提，单说比赛前夕的那个"鼓勇会"（Pep Meeting）就很吓人，在旷地燃起一堆烽火，大家围着火旋转叫嚣，熊熊的火光在每人的脸上照出一股"血丝糊拉"的狞恶相，队员被高高地举起在肩头上，像是要去做祭凶神的牺牲，只欠一阵阵咚咚的鼓，否则就很像印第安人战前的祭礼了。比赛的凶猛也不必提，只要看旁边助威的啦啦队，那真是如中疯魔生龙活虎一般，我们中国的所谓啦啦队轻描淡写地比起来只能算是幼年歌咏团。再说掷标枪，那不是和南非野人打猎一模一样的吗？打拳，那更是最直截了当的性命相扑。可是我说这些话并不含褒贬的意思。现在的外国人究竟不是野蛮人，他们很早地就在运动中建立起一套规矩，抽象地叫作运动道德。我们中国人素来不好运动，可是一运动起来就很容易口咬足踢连骂带打了。

美国学校的球队训练员是薪给最高的职位，如果他能训练出一队如狼似虎的队员在运动场上建立几次殊勋，他立刻就可以给学校收很大的招徕的功效。"所谓大学，即是一座伟大运动场附设一个小小的学院。"把运动当作一种霓虹广告，在外国已为人诟病，在中国某一些学校里仍然不失其为时髦。学校里体育功课不可少，一星期一小时，好像是纪念性质。一大群面有菜色的青年总可以挑出若干彪形大汉，供以在中国算是特殊的膳食，施以在外国不算严格的训练，自然都还相当茁壮，伸出胳臂来一连串的凸出的肉腱子，像是成串的陈皮梅似的，再饰以一身鲜明的服装，相当的壮观，可惜的是这仅仅是样品而已。这些样品能滋生出更有价值的样品——锦标、银杯。没有锦标银杯，校长室和会客室里面就太黯淡了。

有人说，人的筋肉骨骼的发达是和脑筋的发达成正比例的。就整个的民族而言，也许是的，就个人分别而言，可是例外太多。在学校里谁都知道许多脑力过人的人往往长得像是一颗小蹦豆儿，好多在运动场上打破纪录的人在智力上并不常常打破纪录，除非是偶然地破留校年数的纪录。还有一层，运动和体育不同，犹之体格健壮与飞檐走壁不同。体格健壮是真正的本钱，可以令人少生病多做事，至于跳得高跑得快玩起球来"一似鳔胶粘在身上"，那当然也是一技之长，那意义不在耍坛子、举石锁、踩高跷、踏软绳之下。

为了四亿以上的人建筑一座运动场，不算奢侈。我参观过一座运动场，规模不算小，并且曾经用过一次，只是看台上已经长了好几尺高的青草，好像是要兼营牧畜的样子，我当时的感想，就和我有一次看见我们的一艘军舰的铁皮上长满海藻蚌蛤时的感想一般。

/ 廉 /

贪污的事,古今中外滔滔皆是,不谈也罢。孟子所说穷不苟求的"廉士"才是难能可贵,谈起来令人齿颊留芬。东汉杨震,暮夜有人馈送十斤黄金,送金的人说:"暮夜无人知。"杨震说:"天知、神知、我知、子知,何谓无知?"这句话万古流传,直到晚近许多姓杨的人家常榜门楣曰"四知堂杨"。清介廉洁的"关西夫子"使得他家族后代脸上有光。

汉末有一位郁林太守陆绩(唐陆龟蒙的远祖)罢官之后泛海归姑苏家乡,两袖清风,别无长物,唯一空舟,恐有覆舟之虞,乃载一巨石镇之。到了家乡,将巨石弃置城门外,日久埋没土中。直到明朝弘治年间,当地有司曳之出土,建亭覆之,题其楣曰"廉石"。一个人居官清廉,一块顽石也得到了美誉。

"银子是白的,眼珠是黑的",见钱而不眼开,谈何容易。一时心里把握不定,手痒难熬,就有堕入贪墨的泥沼之可能;这时节最好有人能拉他一把。最能使人顽廉懦立的莫过于贤妻良母。《列女传》:田稷子相齐,受下吏货金百镒,献给母亲。母亲说:"子为相三年,禄未尝多若此也,安所得此?"他只好承认是得之于下。母亲告诫他说:"士修身洁行,不为苟得。非义之事不计于心,非理之利不入于家……不义之财非吾有也,不孝之子非吾子也。"这一番义正词严的训话把田稷子说得惭悚不已,急忙把金送还原主。按照我们现下的法律,如果是贿金,收受之后纵然送还,仍有受贿之嫌,纵然没有期约的情事,仍属有玷官箴。这种簠簋不修之事,当年是否构成罪状,固不得而知,从廉白之士看来总是秽行。我们注意的是田稷子的母亲真是识达大义,足以风世。为相三年,薪俸是有限的,焉有多金可以奉母?百镒不是小数,一镒就是二十四两,百镒就是二千四百两,一个人搬都搬不动,而田稷子的母亲不为所动。家有贤妻,则士能安贫守正,更是例不胜举,可怜的是那些室无莱妇的人,在外界的诱惑与阃内的要求两路夹击之下,就很容易失足了。

取不伤廉这句话易滋误解,一介不取才是最高理想。晋陶侃:"少为寻阳县吏,尝监鱼梁,以一坩鲊遗母,湛氏封鲊,及书责侃曰:'尔为吏,以官物遗我,非唯不能益吾,乃以增吾忧矣。'"(晋书陶侃母湛氏传)掌管鱼梁的小吏,因职务上的方便,把腌鱼装了一小瓦罐送给母亲吃,可以说是孝养之意,但是湛氏不受,送还给他,附带着还训了他一顿。别看一罐腌鱼是小事,因小可以见大。

谢承后汉书:"巴祗为扬州刺史,与客暗饮,不燃官烛。"私人宴客,不用公家的膏火,宁可暗饮,其饮宴之财,当然不会由公家报销了。因此我想起一件事:好久好久以前,丧乱中值某夫人于途,寒暄之余愀然告曰:"恕我们现在不能邀饮,因为中外合作的机关凡有应酬均需自掏腰包。"我闻之悚然。还有一段有关官烛的故事。宋周紫芝《竹坡诗话》:"李京兆诸父中有一人,极廉介,一日有家问,即令灭官烛,取私烛阅书,阅毕,命秉官烛如初。"公私分明到了这个地步,好像有一些迂阔。但是,"彼岂乐于迂阔者哉!"

不要以为志行高洁的人都是属于古代,今之古人有时亦可复见。我有一位同学供职某部,兼理该部刊物编辑,有关编务必须使用的信纸信封及邮票等放在一处,私人使用之信函邮票另置一处,公私绝对分开,虽邮票信笺之微,亦不含混,其立身行事砥砺廉隅有如是者!尝对我说,每获友人来书,率皆使公家信纸信封,心窃耻之,故虽细行不敢不勉。

吾闻之肃然起敬。

/ 勤 /

勤,劳也。无论劳心劳力,竭尽所能黾勉从事,就叫作勤。各行各业,凡是勤奋不怠者必定有所成就,出人头地。即使是出家的和尚,息迹岩穴,徜徉于山水之间,勘破红尘,与世无争,他们也自有一番精进的功夫要做,于读经礼拜之外还要勤行善法不自放逸。且举两个实例:

一个是唐朝开元间的百丈怀海禅师,亲近马祖时得传心印,精勤不休。他制定了"百丈清规",他自己笃实奉行,"一日不作,一日不食"。一面修行,一面劳作。"出坡"的时候,他躬先领导以为表率。他到了暮年仍然照常操作,弟子们于心不忍,偷偷地把他的农作工具藏匿起来。禅师找不到工具,那一天没有工作,但是那一天他也就真个的没有吃东西。他的刻苦的精神感动了不少的人。

另一个是清初的以山水画著名的石豁和尚。请看他自题《溪山无尽图》:"大凡天地生人,宜清勤自持,不可懒惰。若当得个懒字,便是懒汉,终无用处……残衲住牛首山房,朝夕焚诵,稍余一刻,必登山选胜,一有所得,随笔作山水数幅或字一段,总之不放闲过。所谓静生动,动必作一番事业。端教一个人立于天地间无愧。若忽忽不知,懒而不觉,何异草木?"人而不勤,无异草木,这句话沉痛极了。过饱食终日无所用心的生活,英文叫作vegetate,意为植物的生活。中外的想法不谋而合。

勤的反面是懒。早晨躺在床上睡懒觉,起得床来仍是懒洋洋的不事整洁,能拖到明天做的事今天不做,能推给别人做的事自己不做,不懂的事情不想懂,不会做的事不想学,无意把事情做得更好,无意把成果扩展得更多,耽好逸乐,四体不勤,念念不忘的是如何过周末如何度假期。这就是一标准懒汉的写照。

恶劳好逸,人之常情。就因为这是人之常情,人才需要鞭策自己。勤能补拙,勤能损欲,这还是消极的说法,勤的积极意义是要人进德修业,不但不同于草木,也有异于禽兽,成为名副其实的万物之灵。

/ 怒 /

一个人在发怒的时候，最难看。纵然他平素面似莲花，一旦怒而变青变白，甚至面色如土，再加上满脸的筋肉扭曲，眦裂发指，那副面目实在不仅是可憎而已。俗语说："怒从心上起，恶向胆边生。"怒是心理的也是生理的一种变化。人逢不如意事，很少不勃然变色的。年少气盛，一言不合，怒气相加，但是许多年事已长的人，往往一样的火发暴躁。我有一位姻长，已到杖朝之年，并且半身瘫痪，每晨必阅报纸，戴上老花镜，打开报纸，不久就要把桌子拍得山响，吹胡瞪眼，破口大骂。报上的记载，他看不顺眼。不看不行，看了怄气。这时候大家躲他远远的，谁也不愿逢彼之怒。过一阵雨过天晴，他的怒气消了。

诗云："君子如怒，乱庶遄沮；君子如祉，乱庶遄已。"这是说有地位的人，赫然震怒，就可以收拨乱反正之效。一般人还是以少发脾气少惹麻烦为上。盛怒之下，体内细胞不知道要伤损多少，血压不知道要升高几许，总之是不卫生。而且血气沸腾之际，理智不大清醒，言行容易逾分，于人于己都不相宜。希腊哲学家哀皮克蒂特斯说："计算一下你有多少天不曾生气。在从前,我每天生气;有时每隔一天生气一次;后来每隔三四天生气一次;如果你一连三十天没有生气,就应该向上帝献祭表示感谢。"减少生气的次数便是修养的结果。修养的方法,说起来好难。另一位同属于斯多亚派的哲学家罗马的玛可斯奥瑞利阿斯这样说:"你因为一个人的无耻而愤怒的时候,要这样地问你自己:'那个无耻的人能不在这世界存在吗?'那是不能的。不可能的事不必要求。"坏人不是不需要制裁,只是我们不必愤怒。如果非愤怒不可,也要控制那愤怒,使发而中节。佛家把"瞋"列为三毒之一,"瞋心甚于猛火",克服瞋恚是修持的基本功夫之一。燕丹子说:"血勇之人,怒而面赤;脉勇之人,怒而面青;骨勇之人,怒而面白;神勇之人,怒而色不变。"我想那神勇是从苦行修炼中得来的。生而喜怒不形于色,那天赋实在太厚了。

清朝初叶有一位李绂,著《穆堂类稿》,内有一篇"无怒轩记",他说:"吾年逾四十,无涵养性情之学,无变化气质之功,因怒得过,旋悔旋犯,惧终于忿戾而已,因以'无怒'名轩。"是一篇好文章,而其戒谨恐惧之情溢于言表,不失读书人的本色。

/谈礼/

礼不是一件可怕的东西,不会"吃人"。礼只是人的行为的规范。人人如果都自由行动,社会上的秩序必定要大乱,法律是维持秩序的一套方法,但是关于法律的力量不及的地方,为了使人能更像是一个人,使人的生活更像是人的生活,礼便应运而生。礼是一套法则,可能有官方制定的成分在内,亦可能有世代沿袭的成分在内,在基本精神上还是约定俗成的性质,行之既久,便成为大家公认共守的一套规则。一套礼法也不是一成不变的,事实上是随时在变,不过可能变得很慢,可能赶不上时代环境之变迁得那样快,因此至少在形式上可能有一部分变成不合时宜的东西。礼,除非是太不合理,总是比没有礼好。这道理有一点像"坏政府胜于无政府"。有些人以为礼是陈腐的有害的东西,这看法是不对的。

我们中国是礼仪之邦,一向是重礼法的。见于书本的古代的祭礼丧礼婚礼士相见礼,等等,那是一套,事实上社会上流行的又是一套,现行的一套即是古礼之逐渐的个别的修正,虽然各地情形不同,大体上尚有规模存在，等到中西文化接触之后便比较有紊乱的现象了。紊乱尽管紊乱，礼还是有的，制礼定乐之事也许不是当前急务，事实上吾人之生活中未曾一日无礼的活动。问题是我们是否认真的严肃的遵循着礼。孔门哲学以"克己复礼"为做人的大道理。意即为吾人行事应处处约束自己使合于礼的规范。怎样才是非礼勿视，非礼勿言，非礼勿动，那是值得我们随时思考警惕的。

读书人应该知道礼，但是有些人偏不讲礼，即所谓名士。六朝时这种名士最多，《世说新语》载阮籍的一句话最有趣，"礼岂为我辈设也？"好像礼是专为俗人而设。又载这样的一段：

阮步兵丧母，裴令公往吊之。阮方醉，散发坐床，箕踞不哭。裴至，下席于地，哭谇毕，便去。或问裴曰："凡吊，主人哭，客乃为礼，阮既不哭，何为哭？"裴曰："阮方外之人，故不崇礼制，我辈俗中人，故以仪轨自居。"

时人叹为两得其中。

没有阮籍之才的人，还是以仪轨自居为宜。像阮步兵之流，我们可以欣赏，不可以模仿。

中西礼节不同。大部分在基本原则上并无二致，小部分因各有传统亦不必强同。以中国人而用西方的礼，有时候觉得颇不合适，如必欲行西方之礼则应知其全部底蕴，不可徒效其皮毛，而乱加使用。例如，握手乃西方之礼，但后生小子在长辈面前不可首先遽然伸手，因为长幼尊卑之序终不可废，中西一理。再例如，祭祖先是我们家庭传统所不可或缺的礼，其间绝无迷信或偶像崇拜之可言，只是表示"慎终追远"的意思，亦合于我国所谓之孝道，虽然是西礼之所无，然义不可废。我个人觉得，凡是我国之传统，无论其具有何种意义，苟非荒谬残酷，均应不轻予废置。再例如，电话礼貌，在西方甚为重视，访客之礼，探病之礼，均有不成文之法则，吾人亦均应妥为仿行，不可忽视。

  礼是形式，但形式背后有重大的意义。

/ 养成好习惯 /

人的天性大致是差不多的，但是在习惯方面却各有不同，习惯是慢慢养成的，在幼小的时候最容易养成，一旦养成之后，要想改变过来却还不很容易。

例如说：清晨早起是一个好习惯，这也要从小时候养成，很多人从小就贪睡懒觉，一遇假日便要睡到日上三竿还高卧不起，平时也是不肯早起，往往蓬首垢面的就往学校跑，结果还是迟到，这样的人长大了之后也常是不知振作，多半不能有什么成就。祖逖闻鸡起舞。那才是志士奋励的榜样。

我们中国人最重礼，因为礼是行为的轨范。礼要从家庭里做起。姑举一例：为子弟者"出必告，反必面"，这一点点对长辈的起码的礼，我们是否已经每日做到了呢？我看见有些个孩子们早晨起来对父母视若无睹，晚上回到家来如入无人之境，遇到长辈常常横眉冷目，不屑搭讪。这样的跋扈乖戾之气如果不早早地纠正过来，将来长大到社会服务，必将处处引起摩擦不受欢迎。我们不仅对长辈要恭敬有礼，对任何人都应该维持相当的礼貌。

大声讲话,扰及他人的宁静,是一种不好的习惯。我们试自检讨一番,在别人读书工作的时候是否有过喧哗的行为?我们要随时随地为别人着想,维持公共的秩序,顾虑他人的利益,不可放纵自己,在公共场所人多的地方,要知道依次排队,不可争先恐后地去乱挤。

时间即是生命。我们的生命是一分一秒地在消耗着,我们平常不大觉得,细想起来实在值得警惕。我们每天有许多的零碎时间于不知不觉中浪费掉了。我们若能养成一种利用闲暇的习惯,一遇空闲,无论其为多么短暂,都利用之做一点有益身心之事,则积少成多终必有成。常听人讲起"消遣"二字,最是要不得,好像是时间太多无法打发的样子,其实人生短促极了,哪里会有多余的时间待人"消遣"?陆放翁有句云:"待饭未来还读书。"我知道有人就经常利用这"待饭未来"的时间读了不少的大书。古人所谓"三上之功",枕上、马上、厕上,虽不足为训,其用意是在劝人不要浪费光阴。

吃苦耐劳是我们这个民族的标志。古圣先贤总是教训我们要能过得俭朴的生活,所谓"一箪食,一瓢饮",就是形容生活状态之极端的刻苦,所谓"嚼得菜根",就是表示一个有志的人之能耐得清寒。恶衣恶食,不足为耻,丰衣足食,不足为荣,这在个人之修养上是应有的认识。罗马帝国盛时的一位皇帝,Marcus Aurelius,他从小就摒绝一切享受,从来不参观当时风靡全国的赛车比武之类的娱乐,终其身成为一位严肃的苦修派的哲学家,而且也建立了不朽的事功。这是很值得钦佩的。我们中国是一个穷的国家,所以我们更应该体念艰难,弃绝一切奢侈,尤其是从外国来的奢侈。宜从小就养成俭朴的习惯,更要知道物力维艰,竹头木屑,皆宜爱惜。

以上数端不过是偶然拈来,好的习惯千头万绪,"勿以善小而不为"。习惯养成之后,便毫无勉强,临事心平气和,顺理成章。充满良好习惯的生活,才是合于"自然"的生活。

/孩子/

兰姆是终身未娶的,他没有孩子,所以他有一篇"未婚者的怨言"收在他的《伊利亚随笔》里。他说孩子没有什么稀奇,等于阴沟里的老鼠一样,到处都有,所以有孩子的人不必在他面前炫耀。他的话无论是怎样中肯,但在骨子里有一点酸——葡萄酸。

我一向不信孩子是未来世界的主人翁,因为我亲见孩子到处在做现在的主人翁。孩子活动的主要范围是家庭,而现代家庭很少不是以孩子为中心的。一夫一妻不能成为家,没有孩子的家像是一株不结果实的树,总缺点什么;必定等到小宝贝呱呱坠地,家庭的柱石才算放稳,男人开始做父亲;女人开始做母亲,大家才算找到各自的岗位。我问过一个并非"神童"的孩子:"你妈妈是做什么的?"他说:"给我缝衣的。""你爸爸呢?"小宝贝翻翻白眼:"爸爸是看报的!"但是他随即更正说:"是给我们挣钱的。"孩子的回答全对。爹妈全是在为孩子服务。母亲早晨喝稀饭,买鸡蛋给孩子吃;父亲早晨吃鸡蛋,买鱼肝油精给孩子吃。最好的东西都要献呈给孩子,否则,做父母的心里便起惶恐,像是做了什么大逆不道的事一般。孩子的健康及其舒适,成为家庭一切设施的一个主要先决问题。这种风气,自古已然,于今为烈。自有小家庭制以来,孩子的地位顿形提高。以前的"孝子"是孝顺其父母之子,今之所谓"孝子"乃是孝顺其孩子之父母。孩子是一家之主,父母都要孝他!

"孝子"之说,并不偏激。我看见过不少的孩子,鼓噪起来能像一营兵;动起武来能像械斗;吃起东西来能像饿虎扑食;对于尊长宾客有如生番;不如意时撒泼打滚有如羊痫,玩得高兴时能把家具什物狼藉满室,有如惨遭洗劫……但是"孝子"式的父母则处之泰然,视若无睹,顶多皱起眉头,但皱不过三四秒钟仍复堆下笑容,危及父母的生存和体面的时候,也许要狠心咒骂几声,但那咒骂大部分是哀怨乞怜的性质,其中也许带一点威吓,但那威吓只能得到孩子的讪笑,因为那威吓是向来没有兑现过的。"孟懿子问孝,子曰:'无违。'"今之"孝子"深韪是说。凡是孩子的意志,为父母者宜多方体贴,勿使稍受挫阻。近代儿童教育心理学者又有"发展个性"之说,与"无违"之说正相符合。

体罚之制早已被人唾弃,以其不合儿童心理健康之故。我想起一个外国的故事:

一个母亲带孩子到百货商店。经过玩具部,看见一匹木马,孩子一跃而上,前摇后摆,踌躇满志,再也不肯下来。那木马不是为出售的,是商店的陈设。店员们叫孩子下来,孩子不听;母亲叫他下来,加倍不听;母亲说带他吃冰激凌去,依然不听;买朱古力糖去,格外不听。任凭许下什么愿,总是还你一个不听;当时演成僵局,顿成胶着状态。最后一位聪明的店员建议说:"我们何妨把百货商店特聘的儿童心理学家请来解围呢？"众谋佥同，于是把一位天生成有教授面孔的专家从八层楼请了下来。专家问明原委，轻轻走到孩子身边，附耳低声说了一句话，那孩子便像触电一般，滚鞍落马，牵着母亲的衣裙，仓皇遁去。事后有人问那专家到底对孩子说的是什么话，那专家说："我说的是：'你若不下马，我打碎你的脑壳！'"

这专家真不愧为专家，但是颇有不孝之嫌。这孩子假如平常受惯了不兑现的体罚，威吓，则这专家亦将无所施其技了。约翰逊博士主张不废体罚，他以为体罚的妙处在于直截了当，然而约翰逊博士是十八世纪的人，不合时代潮流！

哈代有一首小诗，写孩子初生，大家誉为珍珠宝贝，稍长都夸作玉树临风，长成则非作歹，终至于陈尸绞架。这老头子未免过于悲观。但是"幼有神童之誉，少怀大志，长而无闻，终乃与草木同朽"——这确是个可以普遍应用的公式。"小时聪明，大时未必了了。"究竟是知言，然而为父母者多属乐观。孩子才能骑木马，父母便幻想他将来指挥十万貔貅时之马上雄姿；孩子才把一曲抗战小歌哼得上口，父母便幻想着他将来喉声一啭彩声雷动时的光景；孩子偶然拨动算盘，父母便暗中揣想他将来或能掌握财政大权，同时兼营投机买卖……这种乐观往往形诸言语，成为炫耀，使旁观者有说不出的感想。曾见一幅漫画：一个孩子跪在他父亲的膝头用他的玩具敲打他父亲的头，父亲眯着眼在笑，那表情像是在宣告："看看！我的孩子！多么活泼，多么可爱！"旁边坐着一位客人咧着大嘴作傻笑状，表示他在看着，而且感觉兴趣。这幅画的标题是："演剧术"。一个客人看着别人家的孩子而能表示感觉兴趣，这真确实需要良好的"演剧术"。兰姆显然是不欢喜演这样的戏。

孩子中之比较最蠢、最懒、最刁、最泼、最丑、最弱、最不讨人欢喜的，往往最得父母的钟爱。此事似颇费解，其实我们应该记得《西游记》中唐僧为什么偏偏欢喜猪八戒。

谚云："树大自直。"意思是说孩子不需管教，小时恣肆些，大了自然会好。可是弯曲的小树，长大是否会直呢？我不敢说。

/ 女人 /

有人说女人喜欢说谎；假如女人所捏撰的故事都能抽取版税，便很容易致富。这问题在什么叫作说谎。若是运用小小的机智，打破眼前小小的窘僵，获取精神上小小的胜利，因而牺牲一点点真理，这也可以算是说谎，那么，女人确是比较的富于说谎的天才。有具体的例证。你没有陪过女人买东西吗？尤其是买衣料，她从不干干脆脆地说要做什么衣，要买什么料，准备出多少钱。她必定要东挑西拣，翻天覆地，同时口中念念有词，不是嫌这匹料子太薄，就是怪那匹料子花样太旧，这个不禁洗，那个不禁晒，这个缩头大，那个门面窄，批评得人家一文不值。其实，满不是这么一回事，她只是嫌价码太贵而已！如果价钱便宜，其他的缺点全都不成问题，而且本来不要买的也要购储起来。一个女人若是因为炭贵而不升炭盆，她必定对人解释说："冬天升炭盆最不卫生，到春天容易喉咙痛！"屋顶渗漏，塌下盆大的灰泥，在未修补之前，女人便会向人这样解释："我预备在这地方安装电灯。"自己上街买菜的女人，常常只承认散步和呼吸新鲜空气是她上市的唯一理由。艳羡汽车的女人常常表示她最厌恶汽油的臭味。坐在中排看戏的女人常常说前排的头等座位最不舒适。一个女人馈赠别人,必说:"实在买不到什么好的……"其实这东西根本不是她买的,是别人送给她的。一个女人表示愿意陪你去上街走走,其实是她顺便要买东西。总之,女人总欢喜拐弯抹角的,放一个小小的烟幕,无伤大雅,颇占体面。这也是艺术,王尔德不是说过"艺术即是说谎"吗?这些例证还只是一些并无版权的谎话而已。

女人善变,多少总有些哈姆雷特式,拿不定主意;问题大者如离婚结婚,问题小者如换衣换鞋,都往往在心中经过一读二读三读,决议之后再复议,复议之后再否决,女人决定一件事之后,还能随时做一百八十度的大转弯,做出那与决定完全相反的事,使人无法追随。因为变得急速所以容易给人以"脆弱"的印象。莎士比亚有一名句:"'脆弱'呀,你的名字叫作'女人'!"但这脆弱,并不永远使女人吃亏。越是柔韧的东西越不易摧折。女人不仅在决断上善变,即便是一个小小的别针位置也常变,午前在领扣上,午后就许移到了头发上。三张沙发,能摆出若干阵势;几根头发,能梳出无数花头,讲到服装,其变化之多,常达到荒谬的程度。外国女人的帽子,可以是一根鸡毛,可以是半只铁锅,或是一个畚箕。中国女人的袍子,变化也就够多,领子高的时候可以使她像一只长颈鹿,袖子短的时候恨不得使两腋生风,至于纽扣盘花,滚边镶绣,则更加是变幻莫测。"上帝给她一张脸,她能另造一张出来。""女人是水做的",是活水,不是止水。

女人善哭。从一方面看,哭常是女人的武器,很少人能抵抗她这泪的洗礼。俗语说"一哭二闹三上吊",这一哭确实其势难当。但从另一方面看,哭也常是女人的内心的"安全瓣"。女人的忍耐的力量是伟大的,她为了男人,为了小孩,能忍受难堪的委屈。女人对于自己的享受方面，总是属于"斯多亚派"的居多。男人不在家时，她能立刻变成为素食主义者，火炉里能爬出老鼠，开电灯怕费电，再关上又怕费开关。平素既已极端刻苦，一旦精神上再受刺激，便忍无可忍，一腔悲怨天然地化作一把把的鼻涕眼泪，从"安全瓣"中汩汩而出，腾出空虚的心房，再来接受更多的委屈。女人很少破口骂人（骂街便成泼妇，其实甚少），很少揎袖挥拳，但泪腺就比较发达。善哭的也就常常善笑，迷迷地笑，哧哧地笑，咯咯地笑，哈哈地笑，笑是常驻在女人脸上的，这笑脸常常成为最有效的护照。女人最像小孩，她能为了一个滑稽的姿态而笑得前仰后合，肚皮痛，淌眼泪，以至于翻跟头！哀与乐都像是常川有备，一触即发。

女人的嘴，大概是用在说话方面的时候多。女孩子从小往往就口齿伶俐，就是学外国语也容易朗朗上口，不像嘴里含着一个大舌头。等到长大之后，三五成群，说长道短，声音脆，嗓门儿高，如蝉噪，如蛙鸣，真当得好几部鼓吹！等到年事再长，万一堕入"长舌"型，则东家长，西家短，飞短流长，搬弄多少是非，惹出无数口舌；万一堕入"喷壶嘴"型，则琐碎繁杂，絮聒唠叨，一件事要说多少回，一句话要说多少遍，如喷壶下注，万流齐发，当者披靡，不可向迩！一个人给他的妻子买一件皮大衣，朋友问他："你是为使她舒适吗？"那人回答说："不是，为使她少说些话！"

女人胆小，看见一只老鼠而当场昏厥，在外国不算是奇闻。中国女人胆小不至如此，但是一声霹雷使得她拉紧两个老妈子的手而仍战栗不止，倒是确有其事。这并不是做作，并不是故意在男人面前作态，使他有机会挺起胸脯说："不要怕，有我在！"她是真怕。在黑暗中或荒僻处，没有人，她怕；万一有人，她更怕！屠牛宰羊，固然不是女人的事，杀鸡宰鱼,也不是不费手脚。胆小的缘故,大概主要的是体力不济。女人的体温似乎较低一些,有许多女人怕发胖而食无求饱,营养不足,再加上怕臃肿而衣裳单薄,到冬天瑟瑟打战,袜薄如蝉翼,把小腿冻得作"浆米藕"色,两只脚放在被里一夜也暖不过来,双手捧热水袋,从八月捧起,捧到明年五月,还不忍释手。抵抗饥寒之不暇,焉能望其胆大。

女人的聪明,有许多不可及处,一根棉线,一下子就能穿入针孔,然后一下子就能在线的尽头处打上一个结子,然后扯直了线在牙齿上砰砰两声,针尖在头发上擦抹两下,便能开始解决许多在人生中并不算小的苦恼,例如缝上衬衣的扣子,补上袜子的破洞之类。至于几根篾棍,一上一下地编出多少样物事,更是令人叫绝。有学问的女人,创辟"沙龙",对任何问题能继续谈论至半小时以上,不但不令人入睡,而且令人疑心她是内行。

/ 男人 /

男人令人首先感到的印象是脏！当然，男人当中亦不乏刷洗干净洁身自好的，甚至还有油头粉面衣冠楚楚的，但大体讲来，男人消耗肥皂和水的数量要比较少些。某一男校，对于学生洗澡是强迫的，入浴签名，每周计核，对于不曾入浴的初步惩罚是宣布姓名，最后的断然处置是定期强迫入浴，并派员监视，然而日久玩生，签名簿中尚不无浮冒情事。有些男人，西装裤尽管挺直，他的耳后脖根，土壤肥沃，常常宜于种麦！袜子手绢不知随时洗涤，常常日积月累，到处塞藏，等到无可使用时，再从那一堆污垢存货当中拣选比较干净的去应急。有些男人的手绢，拿出来硬像是土灰面制的百果糕，黑糊糊黏成一团，而且内容丰富。男人的一双脚，多半好像是天然的具有泡菜霉干菜再加糖蒜的味道，所谓"濯足万里流"是有道理的，小小的一盆水确是无济于事，然而多少男人却连这一盆水都吝而不用，怕伤元气。两脚既然如此之脏，偏偏有些"逐臭之夫"喜于脚上藏垢纳污之处往复挖掘，然后嗅其手指，引以为乐！多少男人洗脸都是专洗本部，边疆一概不理，洗脸完毕，手背可以不湿，有的男人是在结婚后才开始刷牙。"扪虱而谈"的是男人。还有更甚于此者,曾有人当众搔背,结果是从袖口里面摔出一只老鼠!除了不可挽救的脏相之外,男人的脏大概是由于懒。

对了!男人懒。他可以懒洋洋坐在旋椅上,五官四肢,连同他的脑筋(假如有),一概停止活动,像呆鸟一般;"不闻夫博弈者乎……"那段话是专对男人说的。他若是上街买东西,很少时候能令他的妻子满意,他总是不肯多问几家,怕跑腿,怕费话,怕讲价钱。什么事他都嫌麻烦,除了指使别人替他做的事之外,他像残废人一样,对于什么事都愿坐享其成,而名之曰"室家之乐"。他提前养老,至少提前二三十年。

紧毗连着"懒"的是"馋"。男人大概有好胃口的居多。他的嘴,用在吃的方面的时候多,他吃饭时总要在菜碟里发现至少一英寸见方半英寸厚的肉,才能算是没有吃素。几天不见肉,他就喊:"嘴里要淡出鸟儿来!"若真个三月不知肉味,怕不要淡出毒蛇猛兽来!有一个人半年没有吃鸡,看见了鸡毛帚就流涎三尺。一餐盛馔之后,他的人生观都能改变,对于什么都乐观起来。一个男人在吃一顿好饭的时候,他脸上的表情硬是在感谢上天待人不薄;他饭后衔着一根牙签,红光满面,硬是觉得可以骄人。主中馈的是女人,修食谱的是男人。

男人多半自私。他的人生观中有一基本认识,即宇宙一切均是为了他的舒适而安排下来的。除了在做事赚钱的时候不得不忍气吞声地向人奴膝婢颜外,他总是要做出一副老爷相。他的家便是他的国度,他在家里称王。他除了为赚钱而吃苦努力外,他是一个"伊比鸠派",他要享受。他高兴的时候,孩子可以骑在他的颈上,他引颈受骑,他可以像狗似的满地爬;他不高兴时,他看着谁都不顺眼,在外面受了闷气,回到家里来加倍地发作。他不知道女人的苦处。女人对于他的殷勤委曲,在他看来，就如同犬守户鸡司晨一样的稀松平常，都是自然现象。他说他爱女人，其实他不是爱，是享受女人。他不问他给了别人多少，但是他要在别人身上尽量榨取。他觉得他对女人最大的恩惠，便是把赚来的钱全部或部分拿回家来，但是当他把一卷卷的钞票从衣袋里掏出来的时候，他的脸上的表情是骄傲的成分多，亲爱的成分少，好像是在说："看我！你行吗？我这样待你，你多幸运！"他若是感觉到这家不复是他的乐园，他便有多样的借口不回到家里来。他到处云游，他另辟乐园。他有聚餐会，他有酒会，他有桥会，他有书会画会棋会，他有夜会，最不济的还有个茶馆。他的享乐的方法太多。假如轮回之说不假，下世侥幸依然投胎为人，很少男人情愿下世做女人的。他总觉得这一世生为男身，而享受未足，下一世要继续努力。

"群居终日，言不及义"，原是人的通病，但是言谈的内容，却男女有别。女人谈的往往是"我们家的小妹又病了""你们家每月开销多少"之类。男人的是另一套，普通的方式，男人的谈话，最后不谈到女人身上便不会散场。这一个题目对男人最有兴味。如果有一个桃色案他们唯恐其和解得太快。他们好议论人家的隐私，好批评别人的妻子的性格相貌。"长舌男"是到处有的，不知为什么这名词尚不甚流行。

第三辑

心无所恃,随遇而安

人生到了一个境界,读书不是为了应付外界需求,不是为人,是为己,是为了充实自己,使自己成为一个明白事理的人,使自己的生活充实而有意义。

/ 读书苦？读书乐？/

从开蒙说起

读书苦？读书乐？一言难尽。

从前读书自识字起。开蒙时首先是念字号，方块纸上写大字，一天读三五个，慢慢增加到十来个，先是由父母手写，后来书局也有印制成盒的，背面还往往有画图，名曰看图识字。小孩子淘气，谁肯沉下心来一遍一遍地认识那几个单字？若不是靠父母的抚慰，甚至糖果的奖诱，我想孩子开始识字时不会有多大的乐趣。

光是认字还不够，需要练习写字，于是以描红模子开始，"上大人，孔乙己，化三千……"再不就是"一去二三里，烟村四五家，亭台六七座，八九十枝花"，或是"王子去求仙，丹成上九天，洞中才一日，世上几千年"。手捻毛笔管，硬是不听使唤，若不是先由父母把着小手写，多半就会描出一串串的大黑猪。事实上，没有一次写字不曾打翻墨盒砚台弄得满手乌黑，狼藉不堪。稍后写小楷，白折子乌丝栏，写上三五行就觉得很吃力。大致说来，写字还算是愉快的事。

进过私塾或从"人、手、足、刀、尺"读过初小教科书的人，对于体罚一事大概不觉陌生。念背打三部曲，是我们传统的教学法。一目十行而能牢记于心，那是天才的行径；普通智商的儿童，非打是很难背诵如流的。英国十八世纪的约翰逊博士就赞成体罚，他说那是最直截了当的教学法，颇合于我们所谓"扑作教刑"之意。私塾老师大概都爱抽旱烟，一二尺长的旱烟袋总是随时不离手的，那烟袋锅子最可怕，白铜制，如果孩子背书疙疙瘩瘩的上气不接下气，当心那烟袋锅子敲在脑袋壳上，砰的一声就是一个大包。谁疼谁知道。小学教室讲台桌子抽屉里通常藏有戒尺一条，古所谓橙楔，也就是竹板一块，打在手掌上其声清脆，感觉是又热又辣又麻又疼。早年的孩子没尝过打手板的滋味的大概不太多。如今体罚悬为禁例，偶一为之便会成为新闻。现代的孩子比较有福了。

从前的孩子认字，全凭记忆，记不住便要硬打进去。如今的孩子读书，开端第一册是先学注音符号，这是一大改革。本来是，先有语言，后有文字。我们的文字不是拼音的，虽然其中一部分是形声字，究竟无法看字即能读出声音，或是发音即能写出文字。注音符号（比反切高明多了）是帮助把语言文字合而为一的一种工具，对于儿童读书实在是无比的方便。我们中国的文字不是没有严密的体系，所谓六书即是一套提纲挈领的理论，虽然号称"小学"，小学生谁能理解其中的道理？《说文解字》五百四十个部首就会使得人晕头转向。章太炎编了一个《部首歌》，"一、上、三、示；王、玉、珏……"煞费苦心，谁能背得上来？陈独秀编了一部《识字读本》（台湾印行改名为《文字新诠》），是文字学方面一部杰出的大作，但是显然不是适合小学识字的读本。我们中国的语言文字，说难不难，说易不易，高本汉说过这样一段话——

  北京语实在是一种最可怜的方言，总共只有四百二十个音缀；普通的语词不下有四千个，这四千多个的语词，统须支配于四百二十个音缀当中。同音语词的增进，使听者受了极大的困难，于此也可以想见了……
（见《中国语与中国文》）

  这是外国人对外国人所说的话，我们中国儿童普通话润熟，四声准确，并不觉得北京语"可怜"。我们的困难不在语言，在语言与文字之间的不易沟通。所以读书从注音符号开始，这方法是绝对正确的。

  《三字经》《百家姓》《千字文》是旧式的启蒙的教材。《百家姓》有其实用价值，对初学并不相宜，且置勿论。《三字经》《千字文》都编得不错，内容丰富妥当，而且文字简练，应该是很好的教材，所以直到今日还有人怀念这两部匠心独运的著作，但是对于儿童并不相宜。孩子懂得什么"人之初，性本善"，"天地玄黄，宇宙洪荒"？

  民国初年，我在北平陶氏学堂读过一个学期的小学，记得国文一课是由老师领头高吟"击鼓其镗，踊跃用兵，土国城漕，我独南行……"全班儿童循声朗诵，老师喉咙干了，就指派一个学生（班长之类）代表他领头高吟。朗诵一个小时，下课。好多首诗经作品就是这样的注入我的记忆，可是过了五六十年之后自己摸索才略知那几首诗的大意。小时候多少时间都浪费掉了。

  教我读《诗经》的那位老师的姓名已不记得，他那副不讨人敬爱的音容道貌至今不能忘。

  新式的语文教科书顾及儿童心理及生活环境，读起来自然较有趣味。民初的国文教科书，"一人二手，开门见山，山高日小，水落石出……"，"一老人，入市中，买鱼两尾，步行回家"……这一类课文还多少带有一点文言的味道。后来仿效西人的作风，就有了"小猫叫，小狗跳……"一类的句子。孩子喜欢小动物，由此而入读书识字之门，亦无可厚非。

抗战初期我曾负责主编一套中小学教科书，深知其艰苦，大概越是初级的越是难于编写，因为牵涉儿童心理与教学方法。现在台湾使用的中小学教科书，无论在内容上或印刷上较前都日益进步，学生面对这样的教科，至少应该不至于望而生畏。

纪律与兴趣

高中与大学一、二年级是读书求学的一个很重要阶段。现在所谓读书，和从前所谓"读圣贤书"意义不同，所读之书范围较广，学有各门各科，书有各种各类。但是国、英、算是基本学科，这三门不读好，以后荆棘丛生，一无是处。而这三门课，全无速成之方，必须按部就班，捺着性子苦熬。读书是一种纪律，谈不到什么兴趣。

梁启超先生是我所敬仰的一位学者，他的一篇《学问与兴趣》广受大众欢迎，很多人读书全凭兴趣，无形中受了此文的影响。我也是他所影响到的一个。我在清华读书，窃自比附于"少小爱文辞"之列，对于数学不屑一顾，以为性情不近，自甘暴弃，勉强及格而已。留学国外，学校当局强迫我补修立体几何及三角二课。我这才知道发愤补修。可巧我所遇到的数学老师，是真正循循善诱的一个人，他讲解一条定律、一项原理，不厌其详，远譬近喻地要学生彻底理解而后已。因此我在这两门课中居然培养出兴趣，得到优异的成绩，蒙准免予参加期终考试。

我举这一个例，为的说明一件事，吾人读书上课，无所谓性情近与不近，无所谓有无兴趣。读书上课就是纪律，越是自己不喜欢的学科，越要加倍鞭策自己努力钻研。克制自己欲望这一套功夫，要从小时候开始锻炼。读书求学，自有一条正路可循，由不得自己任性。梁启超先生所倡导趣味之说，是对有志研究学问的人士说教，不是对读书求学的青年致辞。

一般人称大学为最高学府，易令人滋生误解，大学只是又一读书求学的阶段，直到毕业之日，才可称之为做学问的"开始"。大学仍然是一个准备阶段。大学所讲授的仍然是基本知识。所以大学生在读书方面，没有多少选择的自由，凡是课程规定的，以及教师指定的读物，都是必须读的。青年人常有反抗的心理，越是规定必须读的，越是不愿去读，宁愿自己去海阔天空地穷搜冥讨。到头来是枉费精力，自己吃亏。五四时代我还是个学生，求知欲很盛，反抗的情绪很强，亦曾有志于读书而不知所从。张之洞的《书目答问》不足以餍所望。有一天几个同学和我，以《清华周刊》记者的名义，进城去就教于北大的胡适之先生，胡先生慨允为我们开一个最低的国学必读书目，后来就发表在《清华周刊》上。内容非常充实，名为最低，实则庞大得惊人。梁启超先生看到了，凭他渊博的学识开了一个更详细的书目。没有人能按图索骥地去读，能约略翻阅一遍认识其中较重要的人名书名就很不错了。吴稚晖先生看到这两个书目，气得发出"一切线装书都该丢进茅坑里去"的名言！现在想想，我们当时惹出来的这个书目风波，倒也不是什么坏事，只是好高骛远不切实际罢了。我们的举动，表示我们不肯枯守学校规定的读书纪律，而对于更广泛、更自由的读书的要求，开始展露了天真的兴趣。

书到用时方恨少

我到三十岁左右开始以教书为业的时候，发现自己学识不足，读书太少，应该确有把握的题目，东一个窟窿、西一个缺口，自己没有全部搞通，如何可以教人？既已荒疏于前，只好恶补于后，而恶补亦非易易。我忘记是谁写的一副对联："书有未曾经我读，事无不可对人言！"很有意思，下句好像是左宗棠的，上句不知是谁的。这副对联表面上语气很谦逊，细味之则自视甚高。以上句而论，天下之书浩如烟海，当然无法遍读，而居然发现自己尚有未曾读过之书，则其已经读过之书，必已不在少数，这口气何等狂傲！我爱这句话，不是因为我也感染了几分狂傲，而是因为我确实知道自己的谫陋，许多该读而未读的书太多，故此时时记挂着这句名言，勉励自己用功。

我自三十岁才知道自动的读书恶补。恶补之道首要的是先开列书目，何者宜优先研读，何者宜稍加参阅，版本问题也是非常重要。此时我因兼任一个大学的图书馆长，一切均在草创，经费甚为充足，除了国文系以外各系申请购书并不踊跃，我乃利用机会在英国文学图书方面广事购储。标准版本的重要典籍以及参考用书乃大致齐全。有了书并不等于问题解决，要逐步一本一本地看。我那里有充分时间读书？我当时最羡慕英国诗人弥尔顿，他在大举卒业之后听从他父亲的安排，到郝尔顿乡下别墅，下帷读书五年之久，大有董仲舒三年不窥园之概，然后他才出而问世。我的父亲也曾经对我有过类似的愿望，愿我苦读几年书，但是格于环境，事与愿违。我一面教书，一面恶补有关的图书，真所谓是困而后学。例如莎士比亚剧本，我当时熟悉的不超过三分之一；例如弥尔顿，我只读过前六卷。这重大的缺失,以后才得慢慢弥补过来。至于国学方面更是多少年来茫然不知如何下手。

读书乐

读书好像是苦事,小时嬉戏,谁爱读书?既读书,还要经过无数次的考试,面临威胁,担惊害怕。长大就业之后,不想奋发精进则已,否则仍然要继续读书。我从前认识一位银行家,整日价筹划盈虚,但是他床头摆着一套英译法朗士全集,每晚翻阅几页,日久读毕全书,引以为乐。宦场中、商场中有不少可敬的人物,品位很高,嗜读不倦,可见到处都有读书种子,以读书为乐,并非全是只知道争权夺利之辈。

我们中国自古就重视读书,据说秦始皇日读一百二十斤重的竹简公文才就寝。《鹤林玉露》载:"唐张参为国子司业,手写九经,每言读书不如写书。高宗以万乘之尊,万几之繁,乃亦亲洒宸翰,遍写九经,云章烂然,始终如一,自古帝王所未有也。"从前没有印刷的时候讲究抄书,抄书一遍比读书一遍还要受用。如今印刷发达,得书容易,又有缩印影印之术,无辗转抄写之烦,读书之乐乃大为增加。想想从前所谓"学富五车",是指以牛车载竹简,仅等于今之十万字弱。纪元前一千年以羊皮纸抄写一部《圣经》需要三百只羊皮!那时候图书馆里的书是用铁链锁在桌上的!《听雨纪谈》有一段话:

苏文忠公作《李氏山房藏书记》曰:"予犹及见老儒先生言其少时,《史记》《汉书》皆手自书,日夜诵读,唯恐不及。近岁,诸子百家,转相摹刻,学者之于书,多且易致其文辞学术当倍蓰昔人。而后学之士皆束书不观,游谈无根。"苏公此言切中今时学者之病,盖古人书籍既少,凡有藏者率皆手录。盖以其得之之难故，其读亦不苟。到唐世始有版刻，至宋而益盛，虽云便于学者，然以其得之之易，遂有蓄之而不读，或读之而不灭裂，则以有板刻之故。无怪乎今之不如古也。

其言虽似言之成理，但其结论"今不如古"则非事实。今日书多易得，有便于学子，读书之乐岂古人之所能想象？今之读书人所面临之一大问题，乃图书之选择。开卷有益，实未必然，即有益之书其价值亦大有差别，罗斯金说得好："所有的书可分为两大类：风行一时的书与永久不朽的书。"我们的时间有限，读书当有选择。各人志趣不同，当读之书自然亦异，唯有一共同标准可适用于我们全体国人。凡是中国人皆应熟读我国之经典，如《诗》《书》《礼》，以及《论语》《孟子》，再如《春秋左氏传》《史记》《汉书》以及《资治通鉴》或近人所著通史，这都是我国传统文化之所寄。如谓文字艰深，则多有今注今译之版本在。其他如子集之类，则各随所愿。

人生苦短，而应读之书太多。人生到了一个境界，读书不是为了应付外界需求，不是为人，是为己，是为了充实自己，使自己成为一个明白事理的人，使自己的生活充实而有意义。吾故曰：读书乐。我想起英国十八世纪诗人一句诗：

Stuff the head,
With all such reading as was never read.

大意是："把从未读过的书籍，赶快塞进脑袋里去。"

/ 影响我的几本书 /

我喜欢书,也还喜欢读书,但是病懒,大部分时间荒嬉掉了!所以实在没有读过多少书。年届而立,才知道发愤,已经晚了。几经丧乱,席不暇暖,像董仲舒三年不窥园,弥尔顿五年隐于乡,那样有良好环境专心读书的故事,我只有艳羡。多少年来所读之书,随缘涉猎,未能专精,故无所成。然亦间有几部书对于我个人为学做人之道不无影响。究竟哪几部书影响较大,我没有思量过,直到八年前有一天邱秀文来访问我,她提出了这么一个问题,她问我所读之书有哪几部使我受益较大。我略为思索,举出七部书以对,略加解释,语焉不详。邱秀文记录得颇为翔实,亏她细心的联缀成篇,并以标题"梁实秋的读书乐",后来收入她的一个小册《智者群像》,时报文化出版公司出版。最近联副推出一系列文章,都是有关书和读书的,编者要我也插上一脚,并且给我出了一个题目"影响我的几本书"。我当时觉得自己好像是一个考生,遇到考官出了一个我不久以前做过的题目,自以为驾轻就熟,写起来省事,于是色然而喜,欣然应命。题目像是旧的,文字却是新的。这便是我写这篇东西的由来。

第一部影响我的书是《水浒传》。我在十四岁进清华才开始读小说，偷偷地读，因为那时候小说被目为"闲书"，在学校里看小说是悬为厉禁的。但是我禁不住诱惑，偷闲在海淀一家小书铺买到一部《绿牡丹》，密密麻麻的小字光纸石印本，晚上钻在蚊帐里偷看，也许近视眼就是这样养成的。抛卷而眠，翼晨忘记藏起，查房的斋务员在枕下一摸，手到擒来。斋务主任陈筱田先生唤我前去应询，瞪着大眼厉声咤问："这是嘛？"（天津话"嘛"就是"什么"）随后把书往地上一丢，说"去吧"算是从轻发落，没有处罚，可是我忘不了那被叱责的耻辱。我不怕，继续偷看小说，又看了《肉蒲团》《灯草和尚》《金瓶梅》，等等。这几部小说，并不使我满足，我觉得内容庸俗、粗糙、下流。直到我读到《水浒传》才眼前一亮，觉得这是一部伟大的作品，不愧金圣叹称之为第五才子书，可以和庄、骚、《史记》、杜诗并列。我一读，再读，三读，不忍释手。曾试图默诵一百〇八条好汉的姓名绰号，大致不差（并不是每一人物都栩栩如生，精彩的不过五分之一，有人说每一个人物都有特色，那是夸张）。也曾试图搜集香烟盒里（是大联珠还是前门？）一百〇八条好汉的图片。这部小说实在令人着迷。《水浒》作者施耐庵在元末以赐进士出身，生卒年月不详，一生经历我们也不得而知。这没有关系，我们要读的是书。有人说《水浒》作者是罗贯中，根本不是他，这也没有关系，我们要读的是书。《水浒》有七十回本，有一百回本，有一百十五回本，有一百二十回本，问题重重；整个故事是否早先有过演化的历史而逐渐形成的，也很难说；故事是北宋淮安大盗一伙人在山东寿张县梁山泊聚义的经过，有多大部分与历史符合有待考证。凡此种种都不是顶重要的事。《水浒传》的主题是"官逼民反，替天行道"。一个个好汉直接间接的吃了官的苦头，有苦无处诉，于是铤而走险，逼上梁山，不是贪图山上的大碗酒、大块肉。官，本来是可敬的。奉公守法公忠体国的官，史不绝书。可是一朝权在手便把令来行的贪污枉法的官却也不在少数。人踏上仕途，很容易被污染，会变成为另外一种人，他说话的腔调会变，他脸上的筋肉会变，他走路的姿势会变，他的心的颜色有时候也会变。"尔俸尔禄，民脂民膏"，过骄奢的生活，成特殊阶级，也还罢了；若是为非作歹，鱼肉乡民，那罪过可大了。《水浒》写的是平民的一股怨气。不平则鸣，容易得到读者的同情，有人甚至不忍责那些非法的杀人放火的勾当。有人以终身不入官府为荣，怨毒中人之深可想。

较近的叛乱事件，义和团之乱是令人难忘的。我生于庚子后二年，但是清廷的糊涂，八国联军之肆虐，从长辈口述得知梗概。义和团是由洋人教士勾结官府压迫人民所造成的，其意义和梁山泊起义不同，不过就其动机与行为而言，我怜其愚，我恨其妄，而又不能不寄予多少之同情。义和团不可以一个"匪"字而一笔抹杀。英国俗文学中之罗宾汉的故事，其劫强济贫目无官府的游侠作风之所以能赢得读者的赞赏，也是因为它能伸张一般人的不平之感。我读了《水浒》之后，我认识了人间的不平。

我对于《水浒》有一点极为不满。作者好像对于女性颇不同情。水浒里的故事对于所谓奸夫淫妇有极精彩的描写，而显然的对于女性特别残酷。这也许是我们传统的大男人主义，一向不把女人当人，即使当作人也是次等的人。女人有所谓贞操，而男人无。《水浒》为人抱不平，而没有为女人抱不平。这虽不足为《水浒》病，但是《水浒》对于欣赏其不平之鸣的读者在影响上不能不打一点折扣。

第二部书该数《胡适文存》。胡先生生在我们同一时代，长我十一岁，我们很容易忽略其伟大，其实他是我们这一代人在思想学术、道德人品

上最为杰出的一个。我读他的文存的时候,我尚在清华没有卒业。他影响我的地方有三:

一是他的明白清楚的白话文。明白清楚并不是散文艺术的极致,却是一切散文必须具备的起码条件。他的《文学改良刍议》,现在看起来似嫌过简,在当时是振聋发聩的巨著。他的白话文学史的看法,他对于文学(尤其是诗)的艺术的观念,现在看来都有问题。例如他直到晚年还坚持地说律诗是"下流"的东西,骈四俪六当然更不在他眼里。这是他的偏颇的见解。可是在五四前后,文章写得像他那样明白晓畅不枝不蔓的能有几人?我早年写作,都是以他的文字作为模仿的榜样。不过我的文字比较杂乱,不及他的纯正。

二是他的思想方法。胡先生起初倡导杜威的实验主义,后来他就不弹此调。胡先生有一句话,"不要被别人牵着鼻子走!"像是给人的当头棒喝。我从此不敢轻信人言。别人说的话,是者是之,非者非之,我心目中不存有偶像。胡先生曾为文批评时政,也曾为文对什么主义质疑,他的几位老朋友劝他不要发表,甚至要把已经发排的稿件擅自抽回,胡先生说:"上帝尚且可以批评,什么人什么事不可批评?"他的这种批评态度是可佩服的。从大体上看,胡先生从不侈言革命,他还是一个"儒雅为业"的人,不过他对于往昔之不合理的礼教是不惜加以批评的。曾有人家里办丧事,求胡先生"点主",胡先生断然拒绝,并且请他阅看《胡适文存》里有关"点主"的一篇文章,其人读了之后翕然诚服。胡先生对于任何一件事都要寻根问底,不肯盲从。他常说他有考据癖,其实也就是独立思考的习惯。

三是他的认真严肃的态度。胡先生说他一生没写过一篇不用心写的文章,看他的文存就可以知道确是如此,无论多小的题目,甚至一封短札,他也是像狮子搏兔似的全力以赴。他在庐山偶然看到一个和尚的塔,他做了八千多字的考证。他对于《水经注》所下的功夫是惊人的。曾有人劝他移考证《水经注》的功夫去做更有意义的事,他说不,他说他这样做是为了要把研究学问的方法传给后人。我对于《水经注》没有兴趣,胡先生的著作我没有不曾读过的,唯《水经注》是例外。可是他治学为文之认真的态度,是我认为应该取法的。有一次他对几个朋友说,写信一定要注明年、月、日,以便查考。我们明知我们的函件将来没有人会来研究考证,何必多此一举?他说不,要养成这个习惯。我接受他的看法,年、月、日都随时注明。有人写信谨注月日而无年份,我看了便觉得缺憾。我译莎士比亚,大家知道,是由于胡先生的倡导。当初约定一年译两本,二十年完成,可是我拖了三十年。胡先生一直关注这件工作,有一次他由中国台湾飞到美国,他随身携带在飞机上阅读的书包括《亨利四世(下篇)》的译本。他对我说他要看看中译的莎士比亚能否令人看得下去。我告诉他,能否看得下去我不知道,不过我是认真翻译的,没有随意删略,没敢潦草。他说俟全集译完之日为我举行庆祝,可惜那时他已经不在了。

第三本书是白璧德的《卢梭与浪漫主义》。白璧德(Irving Babbitt)是哈佛大学教授,是一位与时代潮流不合的保守主义学者,我选过他的《英国十六世纪以后的文学批评》一课,觉得他很有见解,不但有我们前所未闻的见解,而且是和我自己的见解背道而驰。于是我对他发生了兴趣。我到书店把他的著作五种一股脑儿买回来读,其中最有代表性的是他的这一本《卢梭与浪漫主义》。他毕生致力于批判卢梭及其代表的浪漫主义,他针砭流行的偏颇的思想,总是归根到卢梭的自然主义。有一幅漫画讽刺他,画他匍匐地面揭开被单窥探床下有无卢梭藏在底下。白璧德的思想主张,我在《学衡》杂志所刊吴宓、梅光迪几位介绍文字中已略为知其一二，只是《学衡》固执地使用文言，对于一般受了五四洗礼的青年很难引起共鸣。我读了他的书，上了他的课，突然感到他的见解平正通达而且切中时弊。我平素心中蕴结的一些浪漫情操几为之一扫而空。我开始省悟，五四以来的文艺思潮应该根据历史的透视而加以重估。我在学生时代写的第一篇批评文字《中国现代文学之浪漫的趋势》就是在这个时候写的。随后我写的《文学的纪律》《文人有行》，以至于较后对于辛克莱《拜金艺术》的评论，都可以说是受了白璧德的影响。

白璧德对东方思想颇有渊源，他通晓梵文经典及儒家与老庄的著作。《卢梭与浪漫主义》有一篇很精彩的附录论老庄的"原始主义"，他认为卢梭的浪漫主义颇有我国老庄的色彩。白璧德的基本思想是与古典的人文主义相呼应的新人文主义。他强调人生三境界，而人之所以为人在于他有内心的理性控制，不令感情横决。这就是他念念不忘的人性二元论。中庸所谓"天命之谓性，率性之谓道，修道之谓教"，孔子所说的"克己复礼"，正是白璧德所乐于引证的道理。他重视的不是 élan vital（柏格森所谓的"创造力"）而是 élan froin（克制力）。一个人的道德价值，不在于做了多少事，而是在于有多少事他没有做。白璧德并不说教，他没有教条，他只是坚持一个态度——健康与尊严的态度。我受他的影响很深，但是我不曾大规模地宣扬他的作品。我在新月书店曾经辑合《学衡》上的几篇文字为一小册印行，名为"白璧德与人文主义"，并没有受到人的注意。若干年后，宋淇先生为美国新闻处编译一本《美国文学批评》，其中有一篇是《卢梭与浪漫主义》的一章，是我应邀翻译的，题目好像是"浪漫的道德"。

第四本书是叔本华的《隽语与谶言》（*Maxims and Counsels*）。

这位举世闻名的悲观哲学家，他的主要作品 *The World as Will and Idea* 我没有读过，可是这部零零碎碎的札记性质的书却给我莫大的影响。

叔本华的基本认识是：人生无所谓幸福，不痛苦便是幸福。痛苦是真实的、存在的、积极的；幸福则是消极的，并无实体的存在。没有痛苦的时候，那种消极的感受便是幸福。幸福是一种心理状态，而非实质的存在。基于此种认识，人生努力方向应该是尽量避免痛苦，而不是追求幸福，因为根本没有幸福那样的一个东西。能避免痛苦，幸福自然就来了。

我不觉得叔本华的看法是诡辩。不过避免痛苦不是一件简单的事，需要慎思明辨，更需要当机立断。

第五部书是斯陶达的《对文明的反叛》（*Lothrop Stoddard: The Revolt against Civilization*）。这不是一部古典名著，但是影响了我的思想。民国十四年，潘光旦在纽约哥伦比亚大学念书，住在黎文斯通大厦，有一天我去看他，他顺手拿起这一本书，竭力推荐要我一读。光旦是优生学者，他不但赞成节育，而且赞成"普罗列塔利亚"少生孩子，优秀的知识分子多生孩子，只有这样做，民族的品质才有希望提高。一人一票的"德谟克拉西"是不合理的，古希腊的"亚里士多克拉西"较近于理想。他推崇孔子，但不附和孟子的平民之说。他就是这样有坚定信念而非常固执的一位学者。他郑重推荐这一本书，我想必有道理，果然。

斯陶达的生平不详，我只知道他是美国人，一八八三年生，一九五〇年卒，《对文明的反叛》出版于一九二二年，此外还有《欧洲种族的实况》（一九二四年）、《欧洲与我们的钱》（一九三二年）及其他。这本《对文明的反叛》的大意是：私有财产为人类文明的基础。有了私有财产的制度，然后人类生活形态，包括家庭的、社会的、政治的、经济的各方面，才逐渐地发展而成为文明。马克思与恩格斯于一八四八年发表的一个小册子Manifostder Kommuniston声言私有财产为一切罪恶的根源,要彻底地废除私有财产制度,言激而辩。斯陶达认为这是反叛文明,是对整个人类文明的打击。

文明发展到相当阶段会有不合理的现象,也可称之为病态。所以有心人就要想法改良补救,也有人就想象一个理想中的黄金时代,悬为希望中的目标。《礼记·礼运》所谓的"大同",虽然孔子说"大道之行也,与三代之英,丘未之逮也",实则大同乃是理想世界,在尧舜时代未必实现过,就是禹、汤、文武周公的"小康之治"恐怕也是想当然耳。西洋哲学家如柏拉图、如斯多亚派创始者季诺(Zeno)、如陶斯玛。摩尔,及其他,都有理想世界的描写。耶稣基督也是常以慈善为教,要人共享财富。许多教派都不准僧侣自蓄财产。英国诗人柯律芝(Coleridgeand)与骚赛(Southey)在一七九四年根据卢梭与高德文(Godwin)的理想居然想到美洲的宾夕法尼亚去创立一个共产社区,虽然因为缺乏经费而未实现,其不满于旧社会的激情可以想见。不满于文明社会之现状,是相当普遍的心理。凡是有同情心和正义感的人对于贫富悬殊壁垒分明的现象无不深恶痛绝。不过从事改善是一回事,推翻私有财产制度又是一回事。至若以整个国家甚至以整个世界孤注一掷地做一个渺茫的理想的实验,那就太危险了。文明不是短期能累积起来的,却可毁灭于一旦。斯陶达心所谓危,所以写了这样的一本书。

第六部书是《六祖坛经》。我与佛教本来毫无瓜葛。抗战时在北碚缙云山上缙云古寺偶然看到太虚法师领导的汉藏理学院,一群和尚在翻译佛经,香烟缭绕,案积贝多树叶帖帖然,字斟句酌,庄严肃穆。佛经的翻译原来是这样谨慎而神圣的,令人肃然起敬。知客法舫,彼此通姓名后得知他是《新月》的读者，相谈甚欢，后来他送我一本他作的《〈金刚〉经讲话》，我读了也没有什么领悟。一九二九年我在广州，中山大学外文系主任林文铮先生是一位狂热的密宗信徒，我从他那里借到《六祖坛经》，算是对于禅宗做了初步的接触，谈不上了解，更谈不到开悟。在丧乱中我开始思索生死这一大事因缘。在六榕寺瞻仰了六祖的塑像，对于这位不识字而能顿悟佛理的高僧有无限的敬仰。

《六祖坛经》不是一人一时所作，不待考证就可以看得出来，可是禅宗大旨尽萃于是。禅宗主张不立文字，但阐明宗旨还是不能不借重文字。据我浅陋的了解，禅宗主张顿悟，说起来简单，实则甚为神秘。棒喝是接引的手段，公案是参究的把鼻。说穿了即是要人一下子打断理性的逻辑的思维，停止常识的想法，蓦然一惊之中灵光闪动，于是进入一种不思善不思恶无生无死不生不死的心理状态。在这状态之中得见自心自性，是之谓明心见性，是之谓言下顿悟。

有一次我在胡适之先生面前提起铃木大拙，胡先生正色曰："你不要相信他，那是骗人的！"我不做如是想。铃木不像是有意骗人，他可能确是相信禅宗顿悟的道理。胡先生研究禅宗历史十分渊博，但是他自己没有做修持的功夫，不曾深入禅宗的奥秘。事实上他无法打入禅宗的大门，因为禅宗大旨本非理性的文字所能解析说明，只能用简略的象征的文字来暗示。在另一方面，铃木也未便以胡先生为门外汉而加以轻蔑。因为一进入文字辩论的范围便必须使用理性的逻辑的方式才足以服人。禅宗的境界用理性逻辑的文字怎样解释也说不明白，须要自身体验，如人饮水，冷暖自知。所以我看胡适、铃木之论战根本是不必要的，因为两个人不站在一个层次上。一个说有鬼，一个说没有鬼，能有结论吗？

我个人平素的思想方式近于胡先生类型，但是我也容忍不同的寻求真理的方法。《哈姆雷特》一幕二景,哈姆雷特见鬼之后对于来自威吞堡的学者何瑞修说:"宇宙间无奇不有,不是你的哲学全能梦想得到的。"我对于禅宗的奥秘亦作如是观。《六祖坛经》是我最初亲近的佛书,带给我不少喜悦,常引我作超然的遐思。

第七部书是卡赖尔的《英雄与英雄崇拜》(Carlyle: On Heroes Hero worship and the Heroic in History)原是一系列的演讲,刊于一八四一年。卡赖尔的文笔本来是汪洋恣肆,气势不凡,这部书因为原是讲稿,语气益发雄浑,滔滔不绝的有雷霆万钧之势。他所谓的英雄,不是专指掣旗斩将攻城略地的武术高超的战士而言,举凡卓越等伦的各方面的杰出人才,他都认为是英雄,神祇、先知、国王、哲学家、诗人、文人都可以称为英雄,如果他们能做人民的领袖、时代的前驱、思想的导师。卡赖尔对于人类文明的历史发展有一基本信念,他认为人类文明是极少数的领导人才所创造的。少数的杰出人才有所发明,于是大众跟进。没有睿智的领导人物,浑浑噩噩的大众就只好停留在浑浑噩噩的状态之中。证之于历史,确是如此。这种说法和孙中山先生所说"先知先觉、后知后觉、不知不觉",若合符节。卡赖尔的说法,人称之为"伟人学说"(Great Man Theory)。他说政治的妙谛在于如何把有才智的人放在统治者的位置上去。他因此而大为称颂我们的科举取士的制度。不过他没注意到取士的标准大有问题,所取之士的品质也就大有问题。好人出头是他的理想,他们憧憬的是贤人政治。他怕听"拉平者"(Levellers)那一套议论,因为人有贤不肖,根本不平等。尽管尽力拉平世间的不平等的现象,领导人才与人民大众对于文明的贡献究竟不能等量齐观。

我接受卡赖尔的伟人学说,但是我同时强调伟人的品质。尤其是政治上的伟人责任重大,如果他的品质稍有问题,例如轻言改革,囿于私见，涉及贪婪，用人不公，立刻就会灾及大众，祸国殃民。所以我一面崇拜英雄，一面深厌独裁。我愿他泽及万民，不愿他成为偶像。卡赖尔不信时势造英雄，他相信英雄造时势。我想是英雄与时势交相影响。卡赖尔受德国菲士特（Fichte）的影响，以为一代英雄之出世涵有"神意"（"divineidea"），又受喀尔文（Calvin）一派清教思想的影响，以为上帝的意旨在指挥英雄人物。这种想法现已难以令人相信。

第八部书是马可·奥勒留（Marcus Aurelius）的《沉思录》(*Meditations*)，这是西洋斯托亚派哲学最后一部杰作，原文是希腊文，但是译本极多，单是英文译本自十七世纪起至今已有二百多种。在我国好像注意到这本书的人不多。我在一九五九年将此书译成中文，由协志出版公司印行。作者是一千八百多年前的罗马帝国的皇帝，以皇帝之尊而成为苦修的哲学家，并且给我们留下这样的一部书真是奇事。

斯托亚派哲学涉及三个部门：物理学、论理学、伦理学。这一派的物理学，简言之，即是唯物主义加上泛神论，与柏拉图之以理性概念为唯一真实存在的看法正相反。斯托亚派认为只有物质的事物才是真实的存在，但是物质的宇宙之中偏存着一股精神力量，此力量以不同的形势出现，如人、如气、如精神、如灵魂、如理性、如主宰一切的原理，皆是。宇宙是神，人所崇奉的神祇只是神的显示。神话传说全是寓言。人的灵魂是从神那里放射出来的，早晚还要回到那里去。主宰一切的神圣原则即是使一切事物为了全体利益而合作。人的至善的理想即是有意识的为了共同利益而与天神合作。至于这一派的论理学则包括两部门，一是辩证法，一是修辞学，二者都是思考的工具，不太重要。马可最感兴趣的是伦理学。按照这一派哲学，人生最高理想是按照宇宙自然之道去生活。所谓"自然"不是任性放肆之意，而是上面说到的宇宙自然。人生除了美德无所谓善，除了罪行无所谓恶。美德有四：一为智慧，所以辨善恶；二为公道，以便应付一切悉合分际；三为勇敢，借以终止痛苦；四为节制，不为物欲所役。人是宇宙的一部分，所以对宇宙整体负有义务，应随时不忘本分，致力于整体利益。有时自杀也是正当的，如果生存下去无法善尽做人的责任。

《沉思录》没有明显的提示一个哲学体系，作者写这本书是在做反省的功夫，流露出无比的热诚。我很向往他这样的近于宗教的哲学。他不信轮回不信往生，与佛说异，但是他对于生死这一大事因缘却同样地不住地叮咛开导。佛示寂前，门徒环立，请示以后当以谁为师，佛说："以戒为师。"戒为一切修行之本，无论根本五戒、沙弥十戒、比丘二百五十戒，以及菩萨十重四十八轻之性戒，其要义无非是克制。不能持戒，还说什么定慧？佛所斥为外道的种种苦行，也无非是戒的延伸与歪曲。斯托亚派的这部杰作坦示了一个修行人的内心了悟，有些地方不但可与佛说参证，也可以和我国传统的"天行健，君子以自强不息"以及"克己复礼"之说相印证。英国十七世纪剧作家范伯鲁（Vanbrugh）的《旧病复发》（*Relapse*）里有一个愚蠢的花花大少浮平顿爵士（Lord Foppington），他说了一句有趣的话："读书乃是以别人脑筋制造出的东西以自娱。我以为有风度、有身份的人可以凭自己头脑流露出来的东西而自得其乐。"书是精神食粮。食粮不一定要自己生产，自己生产的不一定会比别人生产的好。而食粮还是我们必不可或缺的。书像是一股洪流，是多年来多少聪明才智的人点点滴滴地汇集而成，很难得有人能毫无凭借地立地涌现出一部书。读书如交友，也靠缘分，吾人有缘接触的书各有不同。我读书不多，有缘接触了几部难忘的书，有如良师益友，获益匪浅，略如上述。

/早起/

曾文正公说:"做人从早起起。"因为这是每人每日所做的第一件事。这一桩事若办不到,其余的也就可想。记得从前俞平伯先生有两行名诗:"被窝暖暖的,人儿远远的……"在这"暖暖……远远……"的情形之下,毅然决然地从被窝里蹿出来,尤其是在北方那样寒冷的天气,实在是不容易。唯以其不容易,所以那个举动被称为开始做人的第一件事。偎在被窝里不出来,那便是在做人的道上第一回败绩。

历史上若干嘉言懿行,也有不少是标榜早起的。例如,《颜氏家训》里便有"黎明即起"的句子。至少我们不会听说哪一个人为了早晨晏起而受到人的赞美。祖逖闻鸡起舞的故事是众所熟知的,但是我们不要忘了祖逖是志士,他所闻的鸡不是我们在天将破晓时听见的鸡啼,而是"中夜闻荒鸡鸣"。中夜起舞之后是否还回去再睡,史无明文,我想大概是不再回去睡了。黑茫茫的后半夜,舞完了之后还做什么,实在是不可想象的事。前清文武大臣上朝,也是半夜三更地进东华门,打着灯笼进去,不知是不是因为皇帝有特别喜欢起早的习惯。

西谚亦云："早出来的鸟能捉到虫儿吃。"似乎是晚出来的鸟便没得虫儿吃了。我们人早起可有什么好处呢？我个人是从小就喜欢早起的，可是也说不出有什么特别的好处，只是我个人的习惯而已。我觉得这是一个好习惯，可是并不说有这好习惯的人即是好人，因为这习惯虽好，究竟在做人的道理上还是比较的一桩小事。所以像韩复榘在山东省做主席时强迫省府人员清晨五时集合在大操场里跑步，我并不敢恭维。

我小时候上学，躺在炕上一睁眼看见窗户上最高的一格有了太阳光，便要急得哭啼，我的母亲匆匆忙忙给我梳了小辫儿打发我去上学。我们的学校就在我们的胡同里。往往出门之后不久又眼泪扑簌的回来，母亲问道："怎么回来了？"我低着头嚅嗫地回答："学校还没有开门哩！"这是五十多年前的事了，我现在想想，还是不知道为什么要那样性急。到如今，凡是开会或宴会之类，我还是很少迟到的。我觉得迟到是很可耻的一件事。但是我的心胸之不够开展，容不得一点事，于此也就可见一斑。

有人晚上不睡，早晨不起。他说这是"焚膏油以继晷"。我想，"焚膏油"则有之，日晷则在被窝里糟蹋不少。他说夜里万籁俱寂，没有搅扰，最宜工作，这话也许是有道理的。我想晚上早睡两个钟头，早上早起两个钟头，还是一样的，因为早晨也是很宜于工作的。我记得我翻译《阿伯拉与哀绿绮思的情书》的时候，就是趁太阳没出的时候搬竹椅在廊檐下动笔，等到太阳晒满半个院子，人声嘈杂，我便收笔，这样在一个月内译成了那本书，至今回忆起来还是愉快的。我在上海住几年，黎明即起，弄堂里到处是哗啦哗啦地刷马桶的声音，满街的秽水四溢，到处看得见横七竖八的露宿的人——这种苦恼是高枕而眠到日上三竿的人所没有的。有些个城市，居然到九十点钟而街上还没有什么动静，家家户户都门窗紧闭，行经其地如过废墟，我这时候只有暗暗地祝福那些睡得香甜的人，我不知道他们昨夜做了什么事，以致今天这样晚还不能起来。

我如今年事稍长，好早起的习惯更不易抛弃。醒来听见鸟啭，一天都是快活的。走到街上，看见草上的露珠还没有干，砖缝里被蚯蚓倒出一堆一堆的沙土，男的女的担着新鲜肥美的菜蔬走进城来，马路上有戴草帽的老朽的女清道夫，还有无数的青年男女穿着熨平的布衣精神抖擞地携带着便当骑着脚踏车去上班——这时候我衷心充满了喜悦！这是一个活的世界，这是一个人的世界，这是生活！

就是学佛的人也讲究"早参""晚参"。要此心常常摄持。曾文正公说做人从早起起，也是着眼在那一转念之间，是否能振作精神，让此心做得主宰。其实早起晚起本身倒没有什么了不得的利弊，如是而已。

/下棋/

有一种人我最不喜欢和他下棋,那便是太有涵养的人。杀死他一大块,或是抽了他一个车,他神色自若,不动火,不生气,好像是无关痛痒,使得你觉得索然寡味。君子无所争,下棋却是要争的。当你给对方一个严重威胁的时候,对方的头上青筋暴露,黄豆般的汗珠一颗颗地在额上陈列出来,或哭丧着脸作惨笑,或咕嘟着嘴作吃屎状,或抓耳挠腮,或大叫一声,或长吁短叹,或自怨自艾口中念念有词,或一串串的噎嗝儿打个不休,或红头涨脸如关公,种种现象,不一而足,这时节你"行有余力"便可以点起一支烟,或啜一碗茶,静静地欣赏对方的苦闷的象征。我想猎人困逐一只野兔的时候,其愉快大概略相仿佛。因此我悟出一点道理,和人下棋的时候,如果有机会使对方受窘,当然无所不用其极,如果被对方所窘,便努力做出不介意状,因为既不能积极地给对方以烦恼,只好消极地减少对方的乐趣。

自古博弈并称,全是属于赌的一类,而且只是比"饱食终日无所用心"略胜一筹而已。不过弈虽小术,亦可以观人,相传有慢性人,见对方走当头炮,便左思右想,不知是跳左边的马好,还是跳右边的马好,想了半个钟头而迟迟不决,急得对方拱手认输。是有这样的慢性人,每一着都要考虑,而且是加慢的考虑,我常想这种人如加入龟兔竞赛,也必定可以获胜。也有性急的人,下棋如赛跑,噼噼啪啪,草草了事,这仍旧是饱食终日无所用心的一贯作风。下棋不能无争,争的范围有大有小,有斤斤计较而因小失大者,有不拘小节而眼观全局者,有短兵相接作生死斗者,有各自为战而旗鼓相当者,有赶尽杀绝一步不让者,有好勇斗狠同归于尽者,有一面下棋一面消骂者,但最不幸的是争的范围超出了棋盘,而拳足交加。有下象棋者,久而无声响,排闼视之阒不见人,原来他们是在门后角里扭作一团,一个人骑在另一个人的身上,在他的口里挖车呢。被挖者不敢出声,出声则口张,口张则车被挖回,挖回则必悔棋,悔棋则不得胜,这种认真的态度憨得可爱。我曾见过二人手谈,起先是坐着,神情潇洒,望之如神仙中人。俄而棋势吃紧,两人都站起来了,剑拔弩张,如斗鹌鹑,最后到了生死关头,两个人跳到棹上去了!

笠翁《闲情偶寄》说弈棋不如观棋,因观者无得失心,观棋是有趣的事,如看斗牛、斗鸡、斗蟋蟀一般,但是观棋也有难过处,观棋不语是一种痛苦。喉间硬是痒得出奇,思一吐为快。看见一个人要入陷阱而不作声是几乎不可能的事,如果说得中肯,其中一个人要厌恨你,暗暗地骂一声"多嘴驴"!另一个人也不感激你,心想"难道我还不晓得这样走"!如果说得不中肯,两个人要一齐嗤之以鼻,"无见识奴!"如果根本不说,憋在心里,受病。所以有人于挨了一个耳光之后还要抚着热辣辣的嘴巴大呼"要抽车,要抽车"!

下棋只是为了消遣,其所以能使这样多人嗜此不疲者,是因为它颇合于人类好斗的本能,这是一种"斗智不斗力"的游戏。所以瓜棚豆架之下，与世无争的村夫野老不免一枰相对，消此永昼；闹市茶寮之中，常有有闲阶级的人士下棋消遣，"不为无益之事，何以遣此有涯之生？"宦海里翻过身最后退隐东山的大人先生们，髀肉复生，而英雄无用武之地，也只好闲来对弈，了此残生，下棋全是"剩余精力"的发泄。人总是要斗的，总是要钩心斗角地和人争逐的。与其和人争权夺利，还不如在棋盘上多占几个官，与其招摇撞骗，还不如在棋盘上抽上一车。宋人笔记曾载有一段故事："李讷仆射，性卞急，酷好弈棋，每下子安详，极于宽缓，往往躁怒作，家人辈则密以弈具陈于前，讷觑，便忻然改容，以取其子布弄，都忘其恚矣。"《南部新书》下棋，有没有这样陶冶性情之功，我不敢说，不过有人下起棋来确实是把性命都可置之度外。我有两个朋友下棋，警报作，不动声色，俄而弹落，棋子被震得在盘上跳荡，屋瓦乱飞，其中一位棋瘾较小者变色而起，被对方一把拉住，"你走！那就算是你输了"。此公深得棋中之趣。

/写字/

在从前，写字是一件大事，在"念背打"教育体系当中占一个很重要的位置，从描红模子的横平竖直，到写墨卷的黑大圆光，中间不知有多大艰苦。记得小时候写字，老师冷不防地从你脑后把你的毛笔抽走，弄得你一手掌的墨，这证明你执笔不坚，是要受惩罚的。这样恶作剧还不够，有的在笔管上套大铜钱，一个，两个，乃至三四个，摇动笔管只觉头重脚轻，这原理是和国术家腿上绑沙袋差不多，一旦解开重负便会身轻似燕极尽飞檐走壁之能事，如果练字的时候笔管上驮着好几两重的金属，一旦握起不加附件的竹管，当然会龙飞蛇舞，得心应手了。写一寸径的大字，也有人主张用悬腕法，甚至悬肘法，写字如站桩，挺起腰板，咬紧牙关，正襟危坐，道貌岸然，在这种姿态中写出来的字，据说是能力透纸背。现代的人无须受这种折磨。"科举"已经废除了，只会写几个"行""阅""如拟""照办"，便可为官。自来水笔代替了毛笔，横行左行也可以应酬问世，写字一道，渐渐地要变成"国粹"了。

当作一种艺术看，中国书法是很独特的。因为字是艺术，所以什么"永字八法"之类的说教，其效用也就和"新诗作法""小说作法"相差不多。绳墨当然是可以教的，而巧妙各有不同，关键在于个人。写字最容易泄露一个人的个性，所谓"字如其人"大抵不诬。如果每个字都方方正正，其人大概拘谨；如果伸胳臂拉腿的都逸出格外，其人必定豪放；字瘦如柴，其人必如排骨；字如墨猪，其人必近于"五百斤油"。所以郑板桥的字，就应该是那样的倾斜古怪，才和他那吃狗肉傲公卿的气概相称，颜鲁公的字就应该是那样的端庄凝重，才和他的临难不苟的品格相合，其间无丝毫勉强。

在"文字国"里，需要写字的地方特别多。擘窠大字至蝇头小楷，都有用途。可惜的是，写字的人往往不能用其所长，且常用错了地方。譬如，凿石摹壁的大字，如果不能使山川生色，就不如给当铺酱园写写招牌，至不济也可以给煤栈写"南山高煤"。有些人的字不宜在壁上题诗，改写春联或"抬头见喜"就合适得多。有的人写字技术非常娴熟，在茶壶盖上写"一片冰心"是可以胜任的，却偏爱给人题跋字画。中堂条幅对联，其实是人人都可以写的，不过悬挂的地点应该有个分别，有的宜于挂在书斋客堂，有的宜于挂在饭铺理发馆，求其环境配合，气味相投，如是而已。

"善书者不择笔"，此说未必尽然，秃笔写铁线篆，未尝不可，临赵孟𫖯心经就有困难。字写得坚挺俊俏，所用大概是尖毫。笔墨纸砚，对于字的影响是不可限量的。有时候写字的人除了工具之外还讲究一点特殊的技巧，最妙者无过于某公之一笔虎，八尺的宣纸，布满了一个虎字，气势磅礴，一气呵成，尤其是那一直竖，顶天立地的笔直一根杉木似的，煞是吓人。据说，这是有特别办法的，法用马弁一名，牵着纸端，在写到那一竖的时候把笔顿好，喊一声"拉"，马弁牵着纸就往后扯，笔直的一竖自然完成。

写字的人有瘾,瘾大了就非要替人写字不可,看着人家的白扇面,就觉得上面缺点什么,至少也应该有"精气神"三个字。相传有人爱写字,尤其是爱写扇子,后来腿坏,以致无扇可写;人问其故,原来是大家见了他就跑,他追赶不上了。如果字真写到好处,当然不需腿健,但写字的人究竟是腿健者居多。

/ 读画 /

《随园诗话》："画家有读画之说，余谓画无可读者，读其诗也。"随园老人这句话是有见地的。读是读诵之意，必有文章词句然后方可读诵，画如何可读？所以读画云者，应该是读诵画中之诗。

诗与画是两个类型，在对象、工具、手法各方面均不相同。但是类型的混淆，古已有之，在西洋。所谓 Ut picturapoesis，"诗既如此，画亦同然"，早已成为艺术批评上的一句名言。我们中国也特别称道王摩诘的"画中有诗，诗中有画"。究竟诗与画是各有领域的。我们读一首诗，可以欣赏其中的景物的描写，所谓"历历如绘"。但诗之极致究竟别有所在，其着重点在于人的概念与情感。所谓诗意、诗趣、诗境，虽然多少有些抽象，究竟是以语言文字来表达最为适宜。我们看一幅画，可以欣赏其中所蕴藏的诗的情趣，但是并非所有的画都有诗的情趣，而且画的主要的功用是在描绘一个意象。我们说读画，实在是在画里寻诗。

"蒙娜丽莎"的微笑，即是微笑，笑得美，笑得甜，笑得有味道，但是我们无法追问她为什么笑，她笑的是什么。尽管有许多人在猜这个微笑的谜,其实都是多此一举。有人以为她是因为发现自己怀孕了而微笑,那微笑代表女性的骄傲与满足。有人说:"怎见得她是因为发觉怀孕而微笑呢?也许她是因为发觉并未怀孕而微笑呢?"这样地读下去,是读不出所以然来的。会心的微笑,只能心领神会,非文章词句所能表达。像"蒙娜丽莎"这样的画,还有一些奥秘的意味可供揣测,此外像Watts的《希望》,画的是一个女人跨在地球上弹着一只断了弦的琴,也还有一点象征的意思可资领会,但是Sorolla的《二姊妹》,除了耀眼的阳光之外还有什么诗可读?再如Sully的《戴破帽子的孩子》,画的是一个孩子头上顶着一个破帽子,除了那天真无邪的脸上的光线掩映之外还有什么诗可读?至于Chase的一幅《静物》,可能只是两条死鱼翻着白肚子躺在盘上,更没有什么可说的了。

也许中国画里的诗意较多一点。画山水不是"春山烟雨",就是"江皋烟树",不是"云林行旅",就是"春浦帆归",只看画题,就会觉得诗意盎然。尤其是文人画家,一肚皮不合时宜,在山水画中寄托了隐逸超俗的思想,所以山水画的境界成了中国画家人格之最完美的反映。即使是小幅的花卉,像李复堂、徐青藤的作品,也有一股豪迈潇洒之气跃然纸上。

画中已经有诗,有些画家还怕诗意不够明显,在画面上更题上或多或少的诗词字句。自宋以后,这已成了大家所习惯接受的形式,有时候画上无字反倒觉得缺点什么。中国字本身有其艺术价值,若是题写得当,也不难看。西洋画无此便利,"拾穗人"上面若是用鹅翎管写上一首诗,那就不堪设想。在画上题诗,至少说明了一点,画里面的诗意有用文字表达的必要。一幅酣畅的泼墨画,画着有两棵大白菜,墨色浓淡之间充分表示了画家笔下控制水墨的技巧,但是画面的一角题了一行大字:"不可无此味,不可有此色",这张画的意味不同了,由纯粹的画变成了一幅具有道德价值的概念的插图。金冬心的一幅墨梅,篆籀纵横,密圈铁线,清癯高傲之气扑人眉宇,但是半幅之地题了这样的词句:"晴窗呵冻,写寒梅数枝,胜似与猫儿狗儿盘桓也……"顿使我们的注意力由斜枝细蕊转移到那个清高的画士。画的本身应该能够表现画家所要表现的东西,不需另假文字为之说明,题画的办法有时使画不复成为纯粹的画。

我想画的最高境界不是可以读得懂的,一说到读便牵涉文章词句,便要透过思想的程序,而画的美妙处在于透过视觉而直诉诸人的心灵,画给人的一种心灵上的享受,不可言说,说便不着。

/漫谈读书/

我们现代人读书真是幸福。古者,"著于竹帛谓之书",竹就是竹简,帛就是缣素。书是希罕而珍贵的东西。一个人若能垂于竹帛,便可以不朽。孔子晚年读《易》,韦编三绝,用韧皮贯联竹简,翻来翻去以至于韧皮都断了,那时候读书多么吃力!后来有了纸,有了毛笔,书的制作比较方便,但在印刷之术未行以前,书的流传完全是靠抄写。我们看看唐人写经,以及许多古书的钞本,可以知道一本书得来非易。自从有了印刷术,刻版、活字、石印、影印,乃至于显微胶片,读书的方便无以复加。

物以稀为贵。但是书究竟不是普通的货物。书是人类的智慧的结晶,经验的宝藏,所以尽管如今满坑满谷的都是书,书的价值不是用金钱可以衡量的。价廉未必货色差,畅销未必内容好。书的价值在于其内容的精到。宋太宗每天读《太平御览》等书二卷,漏了一天则以后追补,他说:"开卷有益,朕不以为劳也。"这是"开卷有益"一语之由来。《太平御览》采集群书一千六百余种,分为五十五门,历代典籍尽萃于是,宋太宗日理万机之暇日览两卷,当然可以说是"开卷有益"。如今我们的书太多了，纵不说粗制滥造，至少是种类繁多，接触的方面甚广。我们读书要有抉择，否则不但无益而且浪费时间。

那么读什么书呢？这就要看各人的兴趣和需要。在学校里，如果能在教师里遇到一两位有学问的，那是最幸运的事，他能适当地指点我们读书的门径。离开学校就只有靠自己了。读书，永远不恨其晚。晚，比永远不读强。有一个原则也许是值得考虑的：作为一个道地的中国人，有些部书是非读不可的。这与行业无关。理工科的、财经界的、文法门的，都需要读一些蔚成中国文化传统的书。经书当然是其中重要的一部分，史书也一样的重要。盲目的读经不可以提倡，意义模糊的所谓"国学"亦不能餍现代人之望。一系列的古书是我们应该以现代眼光去了解的。

黄山谷说："人不读书，则尘俗生其间，照镜则面目可憎，对人则语言无味。"细味其言，觉得似有道理。事实上，我们所看到的人，确实是面目可憎语言无味的居多。我曾思索，其中因果关系安在？何以不读书便面目可憎语言无味？我想也许是因为读书等于是尚友古人，而且那些古人著书立说必定是一时才俊，与古人游不知不觉受其熏染，终乃收改变气质之功，境界既高，胸襟既广，脸上自然透露出一股清醇爽朗之气，无以名之，名之曰书卷气。同时在谈吐上也自然高远不俗。反过来说，人不读书，则所为何事，大概是陷身于世网尘劳，困厄于名缰利锁，五烧六蔽，苦恼烦心，自然面目可憎，焉能语言有味？

当然，改变气质不一定要靠读书。例如，艺术家就另有一种修为。"伯牙学琴于成连先生，三年不成。成连言吾师方子春今在东海中，能移人情。乃与伯牙偕往，到蓬莱山，留伯牙宿，曰：'子居习之，吾将迎师。'刺船而去，旬时不返。伯牙延望无人，但闻海水汹洞崩拆之声，山林窅冥，群鸟悲号，怆然叹曰：'先生将移我情。'乃援琴而歌，曲成，成连刺船迎之而返。伯牙之琴,遂妙天下。"这一段记载,写音乐家之被自然改变气质,虽然神秘,不是不可理解的。禅宗教外别传,根本不立文字,靠了顿悟即能明心见性。这究竟是生有异禀的人之超绝的成就。以我们一般人而言,最简便的修养方法还是读书。

书,本身就有情趣,可爱,大大小小形形色色的书,立在架上,放在案头,摆在枕边,无往而不宜。好的版本尤其可善。我对线装书有一分偏爱。吴稚晖先生曾主张把线装书一律丢在茅厕坑里,这偏激之言令人听了不大舒服。如果一定要丢在茅厕坑里,我丢洋装书,舍不得丢线装书。可惜现在线装书很少见了,就像穿长袍的人一样的稀罕。几十年前我搜求杜诗版本,看到古逸丛书影印宋版蔡孟弼《草堂诗笺》,真是爱玩不忍释手,想见原本之板面大,刻字精,其纸张墨色亦均属上选。在校勘上笺注上此书不见得有多少价值,可是这部书本身确是无上的艺术品。

/谈时间/

希腊哲学家 Diogenes 经常睡在一只瓦缸里,有一天亚历山大皇帝走去看他,以皇帝的惯用的口吻问他:"你对我有什么请求吗?"这位玩世不恭的哲人翻了翻白眼,答道:"我请求你走开一点,不要遮住我的阳光。"

这个家喻户晓的小故事,究竟含义何在,恐怕见仁见智,各有不同的看法。我们通常总是觉得那位哲人视尊荣犹敝屣,富贵如浮云,虽然皇帝驾到,殊无异于等闲之辈,不但对他无所希冀,而且亦不必特别的假以颜色。可是约翰逊博士另有一种看法,他认为应该注意的是那阳光,阳光不是皇帝所能赐予的,所以请求他不要把他所不能赐予的夺了去。这个请求不能算奢,却是用意深刻。因此约翰逊博士由"光阴"悟到"时间",时间也者虽然也是极为宝贵,而也是常常被人劫夺的。

"人生不满百",大致是不错的。当然,老而不死的人,不是没有,不过期颐以上不是一般人所敢想望的。数十寒暑当中,睡眠去了很大一部分。苏东坡所谓"睡眠去其半",稍嫌有点夸张,大约三分之一左右总是有的。童蒙一段时期,说它是天真未凿也好,说它是昏昧无知也好,反正是浑浑噩噩,不知不觉;及至寿登耄耋,老悖聋瞆,甚至"佳丽当前,未能缱绻",比死人多一口气,也没有多少生趣可言。掐头去尾,人生所余无几。就是这短暂的一生,时间亦不见得能由我们自己支配。约翰逊博士所抱怨的那些不速之客,动辄登门拜访,不管你正在怎样忙碌,他觉得宾至如归,这种情形固然令人啼笑皆非,我觉得究竟不能算是怎样严重的"时间之贼"。他只是在我们的有限的资本上抽取一点捐税而已。我们的时间之大宗的消耗,怕还是要由我们自己负责。

有人说:"时间即生命。"也有人说:"时间即金钱。"二说均是,因为有人根本认为金钱即生命。不过细想一下,有命斯有财,命之不存,财于何有?要钱不要命者,固然实繁有徒,但是舍财不舍命,仍然是较聪明的办法。所以《淮南子》说:"圣人不贵尺之璧而重寸之阴,时难得而易失也。"我们幼时,谁没有做过"惜阴说"之类的课艺?可是谁又能趁早体会到时间之"难得而易失"?我小的时候,家里请了一位教师,书房桌上有一座钟,我和我的姊姊常乘教师不注意的时候把时针往前拨快半个钟头,以便提早放学,后来被老师觉察了,他用朱笔在窗户纸上的太阳阴影划一痕记,作为放学的时刻,这才息了逃学的念头。

时光不断地在流转,任谁也不能攀住它停留片刻。"逝者如斯夫,不舍昼夜!"我们每天撕一张日历,日历越来越薄,快要撕完的时候便不免矍然以惊,惊的是又临岁晚,假使我们把几十册日历装为合订本,那便象征我们的全部的生命,我们一页一页地往下扯,该是什么样的滋味呢？"冬天一到，春天还会远吗？"可是你一共能看见几次冬尽春来呢？

不可挽住的就让它去罢！问题在，我们所能掌握的尚未逝去的时间，如何去打发它。梁任公先生最恶闻"消遣"二字，只有活得不耐烦的人才忍心地去"杀时间"。他认为一个人要做的事太多，时间根本不够用，哪里还有时间可供消遣？不过打发时间的方法，亦人各不同，士各有志。乾隆皇帝下江南，看见运河上舟楫往来，熙熙攘攘，顾问左右："他们都在忙些什么？"和珅侍卫在侧，脱口而出："无非名利二字。"这答案相当正确，我们不可以人废言。不过三代以下唯恐其不好名，大概名利二字当中还是利的成分大些。"人为财死，鸟为食亡。"时间即金钱之说仍属不诬。诗人渥资华斯有句：

尘世耗用我们的时间太多了，夙兴夜寐，
赚钱挥霍，把我们的精力都浪费掉了。

所以有人宁可遁迹山林，享受那清风明月，"侣鱼虾而友麋鹿"，过那高蹈隐逸的生活。诗人济慈宁愿长时间地守着一株花，看那花苞徐徐展瓣，以为那是人间至乐。嵇康在大树底下扬槌打铁，"浊酒一杯，弹琴一曲"；刘伶"止则操卮执觚，动则挈榼提壶"，一生中无思无虑其乐陶陶。这又是一种颇不寻常的方式。最彻底的超然的例子是《传灯录》所记载的："南泉和尚问陆亘曰：'大夫十二时中作么生？'陆云：'寸丝不挂！'"寸丝不挂即是了无挂碍之谓，"原来无一物，何处染尘埃？"这境界高超极了，可以说是"以天地为一朝，万期为须臾"，根本不发生什么时间问题。

人，诚如波斯诗人莪谟伽耶玛所说，来不知从何处来，去不知向何处去，来时并非本愿，去时亦未征得同意，糊里糊涂地在世间逗留一段时间。在此期间内，我们是以心为形役呢？还是立德立功立言以求不朽呢？还是参究生死直超三界呢？这大主意需要自己拿。

/独来独往/

——读萧继宗《独往集》

狮子和虎,在猎食的时候,都是独来独往;狐狸和犬,则往往成群结队。性情不同,习惯各异,其间并不一定就有什么上下优劣之分。萧继宗先生的集子名曰"独往",单是这个标题就非常引人注意。

萧先生非常谦逊,在自序里说:"我老觉得一旦厕身于文学之林,便有点不尴不尬、蹩手蹩脚之感,所以我自甘永远做个'槛外人'。""我几篇杂文,可说是闭着眼睛写的。所谓闭着眼睛也者,是从没有留心外界的情形,也就是说与外界毫没干涉,只是一个人自说自话,所以叫它'独往集'。"客气尽管客气,作者的"孤介"的个性还是很明显地流露了出来。所谓"自说自话",就是不追逐时髦,不被别人牵着鼻子走,不说言不由衷的话。写文章本应如此。客气话实在也是自负话。

萧先生这二十六篇杂文,确实可以证明这集子的标题没有题错,每一篇都有作者自己的见地,不人云亦云,这样的文章在如今是并不多见的。作者有他的幽默感,也有他的正义感,这两种感交织起来,发为文章,便不免有一点恣肆,嬉怒笑骂,入木三分了。

我且举一个例,就可以概其余。集中《哆嗦》一篇,对于"喜欢掉书袋做注解的先生们"该是一个何等的讽刺。我年来喜欢读杜诗,在琉璃厂搜购杜诗各种版本及评解,花了足足两年多的时间买到六十几种,(听说徐祖正先生藏有两百余种,我真不敢想象!)我随买随看,在评注方面殊少当意者。我们中国的旧式的学者,在做学问方面(至少表现在注诗方面者)于方法上大有可议之处。以仇兆鳌的详注本来说,他真是"矻矻穷年",小心谨慎地注解,然后"缮写完备,装潢成帙",进呈康熙皇帝御览的,一大堆的资料真积了不少,在数量上远超过以往各家的成绩,可是该注的不注,注也注不清楚,不该注的偏偏不嫌辞费连篇累牍刺刺不休,看起来真是难过。(不仅仇兆鳌注诗如此,他如吴思齐的《杜诗论文》,其体例是把杜诗一首首做成散文提要,也一样的是常常令人摸不着要领。)对于先贤名著,不敢随意讥弹,但是心理确是有此感想。如今读了萧继宗先生的文章,真有先获我心之感,他举出了仇兆鳌所注《曲江》一首为例,把其中的可笑处毫不留情地揭发出来,真可令人浮一大白。萧先生虽未明说,这篇文章实在是对旧式学究的一篇讽刺。研究中国文学的人要跳开"词章"的窠臼,应用新的科学的整理方法方能把"文章遗产"发扬光大起来。

萧先生在最后一篇《立言》里临了说出这么一句:

"今后想要立言,而且想传世不朽的话,只有一条大路,即是向科学方面寻出路。"这一句可以发人猛省的话。

/ 时间即生命 /

最令人触目惊心的一件事,是看着钟表上的秒针一下一下地移动,每移动一下就是表示我们的寿命已经缩短了一部分。再看看墙上挂着的可以一张张撕下的日历,每天撕下一张就是表示我们的寿命又缩短了一天。因为时间即生命。没有人不爱惜他的生命,但很少人珍视他的时间。如果想在有生之年做一点什么事,学一点什么学问,充实自己,帮助别人,使生命成为有意义,不虚此生,那么就不可浪费光阴。这道理人人都懂,可是很少人真能积极不懈地善于利用他的时间。

我自己就是浪费了很多时间的一个人。我不打麻将,我不经常地听戏看电影,几年中难得一次,我不长时间看电视,通常只看半个小时,我也不串门子闲聊天。有人问我:"那么你大部分时间都做了些什么呢?"我痛自反省,我发现,除了职务上的必须及人情上所不能免的活动之外,我的时间大部分都浪费了。我应该集中精力,读我所未读过的书,我应该利用所有时间,写我所要写的东西,但是我没能这样做。我的好多的时间都糊里糊涂地混过去了,"少壮不努力,老大徒伤悲。"例如我翻译莎士比亚,本来计划于课余之暇每年翻译两部,二十年即可完成,但是我用了三十年,主要的原因是懒。翻译之所以完成,主要的是因为活得相当长久,十分惊险。翻译完成之后,虽然仍有工作计划,但体力渐衰,有力不从心之感。假使年轻的时候鞭策自己,如今当有较好或较多的表现。然而悔之晚矣。

再例如,作为一个中国人,经书不可不读。我年过三十才知道读书自修的重要。我披阅,我圈点,但是恒心不足,时作时辍。五十以学易,可以无大过矣,我如今年过八十,还没有接触过《易经》,说来惭愧。史书也很重要。我出国留学的时候,我父亲买了一套同文石印的前四史,塞满了我的行箧的一半空间,我在外国混了几年之后又把前四史原封带回来了。直到四十年后才鼓起勇气读了《通鉴》一遍。现在我要读的书太多,深感时间有限。

无论做什么事,健康的身体是基本条件。我在学校读书的时候,有所谓"强迫运动",我踢破过几双球鞋,打断过几只球拍。因此侥幸维持下来最低限度的体力。老来打过几年太极拳,目前则以散步活动筋骨而已。寄语年轻朋友,千万要持之以恒地从事运动,这不是嬉戏,不是浪费时间。健康的身体是做人做事的真正的本钱。

/ 旅行 /

我们中国人是最怕旅行的一个民族。闹饥荒的时候都不肯轻易逃荒，宁愿在家乡吃青草啃树皮吞观音土，生怕离乡背井之后，在旅行中流为饿殍，失掉最后的权益——寿终正寝。至于席丰履厚的人更不愿轻举妄动，墙上挂一张图画，看看就可以当"卧游"，所谓"一动不如一静"。说穿了"太阳下没有新鲜事物"。号称山川形胜，还不是几堆石头一汪子水？我记得做小学生的时候，郊外踏青，是一桩心跳的事，多早就筹备，起个大早，排成队伍，擎着校旗，鼓乐前导，事后下星期还得作一篇《远足记》，才算功德圆满。旅行一次是如此的庄严！我的外祖母，一生住在杭州城内，八十多岁，没有逛过一次西湖，最后总算去了一次，但是自己不能行走，抬到了西湖，就没有再回来——葬在湖边山上。

古人云，"一生能着几雨屐？"这是劝人及时行乐，莫怕多费几双鞋。但是旅行果然是一桩乐事吗？其中是否含着有多少苦恼的成分呢？

出门要带行李，那一个几十斤重的五花大绑的铺盖卷儿便是旅行者的第一道难关。要捆得紧，要捆得俏，要四四方方，要见棱见角，与稀松露馅儿的大包袱要迥异其趣,这已经就不是一个手无缚鸡之力的人所能胜任的了。关卡上偏有好奇人要打开看看,看完之后便很难得再复原。"乘兴而来,兴尽而返。"很多人在打完铺盖卷儿之后就觉得游兴已尽了。在某些国度里,旅行是不需要携带铺盖的,好像凡是有床的地方就有被褥,有被褥的地方就有随时洗换的被单——旅客可以无牵无挂,不必像蜗牛似的顶着安身的家伙走路。携带铺盖究竟还容易办得到,但是没听说过带着床旅行的,天下的床很少没有臭虫设备的。我很怀疑一个人于整夜输血之后,第二天还有多少精神游山逛水。我有一个朋友发明了一种服装,按着他的头躯四肢的尺寸做了一件天衣无缝的睡衣,人钻在睡衣里面,只留眼前两个窟窿,和外界完全隔绝——只是那样子有些像是×××,夜晚出来曾经几乎吓死一个人!

　　原始的交通工具,并不足为旅客之苦。我觉得"滑竿""架子车"都比飞机有趣。"御风而行,泠然善也,"那是神仙生涯。在尘世旅行,还是以脚能着地为原则。我们要看朵朵的白云,但并不想在云隙里钻出钻进;我们要"横看成岭侧成峰,远近高低各不同",但并不想把世界缩小成假山石一般玩物似的来欣赏。我惋惜弥尔顿所称述的中土有"挂帆之车"尚不曾坐过。交通工具之原始不是病,病在于舟车之不易得,车夫舟子之不易缠,"衣帽自看"固不待言,还要提防青纱帐起。刘伶"死便埋我",也不是准备横死。

　　旅行虽然夹杂着苦恼,究竟有很大的乐趣在。旅行是一种逃避——逃避人间的丑恶。"大隐藏人海",我们不是大隐,在人海里藏不住。岂但人海里安不得身?在家园也不容易遁迹。成年地圈在四合房里,不必仰屋就要兴叹;成年地看着家里的那一张脸,不必牛衣也要对泣。家里面所能看见的那一块青天,只有那么一大块。取之不尽、用之不竭的清风明月,在家里都不能充分享用,要放风筝需要举着竹竿爬上房脊,要看日升月落需要左右邻居没有遮拦。走在街上,熙熙攘攘,磕头碰脑的不是人面兽,就是可怜虫。在这种情形之下,我们虽无勇气披发入山,至少为什么不带着一把牙刷捆起铺盖出去旅行几天呢?在旅行中,少不了风吹雨打,然后倦飞知还,觉得"在家千日好,出门一时难",这样便可以把那不可容忍的家变成为暂时可以容忍的了。下次忍耐不住的时候,再出去旅行一次。如此的折腾几回,这一生也就差不多了。

旅行中没有不感觉枯寂的,枯寂也是一种趣味。哈兹利特(Hazlitt)主张在旅行时不要伴侣,因为:"如果你说路那边的一片豆田有股香味,你的伴侣也许闻不见。如果你指着远处的一件东西,你的伴侣也许是近视的,还得戴上眼镜看。"一个不合意的伴侣,当然是累赘。但是人是个奇怪的动物,人太多了嫌闹,没人陪着嫌闷。耳边嘈杂怕吵,整天咕嘟着嘴又怕口臭。旅行是享受清福的时候,但是也还想拉上个伴。只有神仙和野兽才受得住孤独。在社会里我们觉得面目可憎语言无味的人居多,避之唯恐或晚,在大自然里又觉得人与人之间是亲切的。到美国落矶山上旅行过的人告诉我,在山上若是遇见另一个旅客,不分男女老幼,一律脱帽招呼,寒暄一两句。还是很有意味的一个习惯。大概只有在旷野里我们才容易感觉到人与人是属于一门一类的动物,平常我们太注意人与人的差别了。

真正理想的伴侣是不易得的,客厅里的好朋友不见得即是旅行的好伴侣,理想的伴侣须具备许多条件,不能太脏,如嵇叔夜"头面常一月十五日不洗,不大闷痒不能沐",也不能有洁癖,什么东西都要用火酒揩,不能如泥塑木雕,如死鱼之不张嘴,也不能终日喋喋不休,整夜鼾声不已,不能油头滑脑,也不能蠢头呆脑,要有说有笑,有动有静,静时能一声不响地陪着你看行云,听夜雨,动时能在草地上打滚像一条活鱼!这样的伴侣哪里去找?

/ 利用零碎时间 /

　　我常常听人说，他想读一点书，苦于没有时间。我不太同情这种说法。不管他是多么忙，他总不至于忙得一点时间都抽不出来。一天当中如果抽出一小时来读书，一年就有三百六十五小时，十年就有三千六百五十小时，积少成多，无论研究什么都会有惊人的成绩。零碎的时间最可宝贵，但是也最容易丢弃。我记得陆放翁有两句诗，"呼童不应自生火，待饭未来还读书"，这两句诗给我的印象很深。待饭未来的时候是颇难熬的，用以读书岂不甚妙？我们的时间往往于不知不觉中被荒废掉，例如，现在距开会还有五十分钟，于是什么事都不做了，磨磨蹭蹭，五十分钟便打发掉了。如果用这时间读几页书，岂不较为受用？至掉在"度周末"的美名之下把时间大量消耗的人，那就更不必论了。他是在"杀时间"，实在也是在杀他自己。

　　一个人在学校读书的时间是最可羡慕的一段时间，因为他没有生活的负担，时间完全是他自己的。但是很少人充分地把握住这个机会，多多少少地把时间浪费掉。学校的教育应该是启发学生好奇求知的心理，鼓励他自动地往图书馆里去钻研。假如一个人在学校读书，从来没有翻过图书馆的书目卡片，没有借过书，无论他的功课成绩多么好，我想他将来多半不能有什么成就。

英国的一个政治家兼作者 Willam Cobbett（1762—1835）写过一本书《对青年人的劝告》，其中有一段"利用零碎时间"。我觉得很感动人，译抄如下：

文法的学习并不需要减少办事的时间，也不需要占去必需的运动时间。平常在茶馆咖啡馆用掉的时间以及附带着的闲谈所用掉的时间——一年中所浪费掉的时间——如果用在文法的学习上，便会使你在余生中成为一个精确的说话者写作者。你们不需要进学校，用不着课室，无须费用，没有任何麻烦的情形。我学习文法是在每日赚六便士当兵卒的时候，床的边沿或岗哨铺位的边沿便是我们研习的座位，我的背包便是我的书架子，一小块木板放在腿上便是我的写字台，而这工作并未用掉一整年的工夫。我没钱去买蜡烛油，在冬天除了火光以外我很难得在夜晚有任何光，而那也只好等到我轮值时才有。

如果我在这种情形之下，既无父母又无朋友给我以帮助与鼓励，居然能完成这工作。那么任何年轻人，无论多穷苦，无论多忙，无论多缺乏房间或方便，还有什么可借口的呢？为了买一支笔或一张纸，我被迫放弃一部分粮食，虽然是在半饥饿的状态中。在时间上没有一刻钟可以说是属于自己的，我必须在十来个最放肆而又随便的人们之高谈阔论、歌唱嬉笑、吹哨吵闹当中阅读写作，而且是在他们毫无顾忌的时间里。莫要轻视我偶尔花掉的买纸笔墨水的那几文钱。那几文钱对于我是一笔大款！除了为我们上市购买食物所费之外，我们每人每星期所得不过是两便士。我再说一遍，如果我能在此种情形下完成这项工作，世界里可能有一个青年能找到借口说办不到吗？哪一位青年读了我这篇文字，若是还要说没有时间没有机会研习这学问中最重要的一项，他能不羞惭吗？

以我而论，我可以老实讲，我之所以成功，得力于严格遵守我在此讲给你们听的教条者，过于我的天赋的能力；因为天赋能力，无论多少，比较起来用处较少，纵然以严肃和克己来相辅，如果我在早年没有养成那爱惜光阴之良好习惯。我在军队获得非常的擢升，有赖于此者胜过其他任何事物。我是"永远有备"；如果我在十点要站岗，我在九点就准备好了；从来没有任何人或任何事在等候我片刻时光。年过二十岁，从上等兵立刻升到军士长，越过了三十名中士，应该成为大家嫉恨的对象；但是这早起的习惯以及严格遵守我讲给你们听的教条，确曾消灭了那些嫉恨的情绪，因为每个人都觉得我所做的乃是他们所没有做的而且是他们所永不会做的。

Cobbett 这个人是工人之子，出身寒苦，早年在美洲从军，但是他终于因苦读自修而成功，他写了不少的书，其中有一部是《英文文法》。这是一个很感动人的例子。

/苦雨凄风/

一

那是初秋的一天。一阵秋雨淅淅沥沥地落了下来，发出深山里落叶似的沙沙的声音；又夹着几阵清凉的秋风，把雨丝吹得斜射在百叶窗上。弟弟正在廊上吹胰子泡，偶尔地锐声地喊着。屋里非常的黑暗，像是到了黄昏；我独自卧在大椅上，无聊地燃起一支香烟。这时候我的情思活跃起来，像是一只大鹏，飞腾于八极之表；我的悲哀也骤然狂炽，似乎有一缕一缕的愁丝将要把我像蛹一般地层层缚起。啊！我的心灵也是被凄风苦雨袭着！

在这愁困的围氛里，我忽的觉得飘飘摇摇，好像是已然浮游在无边的大海里了，一轮明月照着万顷晶波……一阵海风过处，又听得似乎是从故乡吹过来的母亲的呼唤和爱人的啜泣。我不禁悲从中来，泪如雨下；却是帘栊里透进一阵凉风，把我从迷惘中间吹醒。原来我还是在椅上呆坐，一根香烟已燃得只剩三分长了。外面的秋雨兀自落个不住。我深深地呼吸了一口气。

母亲慢慢地走了进来,眼睛有些红了,却还直直地凝视着我的面上。我看看她默默无语。她也默默地坐在我对面,隔了一会儿,缓声地说:

"行李都预备好了吗……"

她这句话当然不是她心里要说的,因为我的行装完全是母亲预备的,我知道她心里悲苦,故意地这样不动声色地谈话,然而从她的声音里,我已然听到一种哑涩的、呜咽的声音。我力自镇定,指着地上的两只皮箱说:

"都好了,这只皮箱很结实,到了美国也不至于损坏的……"

母亲点点头,转过去望着窗外,这时候雨势稍煞,院里积水泛起无数的水泡,弟弟在那里用竹竿戏水,大声地欢笑。俄顷间雨又潇潇地落大了。

壁上的时钟敲了四下,我一声不响地起来披上了雨衣,穿上套鞋……母亲说:"雨还在落着,你要出去吗?"

我从大衣袋里掏出陈小姐给我饯行的柬帖,递给她看;她看了只轻轻地点点头,说:"好,去吧。"我才掀开门帘,只听见母亲似乎叹了一声。

我走到廊上,弟弟扯着我说:"怎么,绿哥?你现在就走了吗?这样的雨天,母亲大概不准我去看你坐火车了……"我抚弄他的头发,告诉他:"我明天才走呢。你一定可以去送我的。今天有人给我饯行。"

我走出家门,粗重的雨点打到我的身上。

二

公园里异常的寂静,似是特留给我们话别。池里的荷叶被雨洗得格外碧绿，清风过处，便俯仰倾欹，做出各种姿态。我们两个伏在水榭的栏上赏玩，灰色的天空反映着远处的青丽的古柏，红墙黄瓦的宫殿，做成一幅哀艳沉郁的图画。我们只默默地望着这寂静的自然，不交一语。其实彼此都是满腔热情，常思晤时一吐为快，怎会没有话说呢？啊！这是情人们的通病罢——今朝的情绪，留作明日的相思！

一阵风香，她的柔发拂在我的脸上，我周身的血管觉得紧涨起来。想到明天此刻，当在愈离愈远，从此天各一方，不禁又战栗起来。不知是几许悲哀的情绪混合起来纠缠在我心头！唉，自古伤别离，离愁果是"剪不断、理还乱"的了。

我鼓起微弱的勇气，想摒绝那些愁思，无心地向她问着：

"你今天给我饯别，可曾请了陪客吗？"

她凝视了我一顷，似乎是在这一顷她才把她已经出神的情思收转回来应答我的问语。她微微地呼吸了一下，颤声地说：

"哦，请陪客了。陪客还是先我们而来的呢。"她微微地向我一笑，"你看啊，这苦雨凄风不是绝妙的陪客吗……"

我也微微报她一笑，只觉一缕凄凉的神情弥漫在我心上。

雨住了。园里的景象异常的清新，玳瑁的树枝缀着翡翠的水叶，荷池的水像油似的静止，雪氅红喙的鸭儿成群地叫着。我们缓步走出行榭，一阵土湿的香气扑án鼻观；沿着池边的曲折的小径，走上两旁植柏的甬道。园里还是冷清清的。天上的乌云还在互相追逐着。

"我们到影戏院去吧，雨天人稀，必定还有趣……"她这样地提议。我们便走进影戏院。里面的观众果似晨星的稀少，我们便在僻处紧靠着坐下。铃声一响，屋里昏黑起来，影片像逸马一般在我眼前飞游过去，我的情思也似随着像机轮旋转起来。我们紧紧地握着手，没有一句话说。

影片忽的一卷演讫，屋里的光线放亮了一些，我看见她的乌黑的眼珠正在不眨地注视着我。

"你看影戏了没有？"

她摇摇头说："我一点也没有看进去，不知是些什么东西在我眼前飞过……你呢？"

我勉强地笑着说："同你一样的……"

我们便这样的在黑暗的影戏院里度过两个小时。

我们从影戏院出来的时候，蒙蒙的细雨又在落着，园里的电灯全亮起来了，照得雨湿的地上闪闪地发光。远远地听见钟楼的当当的声音，似断似续地波送过来，只觉得凄凉、黯淡……我扶着她缓缓地步到餐馆，疏细的雨滴——是天公的泪点，洒在我们的身上。

她平时是不饮酒的，这天晚上却斟满一盏红葡萄酒，举起杯来低声地说：

"愿你一帆风顺，请尽了这一杯吧！"

我已经泪珠盈睫了，无言地举起我的酒杯，相对一饮而尽。餐馆的侍者捧着盘子，在旁边惊诧地望着我们。

我们从餐馆出来，一路向着园门行去。我们不约而同地愈走愈慢，我心里暗暗地慊恨这道路的距离太近！将到园门，我止住问她：

"我明天早晨去了……你可有什么话说吗……"

她垂头不响，慢慢地从她的丝袋里取出一封浅红色的信笺，递到我的手里，轻声地叹着，说："除纸笔代喉舌，千种思量向谁说……"

我默视无言，把红笺放在贴身的衣袋里。只觉得无精打采的路灯向着我的泪眼射出无数参差不齐的金黄色的光芒。

我送她登上了车，各道一声珍重，便这样的在苦雨凄风之夕别了！

三

我回到家里,妹妹在房里写东西,我过去要看,她翻过去遮着,说:"明天早晨你就看见了。今天陈小姐怎样的饯行来的……"我笑着出来,到母亲房里,小弟弟睡了,母亲在吸水烟。

"你睡去吧!明天清早还要起身呢……"

我步到我的卧房,只觉一片凄惨。在灯下把那红笺启视,上面写着:

绿哥:

我早就知道,在我和你末次——绝不是末次,是你远行前的末次——话别的时候,彼此一定只觉悲哀抑郁而不能道出只字。所以我写下这封信,准备在临行的时候交给你。这信里的话是应该当面向你说的,但是,绿哥,请你恕我,我的微弱的心禁不起强烈的悲哀的压迫,我只好请纸笔代喉舌了。

绿哥!两月前我就在想象着今天的情景,不料这一天居然临到!同学们都在讥笑我,说我这几天消瘦了;我的母亲又说我是病了,天天逼我吃药。你该知道我吃药是没用的。绿哥,你去了,我只有一件事要求你,就是你要常常地给我寄些信来,这是医我心灵的无上的圣药了。

看到这里,窗外滴滴答答地响个不住,萧萧的风又像是唏嘘着。我冥想了一刻,又澄心地看下去:

绿哥,我尝读古人句:"……人当少年嫁,我当少年别……"总觉得凄酸不堪，原来正是为我自身写照！只要你时常地记念着我，我便也无异于随你远渡重洋了。

"科罗拉多泉"是美国名胜的地方，一定可以增进你的健康，同时更可启发你的诗思。绿哥，你千万不要"清福独享"，务必要时常寄我些新诗，好叫一些"不相识的湖山，频来入梦"。我决计在这里的美术院再学几年，等你的诗集付印的时候可以给你的诗集画一些图案。绿哥，你的诗集一定需要图案的，你不看现在行的一些集子吗？白纸黑字，平淡无味，真是罪过！诗和画原是该结合的呀！

你去到外国，不要忘了可爱的中华！我前天送你的手制的国旗愿长久地悬在室内，檀香炉也可在秋雨之夜焚着。你不要只是眷念着我，须要崇仰着可爱的中华，可爱的中华的文化！

绿哥！别了！我不能再写下去了，因为我的话是无穷止的，只好这样地勉强停住。秋风多厉，珍重玉体！

妹陈淑敬上
临别前一日

我往复地看了数遍，如醉如痴地靠在卧椅上，望着这浅红的信笺出神。我想今夜是不能睡的了，大概要亲尝"枕前泪共阶前雨，隔个窗儿滴到明"的滋味了。忽的听见母亲推开窗子，咳嗽了一声，大声地说：

"绿儿！你还没睡吗？该休息了，明天清早还要去赶火车呢！"

我高声答道："我就去睡了。"我捻灭了灯，空床反侧，彻夜无眠。一阵阵的风声、雨声，在昏夜里猖狂咆哮。

四

看看东方的天有些发白,便在床上坐起来,纱窗筛进一缕晨风,微有寒意。天上的薄云还平匀地铺着。窗外有几只蟋蟀唧唧地叫着。我静坐了片刻,等到天大亮了,起来推开屋门。忽然,出我意料之外,门上有一张短简,用图钉钉着。我立刻取了下来,只见上面很整齐地写着:

绿哥:

请你在发现这张短简的时候把惊奇的心情立刻平静下去,因为我怕受惊奇的刺激,所以特地来把这张短简钉在你的门上。你明天不是要走了吗?我决定不去送你,并且决定在今夜不睡,以便等你明晨离家的时候,我还可以安然地睡着。请你不要叫醒我,绿哥,请你不要叫醒我。我怕看母亲的红了的眼睛,我怕看你临行和家人握手的样子……绿哥,你走后,我将日夜地祷告,祝你旅途平安,只要你答应我一件事,明天早晨不要叫醒我!再会罢!

紫妹敬上
苦雨凄风之夜

我读了异常的感动,便要把这张信纸夹在案头的书里。偶然翻过纸的背面,原来还有两行小字:

你放心地去好了,你走后我必代表你天天地找陈淑同玩。想来她在你去后也必愿和我玩的。

我不禁笑了出来。时光还很早,母亲不曾起来;我便撕下一张日历,在背面写着:

紫妹:
　　我一定不把你从梦中唤醒,来和我作别。我也想大家都在梦中作别,免得许多烦恼,但这是办不到的。临别没有多少话说,只祝你快乐!你若能常陪陈淑玩,我也是很感谢你的。再谈罢。

绿哥

我写好了便用原来的图钉钉在紫妹卧房的门上,悄悄地退回房里。移时,母亲起来,连忙给我预备点心吃。她重复地嘱咐我的话,只是要我到了外国常常给家里寄信。

行李搬到车上了。母亲的泪珠滚滚地流了出来,我只转过头去伸出手来和她紧紧地一握着说声:"母亲,我走了……"

"你的妹妹弟弟还在睡着,等我去叫醒他们和你一别吧……"

我连忙止住她说:"不用叫他们了,让他们安睡吧!"我便神志惘然地走出了家门。凉风吹着衣裳……

我走出巷口折行的时候,还看见母亲立在门口翘首地望我。

第四辑

聚散两依依,悲欢总关情

先生尝自谓『笔锋常带情感』,其实先生在言谈讲演之中所带的情感不知要更强烈多少倍!有学问,有文采,有热心肠的学者,求之当世能有几人?

/ 我在小学 /

我在六七岁的时候开始描红模子，念字号儿。所谓"红模子"就是红色的单张字帖，小孩子用毛笔蘸墨把红字涂黑即可。帖上的字不外是"上大人孔乙己化三千……"，"一去二三里烟村四五家……"，以及"王子去求仙丹成上九天……"之类。描红模子很容易描成墨猪，要练得一笔下去就横平竖直才算得功夫。所谓"字号儿"就是小方纸片，我父亲在每张纸片上写一个字，每天要我认几个字，逐日复习。后来书局印售成盒"看图识字"，一面是字，一面是画，就更有趣了，我们弟兄姊妹一大群，围坐在一张炕上的矮桌周边写字认字，有说有笑。有一次我一拱腿，把炕桌翻到地上去。母亲经常坐在炕沿上，一面做活计，一面看着我们，身边少不了一把炕笤帚，那笤帚若是倒握着在小小的脑袋上敲一击是很痛的。在那时体罚是最简截了当的教学法。

不久，我们住的内政部街西口内路北开了一个学堂，离我家只有四五个门。校门横楣有砖刻的五个福字，故称之为五福门。后院有一棵合欢树，俗称马缨花，落花满地，孩子们抢着拾起来玩，每天早晨谁先到校谁就可以捡到最好的花,我有早起的习惯,所以我总是拾得最多。有一天我一觉醒来,窗棂上有一格已经有了阳光,急得直哭,母亲匆忙给我梳小辫,打发我上学,不大功夫我就回转了,学堂尚未开门。在这学堂我学得了什么已不记得,只记得开学那一天,学生们都穿戴一色的缨帽呢靴站在院里,只见穿戴整齐的翎顶袍褂的提调学监们摇摇摆摆地走到前面,对着至圣先师孔子的牌位领导全体行三跪九叩礼。

在这个学堂里浑浑噩噩地过了一阵。不知怎么,这学校关门大吉。于是家里请了一位教师,贾文斌先生,字宪章,密云县人,口音有一点怯,是一名拔贡。我的二姊、大哥和我三个人在西院书房受教于这位老师。所用课本已经是新编的国文教科书,从"人、手、足、刀、尺"起,到"一人二手,开门见山",以至于"司马光幼时……"《三字经》《百家姓》《千字文》这一段就没有经历过。贾老师的教学法是传统的"念背打"三部曲,但是第三部"打"从未实行过。不过有一次我们惹得他生了大气,那是我背书时背不出来,二姊偷偷举起书本给我看,老师本来是背对着我们的,陡然回头撞见,气得满面通红,但是没有动用桌上放着的精工雕刻的一把戒尺。还有一次也是二姊惹出来的,书房有一座大钟,每天下午钟鸣四下就放学,我们时常暗自把时针向前拨快十来分钟。老师渐渐觉得座钟不大可靠,便利用太阳光照在窗纸上的阴影用朱笔画一道线,阴影没移到线上是不放学的。日久季节变幻阴影的位置也跟着移动,朱笔线也就一条条地加多。二姊想到了一个方法,趁老师不在屋里替他加上一条线,果然我们提早放学了,试行几次之后又被老师发现,我们都受了一顿训斥。

辛亥革命前二年,我和大哥进了大鹁鸽市的陶氏学堂。陶是陶端方,在当时是满清政府里的一位比较有知识的人,对于金石颇有研究,而且收藏甚富，历任要职，声势煊赫，还知道开办洋学堂，很难为他了。学堂之设主要的是为教育他的家族子弟，因为他家人口众多，不过也附带着招收外面的学生，收费甚昂，故有贵族学堂之称。父亲要我们受新式教育，所以不惜学费负担投入当时公认最好的学校，事实上却大失所望。所谓新式的洋学堂，只是徒有其表。我在这学堂读了一年可以说什么也没有学到，除非是让我认识了一些丑恶腐败的现象。

陶氏学堂是私立贵族学堂，陶氏子弟自成特殊阶级原无足异。但是有些现象却是令人难以置信的。陶氏子弟上课时随身携带老妈子，听讲之间可以唤老妈子外出买来一壶酸梅汤送到桌下慢慢饮用。听先生讲书，随时可以写个纸条，搓成一个纸团，丢到老师讲台上去，代替口头发问，老师不以为忤。陶氏子弟个个恣肆骄纵，横冲直撞，记得其中有一位名栻者，尤其飞扬跋扈。他们在课堂内外，成群地呼啸出入，动辄动手打人，大家为之侧目。

国文老师是一位南方人，已不记得他的姓名，教我们读诗经。他根据他的祖传秘方，教我们读，教我们背诵，就是不讲解，当然即使讲解也不是儿童所能领略。他领头扯着嗓子喊：“击鼓其镗”，我们全班跟着喊"击鼓其镗"，然后我们一句句地循声朗诵"踊跃用兵，土国城漕，我独南行"。他老先生喉咙哑了，便唤一位班长之类的学生代他吼叫。一首诗朗诵过几十遍，深深地记入在我们的脑子里，迄今有些首诗我能记得清清楚楚。脑子里记若干首诗当然是好事，但是付了多大的代价！一部分童时宝贵的光阴是这样耗去的！

有趣的是体操一课。所谓体操，就是兵操。夏季制服是白帆布制的，草帽、白线袜、黑皂鞋。裤腿旁边各有一条红带，衣服上有黄铜纽扣。辫子则需盘起来扣在草帽底下。我的父母瞒着祖父母给我们做了制服，因为祖父母的见解是属于更老一代的，他们无法理解在家里没有丧事的时候孩子们可以穿白衣白裤。因此我们受到严重的警告，穿好操衣之后要罩上一件竹布大褂，白色裤脚管要高高地卷起来，才可以从屋里走到院里，下学回家时依然要偷偷摸摸溜到屋里赶快换装。在民元以前我平时没有穿过白布衣裤。

武昌起义，鼙鼓之声动地而来，随后端方遇害，陶氏学堂当然立即瓦解，陶氏子弟之在课堂内喝酸梅汤的那几位以后也不知下落如何了。这时节，祖父母相继逝世，父亲做了一件大事，全家剪小辫子。在剪辫子那一天，父亲对我们讲了一大套话，平凤看的《大义觉迷录》《扬州十日记》供给他不少愤慨的资料，我们对于这污脏麻烦的辫子本来就十分厌恶，巴不得把它齐根剪去，但是在发动并州快剪之际，我们的二舅爹爹还忍不住泫然流涕。民国成立，薄海腾欢，第一任正式大总统项城袁世凯先生不愿到南京去就职，嗾使第三镇曹锟驻禄米仓部队于阴历正月十二日夜晚兵变，大烧大抢，平津人民遭殃者不计其数。我亦躬逢其盛。兵变过后很久，家里情形逐渐稳定，我才有机会进入公立第三小学。

公立第三小学在东城根新鲜胡同，是当时办理比较良好的学校，离我家又近，所以父亲决定要我和大哥投入该校。校长赫杏村先生，旗人，精明强干，声若洪钟。我和大哥都编入高小一年级，主任教师是周士菼先生，号香如，山西人，年纪不大，约三十几岁，但是蓄了小胡子，道貌岸然。周先生是我真正的启蒙业师。他教我们国文、历史、地理、习字。他的教学方法非常认真负责。在史地方面于课本之外另编补充教材，每次上课之前密密匝匝地写满了两块大黑板，要我们抄写，月终呈缴核阅。例如历史一科，鸿门之宴、垓下之围、淝水之战、安史之乱、黄袍加身、明末三案，诸如此类的史料都有比较详细的补充。材料很平常，可是他肯费心讲授，而且不占用上课时间去写黑板。对于习字一项，他特别注意。他用黑板槽里积存的粉笔屑，和水作泥，用笔蘸着写字在黑板上作为示范，灰泥干了之后显得特别的黑白分明，而且粗细停匀，笔意毕现，周老师的字属于柳公权一派，瘦劲方正。他要我们写得横平竖直，规规矩矩。同时他也没有忽略行草的书法，我们每人都备有一本草书《千字文》拓本，与楷书对照。我从此学得初步的草书写法，其中一部分终身未曾忘。大字之外还要写"白折子"，折子里面夹上一张乌丝格，作为练习小楷之用。他知道我们小学毕业之后能升学的不多，所以在此三年之内基础必须打好，而习字是基本技能之一。

周老师也还负起训育的责任，那时候训育叫作修身。我记得他特别注意生活上的小节，例如纽扣是否扣好，头发是否梳齐，以及说话的腔调，走路的姿势，无一不加指点。他要求于我们的很多，谁的笔记本子折角卷角就要受申斥。我的课业本子永远不敢不保持整洁。老师本人即是一个榜样。他布衣布履，纤尘不染，走起路来目不斜视，迈大步昂首前进，几乎两步一丈。讲起话来和颜悦色，但是永无戏言。在我们心目中他几乎是一个完人。我父亲很敬重周老师的为人，在我们毕业之后特别请他到家里为我的弟弟妹妹补课多年，后来还请他租用我们的邻院做我们的邻居。我的弟弟妹妹都受业于周老师，至少我们写的字都像是周老师的笔法。

小学有英文一课，事实上我未进小学之前就已开始从父亲学习英文了。我父亲是同文馆第一期学生，所以懂些英文，庚子年乱起辍学的。小学的英文老师是王德先生，字仰臣。我们用的课本是《华英初阶》，教授的方法是由拼音开始，ba、be、bi、bo、bu 然后就是死背字句，记得第三课就有一句 Is he of us？"彼乃我辈中人否？"这一句我背得滚瓜烂熟。老师一提 Is he of us？我马上就回答出："彼乃我辈中人否？"老师大为惊异，其实我在家里早已学过了。这样教学的方法使初学英文的人费时很多，但未养成初步的语言习惯，实在是精力的浪费。后来老师换了一位程洵先生，是一位日本留学生，有时穿着半身西装，英语发音也比较流利正确一些。我因为预先学过一些英文，所以在班上特感轻松，老师也特别嘉勉。临毕业时程老师送我一本原版的马考莱《英国史》，这本书当时还不能看懂，后来却也变成对我有用的一本参考书。

体操老师锡福先生，字辅臣，旗人。他有一副苍老而沙哑的喉咙，喊起立正、稍息、枪上肩、枪放下的时候很是威风。排起队来我是末尾，排头的一位有我两个高。老师特别喜欢我们这一班，因为我们平常把枪擦得亮，服装整齐一些，而且开正步的时候特别用力踏地作响，给老师作面子。学校在新鲜胡同东口路南，操场在西口路北，我们排队到操场去的时候精神抖擞，有时遇到操场上还有别班同学上操未散，我们便更着力操演，逼得其他各班只有木然呆立瞠目赞叹的分儿。半小时操后，时常是踢足球，操场不画线，竖起竹竿便是球门，一半人臂缠红布，笛声一响便踢起球来，高头大马横冲直撞，像我这样的只能退避三舍以免受伤。结果是鸣笛收队皆大欢喜。

我的算术，像"鸡兔同笼"一类的题目我认为是专门用来折磨孩子的，因为当时想鸡兔是不会同笼的，即使同笼亦无须又数头又数脚，一眼看上去就会知道是几只鸡几只兔。现在我当然明白，是我自己笨，怨不得谁。手工课也不容易应付，不是抟泥，就是削竹，最可怕的是编纸，用修脚刀把彩色纸划出线条，然后再用别种彩色纸条编织上去，真需要鬼斧神工，在这方面常常由我的大姊帮忙，教手工的老师患严重口吃，结结巴巴的惹人笑。教理化的李秉衡老师，保定府人，曾经表演氢二氧一变成水，水没有变出来，玻璃瓶炸得粉碎，但是有一次却变成功了。有一次表演冷缩热胀，一支烧得滚烫的铜珠，被一位多事的同学伸手抓了起来，烫得满手掌溜浆大泡。教唱歌的是一位时老师，他没有歌喉，但是会按风琴，他教我们唱的"春之花"我至今不能忘。

有一次远足是三年中一件大事。事先筹划了很久，决定目的地为东直门外的自来水厂。这一天特别起了个大早，晨曦未上就赶到了学校，大家啜柳叶汤果腹，柳叶汤就是细长菱形薄面片加菜煮成的一种平民食品，但这是学校里难得一遇的旷典，免费供应，大家都很高兴，有人连罄数碗。不知是谁出的主意，向步军统领衙门借了六位喇叭手，改着我们学校的制服，排在我们队伍前面开道，六只亮晶晶的喇叭上挂着红绸彩，嘀嘀打地吹起来，招摇过市，好不威风！由新鲜胡同走到东直门外，约有四五里之遥，往返将近十里。自来水厂没有什么可看的，虽然那庞大的水池水塔以前都没有见过。这是我第一次徒步走出北京城墙，有久困出柙之感。午间归来，两腿清酸。下次作文的题目是《远足记》，文章交卷此一盛举才算是功德圆满。

我们一班二十几人，如今音容笑貌尚存脑海者不及半数，姓名未忘者更是寥寥可数了。年龄最大、身体最高的是一位名叫连祥的同学，约在二十开外，浓眉大眼，膀大腰圆，吹喇叭踢足球都是好手，脑袋后面留着一根三寸多长的小辫，用红绳扎紧，挺然翘然地立在后脑勺子上，像是一根小红萝卜。听说他以后当步兵去了。一位功课好而态度又最安详的是常禧，后来冠姓栾，他是我们的班长，周老师很器重他，后来听周老师说他在江西某处任商务印书馆分馆经理。还有岳廉识君，后来进了交通部。我们同学绝大部分都是贫寒子弟，毕业之后各自东西，以我所知道的有人投军，有人担筐卖杏，能升学的极少。我们在校的时候都相处得很好,有两种风气使我感到困惑。一个是喜欢打斗,动辄挥拳使绊,闹得桌翻椅倒。有一位同学长相不讨人喜欢,满脸疙瘩噜苏,绰号"小炸丸子",他经常是几个好闹事的同学们欺弄的对象,有多少次被抬到讲台桌上,手脚被人按住,有人扯下他的裤子,大家轮流在他的裤裆里吐一口痰!还有一位同学名叫马玉岐,因为宗教的关系饮食习惯与别人不同,几个不讲理的同学便使用武力强迫他吃下他们不吃的东西,经常要酿出事端。在这样尚武的环境之中我小心翼翼,有时还不能免于受人欺凌。自卫的能力之养成,无论是斗智还是斗力,都需要实际体验,我相信我们的小学是很好的训练场所。另一件使我困惑的事是大家之口出秽言的习惯。有些人各自秉承家教,不只是《三字经》常挂在嘴边,高谈阔论起来其内容往往涉及《素女经》,而且有几位特别大胆的还不惜把他在家中所见所闻的实例不厌其详地描写出来。讲的人眉飞色舞,听的人津津有味。学校好几百人共用一个厕所,其环境之脏可想,但是有些同学们如厕之后其嘴巴比那环境还脏。所以我视如厕为畏途。性教育在一群孩子们中间自由传播,这种情形当时在公立小学尤甚,我是深深拜受其赐了。

我在第三小学读了三年,每天早晨和我哥哥步行到校,无间风雪。天气不好的时候要穿家中自制的带钉的油鞋,手中举着雨伞,途中经常要遇到一只恶犬,多少要受到骚扰,最好的时候是适值它在安睡,我们就悄悄地溜过去了,那时我不明白为什么有人要养狗并且纵容它与人为难。内政部门口站岗和巡捕半醒半睡地挂着上刺刀的步枪靠在墙垛上,时常对我们颔首微笑,我们觉得受宠若惊,久之也搭讪着说两句话。出内政部街东口往北转,进入南小街子,无分晴雨永远有泥泞车辙,其深常在尺许。街边有羊肉床子,时常遇到宰羊,我们就驻足而视,看着绵羊一声不响在引颈就戮。羊肉包子的味道热腾腾地四溢。卖螺丝转儿油鬼的，卖甜浆粥的，卖烤白薯的，卖糖耳朵的，一路上左右皆是。再向东一转就进入新鲜胡同了，一眼可以望得见城墙根，常常看见有人提笼架鸟从那边溜跶着走过来。这一段路给我的印象很深，二十多年后我再经过这条街则已变为坦平大道面目全非，但是我还是怀念那久已不复存在的湫隘的陋巷。我是在这些陋巷中生长大的，这是我的故乡。

民国四年我毕业的时候，主管教育的京师学务局（局长为德彦）令饬举行会考，把所有各小学应届毕业的学生三数百人聚集在我们第三小学，考国文习字图画数科，名之曰观摩会，事关学校荣誉，大家都兴奋。国文试题记得是"诸生试各言尔志"，事有凑巧这个题目我们以前做过，而且以前做的时候，好多同学都是说将来要"效命疆场，马革裹尸"。我其实并无意步武马援，但是我也摭拾了这两句豪语。事后听主考的人说：第三小学的一班学生有一半要"马革裹尸"，是佳话还是笑谈也就很难分辨了。我在打草稿的时候，一时兴起，使出了周老师所传授的草书《千字文》的笔法，写得虽然说不上龙飞蛇舞，却也自觉得应手得心，正赶上局长大人亲自监考经过我的桌旁，看见我写的好大个的草书，留下了特别的印象。图画考的是自由画，我们一班最近画过一张松鹤图，记忆犹新，大家不约而同地都依样葫芦，斜着一根松枝，上面立着一只振翅欲飞的仙鹤，章法不错。我本来喜欢图画，父亲给我的芥子园画谱也发生了作用，我所画的松鹤图总算是尽力为之了。榜发之后，我和哥哥以及栾常禧君都高居榜首，荣誉属于第三小学。我得到的奖品最多，是一张褒奖状，一部成亲王的巾箱帖，一个墨盒，一副笔架以及笔墨之类。

"小时了了，大未必佳"，如今想想这话颇有道理。

我的暑假是怎样过的

儿时英文作文教师喜欢出的作文题目之一,便是"我的暑假是怎样过的"?记得当时抓耳挠腮,搜索枯肠,窘困万状,但仍不能不凑出几百字塞责交卷。小孩子的暑假还有什么新鲜的过法?总不外吃喝玩乐。要撰文记述,自不免觉得枯涩乏味。现在我年近五十,仍操粉笔生涯,今年暑假是怎样过去的,颇觉得有一点儿迷迷糊糊。眼看着就要开学,于是自动地给自己出下这样一个题目,择记几件小事,都平凡琐屑无比,并不惊人,总算给我的暑假做一结束。

暑假伊始,我本来是立有大志的,其规模虽然比不上什么三年计划、五年计划之类,却也条举目张,要克期计功。现在加以清算,我的暑假作业怕是不能及格了。推其原因,当然照例是"环境不良,心绪恶劣"八个字。其实环境也不算太不良,虽然每天清晨飞机一群擦着房檐过去,有时郊外隐闻炮声,还有时要在街头打死几个学生颁布戒严令,但是究竟从来没有炮弹碎片落在自己头上,这环境也可以算得是很安谧了。心绪确是近于恶劣,但也是自找,既无疾病缠绵,亦无断炊情事,如果稍微相信一点儿唯物论，大可以思想前进，决无苦闷。可惜的是，自己隐隐然还有一颗心，外界的波澜不能不掀动内心的荡漾，极小的一件事也可以使人终日寡欢，所以工作成绩也就微小得不值一提了。

一放暑假，一群孩子背着铺盖卷回家，这是一厄！一家团聚，应该是一种享受天伦之乐的机会，但是凭空忽来壮丁就食，家庭收支立刻发现赤字，难以弥补。而赡养义务又是义不容辞的。这是颇费周章的一件事。可恨的是，孩子们既无杨朱的技能，又无颜回的操守，粗茶淡饭之后，一个个的唉声叹气，嚷着"嘴里要淡出鸟儿来"！在我这一方面，生活也大受干扰，好像是有一群流亡学生侵入住宅，吃起东西来像一队蝗虫，谈天说笑像是一塘青蛙，出出进进，熙熙攘攘，清早起来马桶永远有人占着座儿，衣服、袜子、书籍、纸笔狼藉满屋好像是才遭洗劫，一张报纸揉得稀烂，彼此之间有时还要制造摩擦。饶这样，还不敢盼着暑假早日结束，暑假一终止，另一灾难到来，学杂膳宿，共二十七袋面！

还有一桩年年暑期里逃不脱的罪过。学校要招生。招生要监考，监考也不要紧，顶多是考生打翻墨水壶的时候你站远点，免得溅一腿，考生问"抄题不抄题"的时候使你恶心一下。考完要看卷子，看卷子也不要紧，捏着鼻子看，总有看完的一天，离奇的答案有时使人笑得肚子疼，离奇的试题有时使人不好意思笑出声来，都还有趣。最伤脑筋的是，招生之际总有几位亲友手提着两罐茶叶、一筐水果登门拜访，忸忸怩怩地说孩子要考您那个大学您那个系，求您多多关照。好像那个学房铺是我开的似的！如果我开诚布公地对他说，我实在心有余而力不足，题目不是一个人出，卷子不是一个人看，其间还有弥封暗码，最后还要开会公决，要想舞一点儿弊是几乎不可能，这套话算是白说，他死也不信。"大家都是中国人，打什么官腔？""你这是推脱，干脆说不管好了，不够朋友！""帮人一步忙，就怕树叶儿打了脑袋？"再说就更不好听了，"谁没有儿女？谁也保不住不求人。这点儿小事都不肯为力，'房顶开门，六亲不认'！"如果我答应下来，榜发之时十九是名落孙山，没脸见人。这样的苦头我年年都要吃，一年一度，牢不可破，能推的推了，不能推的昧着良心答应下来，反正结果是得罪人。今年得高人指点，应付较为得宜。接受请托之际，还他一个模棱答案，"您老的事我还能不尽力！您真是太见外了。不过有一句话得说在前头。令郎的成绩若是差个一星半点的，十分八分的，兄弟有个小面子，这事算包在我身上了，准保能给取上，不过，若是差得太多，公事上可交代不下去，莫怪我力不从心"。对方听了觉得入情入理，一定满意。之后，对方还照例要来一封八行书，几回电话，一再叮咛，这都不慌。等到快发榜的前夕，可要把握时机，少不得要到学校里钻营一番，如果确知考取了，赶快在榜发之前至少十分钟打一电话给他老人家，"恭喜，恭喜！令郎的成绩好，倒不是小弟的力量……"他一定认为是你的力量。他相信人情、面子。如果没有考取，不怕，也在发榜之前十分钟打一电话，虽然是噩耗，而能在发榜之前就得到消息，这人情是托到家了。事后再赶快抄一张他这位世兄的成绩表，"英文零分，数学两分，语文十五分……实在没有办法，抱歉之至"！这办法不得罪人。

还有更难应付的问题，一到暑假，正是"毕业及失业"的季候，年轻小伙子总觉得教书的先生许有点儿办法，于是前来登门拜谒，请求介绍职业。其实教书的先生正是因为在人事上毫无办法，所以才来教书，否则早就学优而仕了。所以每有学生一手持履历片，一手拿点什么小小的礼物之类，我一见便伤心不只从一处来，一面痛恨自己的不中用，一面惋惜来者之找错了人。

长夏无俚,难道没有一点儿赏心乐事?当然也有。晚饭后,瓜棚豆架(确切地说,今年我家瓜无棚豆无架,全是就地擦的)!泡上一大壶酽茶,一家人分据几把破藤椅,乘凉闲话,直聊到星稀斗横风清露重,然后贸贸然踱到屋里倒头便睡——这是一天里最快活的一段时间。白天就没有这样清闲,多少鸡毛蒜皮的琐碎事,多少语言无味、面目可憎的人,把你的时间切得寸断,把你的心戳成马蜂窝!你休想安心,休想放心,休想专心,更休想开心!

有人主张暑假里到一个风景优美的地方去避暑,什么北戴河、青岛,都是好地方,至不济到郊外山上租几间屋子,也可暂避尘嚣。这种主张当然是非常正确,谁也不预备反驳。北戴河、青岛如今都不景气,而且离前线也太近,殊非养生之道,远不及莫干山、庐山。我今年避暑的所在,和几十年来的一样,是在红尘万丈、火伞高张的城里,风景差一点儿,可是也并未中暑。

我的暑假就这样地过去了,好歹把孩子们打发上学了,明年的暑假能不能这样平安度过,谁知道?

/清华八年/

一

我自民国四年进清华学校读书,民国十二年毕业,整整八年的工夫在清华园里度过。人的一生没有几个八年,何况是正在宝贵的青春?四十多年前的事,现在回想已经有些模糊,如梦如烟,但是较为凸出的印象则尚未磨灭。有人说,人在开始喜欢回忆的时候便是开始老的时候。我现在开始回忆了。

民国四年,我十四岁,在北京新鲜胡同京师公立第三小学毕业,我的父亲接受朋友的劝告要我投考清华学校。这是一个重大的决定,因为这个学校远在郊外,我是一个古老的家庭中长大的孩子,从来没有独自在街头闯荡过,这时候要捆起铺盖到一个陌生的地方去住,不是一件平常的事,而且在这个学校经过八年之后便要漂洋过海离乡背井到新大陆去负笈求学,更是难以设想的事。所以父亲这一决定下来,母亲急得直哭。

清华学校在那时候尚不大引人注意。学校的创立乃是由于民国纪元前四年美国老罗斯福总统决定退还庚子赔款半数指定用于教育用途，意思是好的，但是带着深刻的国耻的意味。所以这学校的学制特殊，事实上是留美预备学校，不由教育部管理，校长由外交部派。每年招考学生的名额，按照各省分担的庚子赔款的比例分配。我原籍浙江杭县，本应到杭州去应试，往返太费事，而且我家寄居北京很久，也可算是北京的人家，为了取得法定的根据起见，我父亲特赴京兆大兴县[1]办理入籍手续，得到准许备案，我才到天津（当时直隶省会）省长公署报名。我的籍贯从此确定为京兆大兴县，即北京。北京东城属大兴，西城属宛平。

那一年直隶省分配名额为五名，报名应试的大概是三十几个人，初试结果取十名，复试再进选五名。复试由省长朱家宝亲自主持，此公素来喜欢事必躬亲，不愿假手他人，居恒有一颗闲章，文曰："官要自作"。我获得初试入选的通知以后就到天津去谒见省长。十四岁的孩子几曾到过官署？大门口的站班的衙役一声吆喝，吓我一大跳，只见门内左右站着几个穿宽袍大褂的衙役垂手肃立，我逡巡走近二门，又是一声吆喝，然后进入大厅。十个孩子都到齐，有人出来点名。静静地等了一刻钟，一位面团团的老者微笑着踱了出来，从容不迫地抽起水烟袋，逐个地盘问我们几句话，无非是姓甚、名谁、几岁、什么属相之类的谈话。然后我们围桌而坐，各有毛笔纸张放在面前，写一篇作文，题目是"孝弟为人之本"。这个题目我好像从前作过，于是不加思索援笔立就，总之是一些陈词滥调。

过后不久榜发，榜上有名的除我之外有吴卓、安绍芸、梅贻宝及一位未及入学即行病逝的应某。考取学校总是幸运的事，虽然那时候我自

---

[1] 现已改为大兴区。

己以及一般人并不怎样珍视这样的一个机会。

就是这样我和清华结下了八年的缘分。

二

八月末,北京已是初秋天气,我带着铺盖到清华去报到,出家门时母亲直哭,我心里也很难过。我以后读英诗人 Cowper 的传记时之特别同情他,即是因为我自己深切体验到一个幼小的心灵在离开父母出外读书时的那种滋味——说是"第二次断奶"实在不为过。第一次断奶,固然苦痛,但那是在孩提时代,尚不懂事,没有人能回忆自己断奶时的懊恼,第二次断奶就不然了,从父母身边把自己扯开,在心里需要一点气力,而且少不了一阵辛酸。

清华园在北京西郊的海淀的东北。出西直门走上一条漫长的马路,沿途有几处步兵统领衙门的"堆子",清道夫一铲一铲地在道上撒黄土,一勺一勺地在道上泼清水。路的两旁是铺石的路专给套马的大敞车走的。最不能忘的是路边的官柳,是真正的垂杨柳,好几丈高的丫杈古木,在春天一片鹅黄,真是柳眼挑金,更动人的时节是在秋后,柳丝飘拂到人的脸上,一阵阵的蝉噪,夕阳古道,情景幽绝。我初上这条大道,离开温暖的家,走上一个新的环境,心里不知是什么滋味。

海淀是一小乡镇,过仁和酒店微闻酒香,那一家的茵陈酒莲花白是有名的,再过去不远有一个小石桥,左转趋颐和园,右转经圆明园遗址,再过去就是清华园了。清华园原是清室某亲贵的花园,大门上"清华园"三字是大学士那桐题的,门并不大,有两扇铁栅,门内左边有一棵状如华盖的老松,斜倚有态,门前小桥流水,桥头上经常系着几匹小毛驴。

园里谈不到什么景致,不过非常整洁,绿草如茵,校舍十分简朴但是一尘不染。原来的一点点中国式的园林点缀保存在"工字厅""古月堂",尤其是工字厅后面的荷花池,徘徊池畔,有"风来荷气,人在木阴"之致。塘坳有亭翼然,旁有巨钟为报时之用。池畔松柏参天,厅后匾额上的"水木清华"四字确是当之无愧。又有长联一副:"槛外山光,历春夏秋冬,万千变幻,都非凡境;窗中云影,任东西南北,去来澹荡,洵是仙居。"(祁寯藻书)我在这个地方不知消磨了多少黄昏。

西园榛莽未除,一片芦蒿,但是登土山西望,圆明园的断垣残石历历可见,俯仰苍茫,别饶野趣。我记得有一次郁达夫特来访问,央我陪他到圆明园去凭吊遗迹,除了那一堆石头什么也看不见了,所谓"万园之园"的四十美景只好参考后人画图于想象中得之。

三

清华分高等科、中等科两部分,刚入校的便是中等科的一年级生。中等四年,高等四年,毕业后送到美国去,这两部分是隔离的,食宿教室均不在一起。

学生们是来自各省的,而且是很平均地代表着各省。因此各省的方言都可以听到,我不相信除了清华之外有任何一个学校其学生籍贯是如此的复杂。有些从广东、福建来的,方言特殊,起初与外人交谈不无困难,不过年轻的人学语迅速,稍后亦可适应。由于方言不同,同乡的观念容易加强,虽无同乡会的组织,事实上一省的同乡自成一个集团。我是北京人,我说普通话,大家都学着说普通话,所以我没有方言,因此我也就没有同乡观念。如果我可以算得是北京土著,像我这样的土著,清华一共没有几个。(原籍满族的陶世杰,原籍蒙古族族的杨宗瀚都可以算是真正的北京人。)北京也有北京的土语,但是从这时候起我就和各个不同省籍的同学交往,我只好抛弃了我的土语的成分,养成使用较为普通的普通话的习惯。我一向不参加同乡会之类的组织,同时我也没有浓厚的乡土观念,因为我在这样的环境有过八年的熏陶,凡是中国人都是我的同乡。

一天夜里下大雪。黎明时同屋的一位广东同学大惊小怪地叫了起来:"下雪啦!下雪啦!"别的寝室的广东同学也出来奔走相告,一个个从箱里取出羊皮袍穿上,但是里面穿的是单布裤子!

有一位从厦门来的同学,因为言语不通没人可以交谈,孤独郁闷而精神失常,整天用英语喊叫:"我要回家!我要回家!"高等科有一位是他的同乡,但是不能时常来陪伴他。结果这位可怜的孩子被遣送回家了。

我是比较幸运的,每逢星期日我缴上一封家长的信便可获准出校返家,骑驴抄小径,经过大钟寺,到西直门,或是坐一小时的人力车遵大道进城。在家里吃一顿午饭,不大工夫夕阳西下又该回学校去了。回家的手续是在星期六晚办妥的,领一个写着姓名的黑木牌,第二天交到看守大门的一位张姓老头儿的手里,才得出门。平常是不准越大门一步的。但是高等科的同学们,和张老头打个招呼,也可以出门走走,买点什么鸭梨、柿子、烤白薯之类的东西。

新生是一群孩子,我这一班里以项君为最矮小,有一回他掉在一只大尿桶里几乎淹死。二三十年后我在天津遇到他,他已经任一个银行的经理,还是那么高,想起往事不禁发出会心的微笑。

新生的管理是很严格的。斋务主任陈筱田先生是个了不起的人物,天津人,说话干脆而尖刻,精神饱满,认真负责。学生都编有学号,我在中等科时是五八一,在高等科时是一四九,我毕业后十几年在南京车站偶然遇到他，他还能随口说出我的学号。每天早晨七点打起床钟，赴盥洗室，每人的手巾脸盆都写上号码，脏了要罚。七点二十分吃早饭，四碟咸菜如萝卜干八宝菜之类，每人三个馒头，稀饭不限。饭桌上，也有各人的学号，缺席就要记下处罚。脸可以不洗，早饭不能不去吃。陈先生常常躲在门后，拿着纸笔把迟到的一一记下，专写学号，一个也漏不掉。我从小就有早起的习惯，永远在打钟以前很久就起床，所以从不误吃早饭。

学生有久久不写平安家信以致家长向学校查询者，因此学校规定每两星期必须写家信一封，交斋务室登记寄出。我每星期回家一次，应免此一举，但格于规定仍须照办。我父亲说这是很好的练习小楷的机会，特为我在荣宝斋印制了宣纸的信笺，要我恭楷写信，年终汇订成册，留作纪念。

学生身上不许带钱，钱要存在学校银行里，平常的零用钱可以存少许在身上，但一角钱一分钱都要记账，而且是新式簿记，有明细账，有资产负债对照表，月底结算完竣要呈送斋务室备核盖印然后发还。在学校用钱的机会很少，伙食本来是免费的，我入校的那一年才开始收半费，每月伙食是六元半，我交三元，在我以后就是交全费的了，洗衣服每月二元，这都是在开学时交清了的。理发每次一角，技术不高明，设备也简陋，有一样好处——快，十分钟连揪带拔一定完工。（我的朋友张心一来自甘肃，认为一角钱太贵，总是自剃光头，青白油亮，只是偶带刀痕。）所以花钱只是买零食。校内有一个地方卖日用品及食物，起初名为嘉华公司，后改称为售品所，卖豆浆、点心、冰激凌、花生、栗子之类。只有在寝室里可以吃东西，在路上走的时候吃东西是被禁止的。

洗澡的设备很简单，用的是铅铁桶，由工友担冷热水。孩子们很多不喜欢亲近水和肥皂，于是洗澡便需要签名，以备查核。规定一星期洗澡至少两次，这要求并不过分，可是还是有人只签名而不洗澡。照规定一星期不洗澡予以警告，若仍不洗澡则在星期五下午四时周会（名为伦理演讲）时公布姓名，若仍不洗澡则强制执行派员监视。以我所知，这规则尚不曾实行过。

看小说也在禁止之列，小说是所谓"闲书"，据说是为成年人消遣之用，不是诲淫就是诲盗，年轻人血气未定，看了要出乱子的。可是像《水浒传》《红楼梦》之类我早就在家里看过，也是偷着看的，看到妙处心里确是怦怦然。

我到清华之后，经朋友指点，海淀有一家小书店可以买到石印小字的各种小说。我顺便去了一看，琳琅满目，如入宝山，于是买了一部《绿牡丹》。有一天晚上躺在床上偷看，字小，纸光，灯暗，倦极抛卷而眠，翌晨起来就忘记从枕下捡起，斋务先生查寝室，伸手一摸就拿走了。当天就有条子送来，要我去回话，我还不知道是什么事。只见陈先生铁青着脸，把那本《绿牡丹》往我面前一丢，说："这是嘛？""嘛"者天津话"什么"也。我的热血涌到脸上，无话可说，准备接受打击。也许是因为我是初犯，而且并无其他前科，也许是因为我诚惶诚恐俯首认罪，使得惩罚者消了不少怒意，我居然除了受几声斥责及查获禁书没收之外没有受到惩罚。依法，这种罪过是要处分的，应于星期六下午大家自由活动之际被罚禁闭，地点在"思过室"，这种处分是最轻微的处分，在思过室里静坐几小时，屋里壁上满挂着格言，所谓"闭门思过"。凡是受过此等处分的，就算是有了纪录，休想再能获得品行优良奖的大铜墨盒。我没进过思过室，可是也从来没有得过大铜墨盒，可能是受了绿牡丹事件的影响。我们对于得过墨盒的同学们既不嫉妒亦不羡慕，因为人人心里明白那个墨盒的代价是什么，并且事后证明墨盒的得主将来都变成了什么样的角色。

思过是要牌示的,若干次思过等于记一小过,三小过为一大过,三大过则恶贯满盈实行开除。记过开除之事在清华随时有之,有时候一向品学兼优的学生亦不能免于记过。比我高一班的潘光旦曾告诉我他就被记小过一次,事由是他在严寒冬夜不敢外出如厕,就在寝室门外便宜行事,事有凑巧,陈斋务主任正好深夜巡查,迎面相值当场查获,当时未交一语,翌日挂牌记过。光旦认为这是很有趣的一件事,从不讳言。中等科的厕所(绰号九间楼)在夜晚是没有人敢去的,面临操场,一片寂寥,加上狂风怒吼,孩子们是有一点怕。最严重的罪过是偷窃,一经破获,立刻开除,有时候拿了人家的一本字典或是拿了人家一匹夏布,都要受最严重的处分,趁上课时关扃寝室通路,翻箱倒箧实行突检,大概没有窃案不被破获的,虽然用重典,总还有人要蹈法网。有些学生被当作"线民"使用,负责打小报告,这种间谍制度后来大受外国教员指责,不久就废弃了,做线民的大概都是得过墨盒的。

清华对于年幼的学生还有过一阵的另一训导制度,三五个年幼的学生配给一个导师,导师由高等科的大学生担任之,每星期聚会一次,在生活上予以指导。指导我的是一位沈隽淇先生,大概比我大七八岁,道貌岸然,不苟言笑。这制度用意颇佳,但滞碍难行,因为硬性配给,不免扞格。此制行之不久即废,沈隽淇先生毕业后我也从来没听见过他的消息。

严格的生活管理只限于中等科,我们事后想想像陈筱田先生所执行的那一套管理方法,究竟是利多弊少,许多做人做事的道理,本来是应该在幼小的时候就要认识。许多自然主义的教育信仰者,以为儿童的个性应该任其自由发展,否则受了摧残以后,便不得伸展自如。至少我个人觉得我的个性没有受到压抑以至于以后不能充分发展。我从来不相信

"树大自直"。等我们升到高等科，一切管理松弛多了，尤其是正值"五四运动"之后，学生的气焰万丈，谁还能管学生？

四

清华是预备留美的学校，所以课程的安排与众不同，上午的课如英文、作文、公民（美国的公民）、数学、地理、历史（西洋史）、生物、物理、化学、政治学、社会学、心理学……都一律用英语讲授，一律用美国出版的教科书；下午的课如语文、历史、地理、修身、哲学史、伦理学、修辞、中国文学史……都一律用普通话，用中国的教科书。这样划分的目的，显然的要加强英语教学，使学生多得听说英语的机会。上午的教师一部分是美国人，一部分是能说英语的中国人。下午的教师是一些中国的老先生，好多都是在前清有过功名的。但是也有流弊，重点放在上午，下午的课就显得稀松。尤其是在毕业的时候，上午的成绩需要及格，下午的成绩则根本不在考虑之列。因此大部分学生轻视中文的课程。这是清华在教育上最大的缺点，不过鱼与熊掌不可得兼，顾了英文就不容易再顾中文，这困难的情形也是可以理解的。可惜的是学校没有想出更合理的办法，同时对待中文教师之差别待遇也令学生生出很奇异的感想，薪给特别低，集中住在比较简陋的古月堂，显然中文教师是不受尊重的。这在学生的心理上有不寻常的影响，一方面使学生蔑视本国的文化，崇拜外人；另一方面激起反感，对于洋人偏偏不肯低头。我个人的心理反应即属于后者，我下午上课从来不和先生捣乱，上午在课堂里就常不驯顺。而且我一想起母校，我就不能不联想起庚子赔款、义和团、吃教的洋人、昏聩的官吏……这一连串的联想使我惭愧愤怒。我爱我的母校，但这些联想如何能使我对我母校毫无保留地感觉骄傲呢？

清华特别注重英文一课，由于分配的钟点特多，再加上午其他各课亦用英语讲授，所以平均成绩可能较一般的学校略胜。使用的教本开始时是《鲍尔文读本》，以后就由浅而深的选读文学作品，如《阿丽斯异乡游记》《陶姆伯朗就学记》《柴斯菲德训子书》《金银岛》《欧文杂记》、阿迪生的《洛杰爵士杂记》、霍桑的《七山墙之屋》《块肉余生述》《朱立阿西撒》《威尼斯商人》，等等。前后八年教过我英文的老师有马国骥先生、林语堂先生、孟宪承先生、巢堃霖先生，美籍的有Miss Baader, Miss Clemens, Mr.Smith等。马、林、孟三位先生都是当时比较年轻的教师，不但学问好，教法好，而且热心教学，是难得的好教师。巢先生是在英国受教育的，英文根底极好，我很惭愧的是我曾在班上屡次无理捣乱反抗，使他很生气，但是我来台湾后他从香港寄信给我，要我到香港大学去教中文，我感谢这位老师尚未忘记几十年前的一个顽皮的学生。两位美籍的女教师使我特殊受益的倒不在英文训练，而在她们教导我们练习使用"议会法"，这一套如何主持会议、如何进行讨论、如何交付表决等的艺术，以后证明十分有用，这也就是孙中山先生所谓的"民权初步"。在民主社会里到处随时有集会，怎么可以不懂集会的艺术？我幸而从小就学会了这一套，以后受用不浅，以后每逢我来主持任何大小会议，我知道如何控制会场秩序，如何迅速地处理案件的讨论。她们还教了我们作文的方法，题目到手之后，怎样先作大纲，怎样写提纲挈领的句子，有时还要把别人的文章缩写成为大纲，有时从一个大纲扩展成为一篇文章，这一切其实就是思想训练，所以不仅对英文作文有用，对国文也一样的有用。我的文章写得不好、但如果层次不太紊乱，思路不太糊涂，其得力处在此。美国的高等学校大概就是注重此种教学方法，清华在此等处模仿美国，是有益的。

上午的所有课程有一特色,即是每次上课之前学生必须做充分准备,先生指定阅览的资料必须事先读过,否则上课即无从听讲或应付。上课时间用在练习讨论者多,用在讲解者少,同时鼓励学生发问。我们中国学生素来没有当众发问的习惯,美籍教师常常感觉困惑,有时指名发问令其回答,造成讨论的气氛。美国大学里在课外指定阅读的资料分量甚重,所以清华先有此种准备,免得到了美国顿觉不胜负荷。我记得到了高等科之后,先生指定要读许多参考书,某书某章必须阅读,我们在图书馆未开门之前就排了长龙,抢着阅读参考书架上的资料,迟到者就要等候。

我的国文老师中使我获益最多的是徐镜澄先生,我曾为文纪念过他(见《秋室杂文》)。他在中等科教我作文一年,批改课业大勾大抹,有时全页都是大墨杠子,我几千字的文章往往被他删削得体无完肤,只剩下三二百字,我始而懊恼,继而觉得经他勾改之后确实是另有一副面貌,终乃接受了他的"割爱主义",写文章少说废话,开门见山;拐弯抹角的地方求其挺拔,避免芃闟。

午后的课程大致不能令学生满意。学校聘请教员只知道注意其有无举人进士的头衔,而不问其是否为优良教师。尤其是五四以后的几年,学生求知若渴,不但要求新知,对于中国旧学问也要求用新眼光来处理。比我低一班的朱湘先生就跑到北大旁听去了。清华午后上课情形简直是荒唐!先生点名,一个学生可以代替许多学生答到,或者答到之后就开溜,留在课室者可以写信看小说甚至打瞌睡,而先生高踞讲坛视若无睹。我记得清清楚楚,有一位叶先生年老而无须,有一位学生发问了:"先生,你为什么不生胡须?"先生急忙用手遮盖他的下巴,缩颈俯首而不答,全班哄笑。这一类不成体统的事不止一端。

于此我不能不提到梁任公先生。大概是我毕业前一年,我们几个学生集议想请他来演讲。他的大公子梁思成是我同班同学,梁思永、梁思忠也都在清华,所以我们经过思成的关系一约就成了。任公先生的学问事业是大家敬仰的,尤其是他心胸开朗,思想赶得上潮流,在五四以后俨然是学术重镇。他身体不高、头秃、双目炯炯有光,走起路来昂首阔步,一口广东官话,声如洪钟。他讲演的题目是"中国韵文里表现的情感",他情感丰富,记忆力强,用手一敲秃头便能背诵出一大段诗词,有时手之舞之足之蹈之,有时口沫四溅涕泗滂沱,频频地从口袋里掏出一块大毛巾来揩眼睛。这篇演讲分数次讲完,有异常的成功,我个人对中国文学的兴趣就是被这一篇演讲所鼓动起来的。以前读曾毅《中国文学史》,因为授课的先生只是照着书本读一遍,毫无发挥,所以我越读越不感兴趣。任公先生以后由学校聘请住在工字厅主讲《中国历史研究法》,更以后清华大学成立,他被聘为研究所教授,那是后话了。

还有些位老师我也是不能忘记的。教音乐的 Miss Seeley 和教图画的 Miss Stars 和 Miss Lyggate 都启迪了我对艺术的爱好。我本来喉音不坏,被选为"少年歌咏团"的团员,一共十二个人,除了我之外有赵敏恒、梅旸春、项谔、吴去非、李先闻、熊式一、吴鲁强、胡光澄、杜钟珩、郭殿邦等,我的嗓音最高,曾到城里青年会表演过一次 Human Piano "人造钢琴",我代表最高音。以后我倒了嗓子,同时 Seeley 女士离校后也没有替人指导,我对音乐便失去了兴趣,没有继续修习,以至于如今对于音乐几乎完全是个聋子,中国音乐不懂,外国音乐也不通,变成了一个"内心没有音乐的人",想起来实在可怕。讲到图画,我从小就喜欢,涂抹几笔是可以的,但无天才,清华的这两位教师给我的鼓励太多了,要我画炭画,描石膏像,记得最初是画院里的一棵松树,从基本上学习,但我没有能持续用功。我妄以为在小学时即已临摹王石谷、恽南田，如今还要回过头来画这些死东西？自以为这是委屈了我的才能，其实只是狂傲无知。到如今一点基本的功夫都没有，还谈得到什么用笔用墨？幼年时对艺术有一点点爱好，不值什么，没加上苦功，便毫无可观，我便是一例。

我不喜欢的课是数学。在小学时"鸡兔同笼"就已经把我搅昏了头，到清华习代数、几何、三角，更格格不入，从心里厌烦，开始时不用功，以后就很难跟上去，因此视数学课为畏途。我校的一位同学孙筱孟比我更怕数学，每回遇到数学月考大考，他一看到题目就好像是"贾宝玉神游大虚幻境"一般，匆匆忙忙回寝室换裤子，历次不爽。我那时有一种奇异的想法，我将来不预备习理工，要这劳什子做什么？以"兴趣不合"四个字掩饰自己的懒惰愚蠢。数学是人人要学的，人人可以学的，那是一种纪律，无所谓兴趣之合与不合，后来我和赵敏恒两个人同在美国一个大学读书，清华的分数单上数学一项都是勉强及格六十分，需要补修三角与立体几何，我们一方面懊恼，一方面引为耻辱，于是我们两个拼命用功，结果我们两个在全班上占第一、第二的位置，大考特准免予参加，以甲上成绩论。这证明什么？这证明没有人的兴趣是不近数学的，只要按部就班地用功，再加上良师诱导，就会发觉里面的趣味，万万不可任性，在学校里读书时万万不可相信什么"趣味主义"。

生物、物理、化学三门并非全是必修，预备习文法的只要修生物即可，这一规定也害我不浅。我选了比较轻松的生物，教我们生物的陈隽人先生，他对我们很宽，我在实验室里完全把时间浪费了，我怕触及蚯蚓、田鸡之类的活东西，闻到珂罗芳的味道就头痛，把蛤蟆四肢钉在木板上开刀取心脏是我最怵的事，所以总是请同学代为操刀，敷衍了事。物理化学根本没有选修，至今引为憾事。

我的手很笨拙，小时候手工一向很坏，编纸插豆、泥工竹工的成绩向来羞于见人。清华亦有手工一课，教师是周永德先生，有一次他要我们每人做一个木质的方锥体，我实在做不好，就借用同学徐宗涑所做的成品去搪塞缴上。宗涑的手是灵巧的，他的方锥体做得方方正正、有棱有角，周先生给他打了个九十分。我拿同一个作品缴上去，他对我有偏见，仅打了七十分。我不答应，我自己把真相说穿。周先生大怒，说我不该借用别人的作品。我说："我情愿受罚，但是先生判分不公，怎么办呢？"先生也笑了。

五

清华对于体育特别注重。

每早晨第二堂与第三堂之间有十五分钟的柔软操。钟声一响大家涌到一个广场上，地上有写着号码的木桩，各按号码就位立定，由舒美科先生或马约翰先生领导活动，由助教过来点名。这十五分钟操，如果认真做，也能浑身冒汗。这是很好的调剂身心的办法。

下午四时至五时有一小时的强迫运动，届时所有的寝室课室房门一律上锁，非到户外运动不可，至少是在外面散步或看看别人运动。我是个懒人，处此情形之下，也穿破了一双球鞋，打烂了三五只网球拍，大腿上被棒球打黑了一大块。可惜到了高等科就不再强迫了。经常运动有助于健康，不，是健康之绝对的必需的条件。而且身体的健康，也必有助于心理的健康，年轻时所获致的健康也是后来求学做事的一笔资本。那时清华的一般的学生比较活泼一些，少老气横秋的态度，也许是运动比较多一点的缘故。

学生们之普遍的爱好运动的习惯之养成是一件事，选拔代表与别的学校竞赛则是又一件事。清华对于选手的选拔培养与爱护也是做得很充分的。选手要勤练习，体力耗损多，食物需要较高的热量，于是在食堂旁边另设"训练桌"，大鱼大肉，四盘四碗，同学为之侧目。运动员中之德、智、体三育均优者固然比比皆是，但在体育方面畸形发展的亦非绝无仅有。有一位玩球的健将就是功课不够理想，但还是设法留在校内以便为校立功，这种恶劣的作风是大家都知道的。

清华的运动员给清华带来不少的荣誉，在各种运动比赛中总是占在领导的位置。在最初的几次远东运动会中清华的选手赢得不少锦标，为国家争取光荣。我记得最清楚的是一场足球赛和一场篮球赛。上海南洋大学的足球队在华中称雄，远征华北以清华为对象，大家都觉得胜败未可逆料，不无惴惴。清华的阵容是前锋徐仲良、姚醒黄、关颂韬、华秀升、邝××。后卫之一是李汝祺，守门是董大酉。这一战打得好精彩，徐仲良脚头有劲，射门准而急，关颂韬最会盘球，三两个人奈何不得他，冲锋陷阵如入无人之境，结果清华以逸待劳，侥幸大胜。这是在星期六下午举行的，星期一补放假一天以资庆祝，这是什么事！另一场篮球赛是对北师大。北师大在体育方面也是人才辈出，篮球队中一位魏先生尤负盛名。北师大和清华在篮球不相上下，可说势均力敌。清华的阵容是前锋有时昭涵、陈崇武，后卫有孙立人、王国华，以这一阵容为基本的篮球队曾打垮菲律宾、日本的代表队。鏖战的结果清华占地利因而险胜，孙立人、王国华的截球之稳练不能不令人叹为观止。附带提起，现在台湾的程树仁先生也是清华的运动健将，他继曹懋德为足球守门，举臂击球，比用脚踢还打得远些，他现在年近七十而强健犹昔，是清华的体育精神的代表。

清华毕业时照例要考体育，包括田径、爬绳、游泳等项。我平常不加练习，临考大为紧张，马约翰先生对于我的体育成绩只是摇头叹息。

我记得我跑四百码的成绩是九十六秒，人几乎晕过去。一百码是十九秒。其他如铁球、铁饼、标枪、跳高、跳远都还可以勉强及格，游泳一关最难过。清华有那样好的游泳池，按说有好几年的准备应该没有问题，可惜是这好几年的准备都是在陆地上，并未下过水里，临考只得舍命一试。我约了两位同学各持竹竿站在两边，以备万一。我脚踏池边猛然向池心一扑，这一下子就浮出一丈开外，冲力停止之后，情形就不对了，原来水里也有地心吸力，全身直线下沉。喝了一口大水之后，人又浮到水面，尚未来得及喊救命，已经再度下沉。这时节两根竹竿把我挑了起来，成绩是不及格，一个月后补考。这一个月我可天天练习了，好在不止我一人，尚有几位陪伴我。补考的时候也许是太紧张，老毛病又发了，身体又往下沉，据同学告诉我，我当时在水里扑腾得好厉害，水珠四溅，翻江捣海一般，否则也不会往下沉。这一沉，沉到了池底。我摸到大理石的池底，滑腻腻的。我心里明白，这一回只许成功不许失败，便在池底连爬带泳地前进，喝了几口水之后，头已露出水面，知道快泳完全程了，于是从从容容来了几下子蛙式泳，安安全全地跃登彼岸。马约翰先生笑得弯了腰，挥手叫我走，说："好啦，算你及格了。"这是我毕业时极不光荣的一个插曲，我现在非常悔恨，年轻时太不知道重视体育了。

清华的体育活动也并不完全是洋式的，也有所谓国术，如打拳、击剑之类。教师是李剑秋先生，他的拳是外家一路，急而劲，据说很有功夫。有时也开会表演，邀来外面的各路英雄，刀枪剑戟陈列在篮球场上，主人先垫垫脚，然后一十八般武艺一样一样地表演上场，其中包括空手夺刀之类。对于这种玩意儿，同学中也有乐此不疲者，分头在钻研太极八卦少林石头的奥秘。

六

五四运动发生在民国八年,我在中等科四年级,十八岁,是当时学生群中比较年轻的一员。清华远在郊外,在五四过后第二三天才和城里的学生联络上。清华学生的领导者是陈长桐。他的领导才能(charisma)是天生的,他严肃而又和蔼,冷静而又热情,如果他以后不走进银行而走进政治,他一定是第一流的政治家。他的卓越的领导能力使得清华学生在这次运动里尽了应尽的责任,虽然以后没有人以"五四健将"而闻名于世。自五月十九日以后,北京学生开始街道演讲。我随同大队进城,在前门外珠市口我们一小队人从店铺里搬来几条木凳横排在街道上,人越聚越多,讲演的情绪越来越激昂,这时有三两部汽车因不得通过而乱按喇叭,顿时激怒了群众,不知什么人一声喝打,七手八脚地捣毁了一部汽车。我当时感觉到大家只是一股愤怒不知向谁发泄,恨政府无能,恨官吏卖国,这股恨只能在街上如醉如狂地发泄了。在这股洪流中没有人能保持冷静,此之谓群众心理。那部被打的汽车是冤枉的,可是后来细想也许不冤枉,因为至少那个时候坐汽车而不该挨打的人究竟为数不多。

六月三日、四日北京学生千余人在天安门被捕,清华的队伍最整齐,所以集体被捕,所占人数也最多。

清华因为继续参加学生运动而引起学校当局的不满,校长张俊全先生也许是用人不当,也许是他自己过分慌张,竟趁学生晚间开会之际切断了电线,他以为这一着可以迫使学生散去,想不到激怒了学生,当时点起蜡烛继续开会,这是对当局之公然反抗。事有凑巧,会场外忽然发现了三五个衣裳诡异打着纸灯笼的乡巴佬,经盘问后,原来是由学校当局请来的乡间的"小锣会"来弹压学生的。所谓小锣会，即是乡村农民组织的自卫团体，遇有盗警之类的事变就以敲锣为号，群起抵抗，是维持地方治安的一种组织。糊涂的学校当局竟把这种人请进学校来对付学生，真是自寻烦恼。学生们把小锣会团团围住，让他们具结之后便把他们驱逐出校。但是驱逐校长的风潮也因此而爆发了。

五四往好处一变而为新文化运动，往坏处一变而为闹风潮。清华的风潮是赶校长。张煜全、金邦正，接连着被学生列队欢送迫出校外，其后是罗忠诒根本未能到差。这一段时期学生领导人之最杰出者为罗隆基，他私下里常说"九年清华，三赶校长"是实有其事。清华的传统的管理学生的方式崩溃了，学生会的坚强组织变成学生生活的中心。学生自治也未始不是一个好的现象，不过罢课次数太多，一快到暑假就要罢课，有人讥笑我们是怕考试，然乎否乎根本不值一辩，不过罢课这个武器用得次数太多反而失去同情则确是事实。

五四运动原是一个短暂的爱国运动，热烈的、自发的、纯洁的，"如击石火，似闪电光"，很快地就过去了。可是年轻的学生们经此刺激震动而突然觉醒了，登时表现出一股蓬蓬勃勃的朝气，好像是蕴藏压抑多年的情绪与生活力，一旦获得了迸发奔放的机会，一发而不可收拾，沛然而莫之能御。当时以我个人所感到的而言，这一股力量在两点上有明显的表现：一是学生的组织，一是广泛的求知欲。

在这以前，学生们都是听话的乖孩子，对权威表示服从，对教师表示尊敬，对职员表示畏惧。我刚到清华的时候，见到校长周寄梅先生真觉得战战兢兢，他自有一种威仪使人慑服，至今我仍然觉得他有极好的风度，在我所知道的几任清华校长之中，他是最令大家禽服的一个。学校的组织与规程，尽管有不合理处，学生们不敢批评，更不敢有公然反抗的举动。

除了对于国文教师常有轻慢的举动以外，学生对一般教师是恭顺的。无论教师多么不称职，从没有被学生驱逐的。在中等科时，一位国文先生酒醉，拿竹板打了学生的手心，教务长来抢走了竹板，事情也就平息了，这事情若发生在今天那还了得！清华管理严格，记过开除是经常有的事，一纸开除的布告贴出，学生乖乖地卷铺盖，只有一次例外。我同班的一位万同学，因故被开除，他跑到海淀喝了一瓶莲花白，红头涨脸地跑回来，正值斋务主任李胡子在饭厅和学生们一起用膳，就在大庭广众之下，上去一拳把他打倒在地，这是绝无仅有的一次犯上作乱的精彩表演。

五四以后情形完全不同了。首先要说起学校当局之颟顸无能，当局糊涂到用关灭电灯的方法来防止学生开会，召进乡间的"小锣会"打着灯笼拿着棍棒到学校里来弹压学生，这如何能令学生心服？周校长以后的几任校长，都是外交部派来的闲散的外交官，在做官方面也许是内行的，但是平素学问道德未必能服人，遇到这动荡时代更不懂得青年心理，当然是治丝益棼，使事态恶化。数年之内，清华数易校长，每一位都是在极狼狈的情形之下离去的。学生的武器便是他们的组织——学生会。从前的班长、级长都是些当局属意的"墨合"持有人，现在的学生会的领导者是些有组织能力的有担当的分子。所谓"团结即是力量"，道理是不错的。原来为了遂行爱国运动而组织起来的学生会，性质逐渐扩大，目标也逐渐转移了。学生要求自治，学生也要过问学校的事。清华的学生会组织是相当健全的，分评议会与干事会两部分，评议会是决议机关，干事会是执行机关，评议员是选举的，我在清华最后几年一直是参加评议会的。我深深感觉"群众心理"是很可怕的，组织的力量如果滥用也是很可怕的。我们短短期间内驱逐的三位校长，其中有一位根本未曾到校，他的名字是罗忠诒，不知什么人传出了消息说他吸食鸦片烟，于是喧嚷开来，舆论哗然，吓得他未敢到任。人多势众的时候往往是不讲理的。学生会每逢到了五六月的时候，总要闹罢课的勾当，如果有人提出罢课的主张，不管理由是否充分，只要激昂慷慨一番，总会通过。罢课曾经是赢得伟大胜利的手段，到后来成了惹人厌恶的荒唐行为。不过清华的罢课当初也不是没有远大目标的。民国十一年三月间罗隆基写了一篇"彻底翻腾的清华革命"，发表在《北京晨报》，翌年三月间由学生会印成小册，并有梁任公先生及凌冰先生的序言，一致赞成清华应有一健全的董事会，可见清华革命之说确是合乎当时各方的要求。

嚣张是不须讳言的，但是求知的欲望也同时变得非常旺盛，对于一切的新知都急不暇择地吸收进去。我每次进城在东安市场、劝业场、青云阁等处书摊旁边不知消磨多少时光流连不肯去，几乎凡有新刊必定购置，不是我一人如此，多少敏感的青年学生都是如此。

我记得仔细阅读过的书刊包括有：胡适的《实验主义》《尝试集》《短篇小说集》《中国哲学史》，周作人的《欧洲文学史》《域外小说集》，王星拱的《科学方法论》，潘家洵译的《易卜生戏剧》，《少年中国》的丛书，共学社的丛书，《晨报》丛书，等等。《新潮》《新青年》等杂志更不待言的是每期必读的。当然，那时候学力未充，鉴别无力，自己并无坚定的见地，但是扩充眼界，充实腹笥，总是一件好事。所以我那时看的东西很杂，进化论与互助论、资本论与安那其主义、托尔斯泰与萧伯纳、罗素与柏格森、泰戈尔与王尔德，兼收并蓄，杂糅无章。没有人指导，没有人讲解，暗中摸索，有时自以为发掘到宝藏而沾沾自喜，有时全然失去比例与透视。幸而，由于我的天生的性格，由于我的家庭的管教，我尚能分辨出什么是稳健的康庄大道，什么是行险侥幸的邪恶小径。三十岁以后，自己知道发奋读书，从来不敢懈怠，但是求知的热狂在五四以后的那一段期间仍然是无可比拟的。

因为探求新知过于热心，对于学校的正常的功课反倒轻视疏忽了。基本的科学，不感兴趣，敷敷衍衍地读完一年生物学之后对于物理化学即不再问津，这一缺憾至今无法补偿。对于数学我更没有耐心，自己给自己制造了一个借口曰："性情不近"。梁任公先生创"趣味说"，我认为正中下怀，我对数学不感兴趣，因此数学的成绩仅能勉强维持及格，而并不觉得惭怍。不但此也，在英文班上读些文学名著，也觉得枯燥无味，莎士比亚的戏剧亦不能充分赏识，他的文字虽非死文字，究竟嫌古老些，哪有时人翻译出来的现代作品那样轻松？于是有人谈高尔华绥、萧伯纳、王尔德、易卜生，亦从而附和之；有人谈莫泊桑、柴霍甫、屠格涅夫、法朗士，亦从而附和之。如响斯应，如影斯随，追逐时尚，惶惶然不知其所届。这是五四以后之一窝蜂的现象，表面上轰轰烈烈，如花团锦簇，实际上不能免于浅薄幼稚。

七

清华学生全体住校，自成一个社团，故课外活动也就比较多些。我初进清华，对音乐图画都很热心。教音乐的教师 Miss Seeley 循循善诱，仪态万千，是颇受学生欢迎的一个人。她令学生唱校歌（清华的校歌是英文的）以测验学生歌唱的能力，我一试便引起她的注意，因为我声音特高，而且我能唱出校歌两阕的全部歌词，后来我就当选为清华幼年歌咏团的团员。不知为什么这位教师回国后就一直没有替人，同时我的嗓音倒了之后亦未能复元，于是从此我和音乐绝缘。教图画的教师先是一位 Miss Stars，后是一位 Miss Lyggate，教我们白描，教我们写生、炭画、水彩画，可惜的是我所喜欢的是中国画，并且到了中等科三年级也就没有图画一课了。

我在图画、音乐上都不得发展，兴趣转到了写字上面去。在小学的时候老师周士棻（香如）先生教我们写草书《千字文》，这是白折子、九宫格以外的最有趣的课外作业，我的父亲又鼓励我涂鸦，因此我一直把写字当作一种享受。我在清华八年所写的家信，都是写在特制的宣纸信笺上，每年装订为一册，全是墨笔恭楷，这习惯一直维持到留学回国为止。有一天我和同学吴卓（鹄飞）、张嘉铸（禹九）商量，想组织一个练习写字的团体，吴卓写得一笔好赵字，张嘉铸写得一笔鹄似张廉卿的魏碑体，众谋佥同，于是我就着手组织，征求同好。我的父亲给我们起了一个名字，曰："清华戏墨社。"大字，小楷，同时并进。包世臣的《艺舟双楫》、康有为的《广艺舟双楫》成了我的手边常备的参考书。我本来有早起的习惯，七点打起床钟，我六点就盥洗完毕，天蒙蒙亮我和几位同学就走进自修室，正襟危坐，磨墨伸纸，如是者二年，不分寒暑，从未间断，举行过几次展览。我最初看吴卓临赵孟𫖯《天冠山图咏》，见猎心喜，但是我父亲不准我写，认为应先骨格而后妩媚，要我写颜真卿《争座位》和柳公权的《玄秘塔》，同时供给我大量的珂罗版的汉碑，主要的是《张迁碑》《白石神君碑》《孔宙碑》，而以《曹全碑》殿后。这样临摹了两年，孤芳自赏，但愧未能持久，本无才力，终鲜功夫，至今拿起笔杆不能运用自如，是一憾事。

清华不是教会学校，所以并没有什么宗教气氛，但是有些外国教师及一些热心的中国人仍然不忘传教，例如查经班青年会之类均应有尽有，可是同时也有一批国粹派出面提倡孔教以为对抗。我对于宗教没有兴趣，不过于耶教、孔教二者若是必须作一选择，我宁取后者，所以我当时便参加了一些孔教会的活动，例如在孔教会附设的贫民补习班和工友补习班里授课之类。不过孔子的学说根本不能构成宗教，所谓国教运动尤其讨厌。

五四以后，心情丕变。任何人在青春时期都会"怨黄莺儿作对，怪粉蝶儿成双"，都会变成为一个诗人。我也在荷花池畔开始吟诗了，有一首诗就题为"荷花池畔"，后来发表在《创造季刊》第四期上。我从事文艺写作是在我进入高等科之初，起先是几个朋友（顾毓琇、张忠绂、翟桓等）在校庆日之前凑热闹翻译了一本《短篇小说作法》，这是一本没有什么价值的书，不知为何选中了它。我们的组织定名为"小说研究社"，向学校借占了一间空的寝室作为会所。后来我们认识了比我们高两级的闻一多，是他提议把小说研究社改为"清华文学社"，添了不少新会员，包括朱湘、孙大雨、闻一多、谢文炳、饶子离、杨子惠等。闻一多是个多才多艺的人，他不仅年纪比我们大两岁，在心理的成熟方面以及学识修养方面，都比我们不只大两岁，我们都把他当作老大哥看待。他长于图画，而国文根底也很坚实，作诗仿韩昌黎，硬语盘空，雄浑恣肆，而情感丰富，正直无私。这时候我和一多都大量的写白话诗，朝夕观摩，引为乐事。我们对于当时的几部诗集颇有一些意见，《冬夜》里有"被窝暖暖的，人儿远远的"之句，《草儿》里有"旗呀，旗呀，红、黄、蓝、白、黑的旗呀！"这样的一首，还有"如厕是早起后第一件大事"之句，我们都认为俗恶不堪，就诗论诗倒是《女神》的评价最高，基于这一点意见，一多写了一篇长文《冬夜评论》，由我寄给《北京晨报》副刊（孙伏园编）。我们很天真，以为报纸是公开的园地，我们以为文艺是可以批评的，但事实不如此。稿寄走之后，如石沉大海，杳无音信，几番函询亦不得复音，幸亏尚留底稿。我决定自行刊印，自己又写了一篇《草儿评论》，合为《冬夜草儿评论》，薄薄的一百多页，用去印刷费百余元，是我父亲供给我的。这一小册的出版引起两个反响,一个是《努力周报》署名"哈"的一段短评,当然是冷嘲热骂,一个是创造社《女神》作者的来信赞美。由于此一契机我认识了创造社诸君。

我有一次暑中送母亲回杭州,路过上海,到了哈同路民厚南里,见到郭、郁、成几位,我惊讶的不是他们的生活的清苦,而是他们的生活的颓废,尤以郁为最。他们引我从四马路的一端,吃大碗的黄酒,一直吃到另一端,在大世界追野鸡,在堂子里打茶围,这一切对于一个清华学生是够恐怖的。后来郁达夫到清华来看我,要求我两件事,一是访圆明园遗址,一是逛北京的四等窑子,前者我欣然承诺,后者则清华学生夙无此等经验,未敢奉陪(后来他找到他的哥哥的洋车夫陪他去了一次,他表示甚为满意云)。

差不多同时我也由于通信而认识了南京高师的胡昭佐(梦华),由于他而认识了吴宓(雨僧),后来又认识了梅光迪(迪生)、胡先骕(步青)诸位。对于南京一派比较守旧的思潮,我也有一点同情,并不想把他们一笔抹杀。

我的父亲总是担心我的国文根柢不够,所以每到暑假他就要我补习国文,我的老师是仪征陈止(孝起)先生,他的别号是大镫,是一位纯旧式的名士,诗词文章无所不能,尤好收集小品古董,家里满目琳琅。我隔几天送一篇文章请他批改,偶然也作一点旧诗。但是旧文学虽然有趣,我可以研究欣赏,却无模拟的兴致,受过五四洗礼的人是不能再回复到以前的那个境界里去了。

八

临毕业前一年是最舒适的一年,搬到向往已久的大楼里面去住,别是一番滋味。这一部分的宿舍有较好的设备，床是钢丝的，屋里有暖气炉，厕所里面有淋浴、有抽水马桶。不过也有人不能适应抽水马桶，以为做这种事而不采取蹲的姿势是无法达成任务的（我知道顾德铭即是其中之一，他一清早就要急急忙忙跑到中等科去照顾那九间楼），可见吸收西方文化也并不简单，虽然绝大多数的人是乐于接受的。

和我同寝室的是顾毓琇、吴景超、王化成，四个少年意气扬扬共居一室，曾经合照过一张相片，坐在一条长凳上，四副近视眼镜，四件大长袍，四双大皮鞋，四条跷起来的大腿，一派生愣的模样。过了二十年，我们四个人在重庆偶然聚首，又重照了一张，当时大家就意识到这样的照片一生中怕照不了几张。当时约定再过二十年一定要再照一张，现在拍照第三张的时期已过，而顾毓琇定居在美国，王化成在葡萄牙任公使多年之后病殁在美国，吴景超在大陆上，四人天各一方，萍踪漂泊，再聚何年？今日我回忆四十年前的景况，恍如昨日：顾毓琇以"一樵"的笔名忙着写他的《芝兰与茉莉》，寄给文学研究会出版，我和景超每星期都要给《清华周刊》写社论和编稿。提起《清华周刊》，那也是值得回忆的事。我不知哪一个学校可以维持出版一种百八十页的周刊，历久而不停，里面有社论、有专文、有新闻、有通讯、有文艺。我们写社论常常批评校政，有一次我写了一段短评鼓吹男女同校，当然不是为私人谋，不过措辞激烈了一点，对校长之庸弱无能大肆抨击，那时的校长是曹云祥先生（好像是做过丹麦公使，娶了一位洋太太，学问道德如何则我不大清楚）大为不悦，召吴景超去谈话，表示要给我记大过一次，景超告诉他："你要处分是可以的，请同时处分我们两个，因为我们负共同责任。"结果是采官僚作风，不了了之。我喜欢文学，清华文艺社的社员经常有作品产生，不知我们这些年轻人为什么有那样大的胆量，单凭一点点热情，就能振笔直书从事创作，这些作品经由我的安排，便大量的在周刊上发表了，每期有篇幅甚多的文艺一栏自不待言，每逢节日还有特刊副刊之类，一时文风甚盛。这却激怒了一位同学（梅汝璈），他投来一篇文章《辟文风》，我当然给他登出来，然后再辟而辟之。我之喜欢和人辩驳问难，盖自此时始，我对于写稿和编辑刊物也都在此际得到初步练习的机会。周刊在经济方面是由学校支持的，这项支出有其教育的价值。

我以《清华周刊》编者的名义，到城里陟山门大街去访问胡适之先生。缘因是梁任公先生应《清华周刊》之请写了一个《国学必读书目》，胡先生不以为然，公开地批评了一番。于是我径去访问胡先生，请他也开一个书目。胡先生那一天病腿，躺在一张藤椅上见我，满屋里堆的是线装书。这是我第一次见到胡先生，清癯的面孔，和蔼而严肃，他很高兴地应了我们的请求。后来我们就把他开的书目发表在《清华周刊》上了。这两个书目引出吴稚晖先生的一句名言："线装书应该丢到茅厕坑里去！"

我必须承认，在最后两年实在没有能好好地读书，主要的原因是心神不安，我在这时候经人介绍认识了程季淑女士，她是安徽绩溪人，刚从女子师范毕业，在女师附小教书。我初次和她会晤是在宣外珠巢街女子职业学校里。那时候男女社交尚未公开，双方家庭也是相当守旧的。我和季淑来往是秘密进行的，只能在中央公园、北海等地约期会晤。我的父亲知道我有女友，不时地给我接济，对我帮助不少。我的三妹亚紫在女师大，不久和季淑成了很好的朋友。青春初恋期间谁都会神魂颠倒，睡时、醒时、行时、坐时，无时不有一个倩影盘踞在心头，无时不感觉热血在沸腾，坐卧不宁，寝馈难安，如何能沉下心读书？"一日不见，如三秋兮！"更何况要等到星期日才能进得城去谋片刻的欢会？清华的学生有异性朋友的很少，我是极少数特殊幸运的一个。因为我们每星期日都风雨无阻地进城去会女友，李迪俊曾讥笑我们为"主日派"。

对于毕业出国，我一向视为畏途。在清华有读不完的书，有住不腻的环境，在国内有舍不得离开的人，那么又何必去父母之邦？所以和闻一多层次商讨，到美国那样的汽车王国去，对于我们这样的人有无必要？会不会到了美国被汽车撞死为天下笑？一多先我一年到了美国，头一封来信劈头一句话便是："我尚未被汽车撞死！"随后劝我出国去开开眼界。事实上清华也还没有过毕业而拒绝出国的学生。我和季淑商量，她毫不犹豫地劝我就道，虽然我们知道那别离的滋味是很难熬的。这时候我和季淑已有成言，我答应她，三年为期，期满即行归来。于是我准备出国。季淑绣了一幅《平潮秋月图》给我，这幅绣图至今在我身边。

出国就要治装，我不明白为什么外国人到中国来不需治中装，而中国人到外国去就要治西装。清华学生平素没有穿西装的，都是布衣布褂，我有一阵还外加布袜布鞋。毕业期近，学校发一笔治装费，每人约三五百元之数，统筹办理，由上海恒康西服庄派人来承办。不匝月而新装成，大家纷纷试新装，有人缺领巾，有人缺衬衣，有的肥肥大大如稻草人，有的窄小如猴子穿戏衣，真可说得上是"沐猴而冠"。这时节我怀想红顶花翎朝靴袍褂出使外国的李鸿章，他有那一份胆量不穿西装，虽然翎顶袍褂也并非是我们原来的上国衣冠。我有一点厌恶西装，但是不能不跟着大家走。在治装之余我特制了一面长约一丈的绸质大国旗——红黄蓝白黑的五色旗，这在后来派了很大的用场，在美国好多次集会（包括孙中山先生逝世时纽约中国人的追悼会）都借用了我这一面特大号的国旗。

到了毕业那一天（六月十七日），每人都穿上白纺绸长袍黑纱马褂，在校园里穿梭般走来走去，像是一群花蝴蝶。我毕业还不是毫无问题的，我和赵敏恒二人因游泳不及格几乎不得毕业，我们临时苦练，豁出去喝两口水，连爬带泳，凑合着也补考及格了，体育教员马约翰先生望着我们两个人只是摇头。行毕业礼那天，我还是代表全班的三个登台致辞者之一，我的讲词规定是预言若干年后同学们的状况，现在我可以说，我当年的预言没有一句是应验了的！例如：谢奋程之被日军刺杀，齐学启之殉国，孔繁祁之被汽车撞死，盛斯民之疯狂以终，这些倒霉的事固然没有料到，比较体面的事如孙立人之于军事，李先闻之于农业，李方桂之于语言学，应尚能之于音乐，徐宗涑之于水泥工业，吴卓之于糖业，顾毓琇之于电机工程，施嘉炀之于木工程，王化成、李迪俊之于外交……均有卓越之成就，而当时也并未窥见端倪。至于区区我自己，最多是小时了了，到如今一事无成，徒伤老大，更不在话下了。毕业那一天有晚会，演话剧助兴，剧本是顾一樵临时赶编的三幕剧《张约翰》。剧中人物有女性二人，谁也不愿担任，最后由我和吴文藻承乏。我的服装有季淑给我缝制的一条短裤和短裙，但是男人穿高跟鞋则尺寸不合无法穿着，最后向 Miss Lyggate 借来一试，还累嫌松一点点。演出时我特请季淑到校参观，当晚下榻学生会办公室，事后我问她我的表演如何，她笑着说："我不敢仰视。"事实上这不是我第一次演戏，前一年我已经演过陈大悲编的《良心》，导演人即是陈大悲先生。不过串演女角，这是生平仅有的一次。

拿了一纸文凭便离开了清华园，不知道是高兴还是哀伤。两辆人力车，一辆拉行李，一辆坐人，在骄阳下一步一步地踏向西直门。心里只觉得空虚怅。此后两个月中酒食征逐，意乱情迷，紧张过度，遂患甲状腺肿，眼珠突出，双手抖颤，积年始愈。

家父给了我同文书局石印大字本的前四史，共十四函，要我在美国课余之暇随便翻翻，因为他始终担心我的国文根底太差。这十四函线装书足足占我大铁箱的一半空间，这原是吴雅晖先生认为应该丢进茅厕坑里去的东西，我带过了太平洋，又带回了太平洋，差不多是原封未动缴还给家父，实在好生惭愧。老人家又怕我在美膏火不继，又给了我一千元钱，半数买了美金硬币，半数我在上海用掉。我自己带了一具景泰蓝的香炉、一些檀香木和粉，因为我认为这是中国文化中最好的一项代表性的艺术品，我一向向往"焚香默坐"的那种境界。这一具香炉，顶上有一铜狮，形状瑰丽，闻一多甚为欣赏，后来我在珂罗拉多和他分手时便举以相赠。我又带了一对景泰蓝花瓶，后来为了进哈佛大学的缘故在暑期中赶补拉丁文，就把这对花瓶卖了五十元美金充学费了。此外我还在家里搜寻了许多绣活和朝服上的"黻子"，后来都成了最受人欢迎的礼物。

民国十二年八月里，在凄风苦雨的一天早晨，我在院里走廊上和弟妹们吹了一阵胰子泡，随后就噙着泪拜别父母，起身到上海候船放洋。在上海停了一星期，住在旅馆里写了一篇纪实的短篇小说，题为"苦雨凄风"，刊在《创造周报》上。我这一班，在清华是最大的一班，入学时有九十多人，上船时淘汰剩下六十多人了。登"杰克逊总统号"的那一天，船靠在浦东，创造社的几位到码头上送我。住在嘉定的一位朋友派人送来一面旗子，上面亲自绣了"乘风破浪"四个字。其实我哪里有宗悫的志向？我愧对那位朋友的期望。

清华八年的生涯就这样地结束了。

/六朝如梦/

——记六十年前的南京

> 江雨霏霏江草齐,
>
> 六朝如梦鸟空啼。
>
> 无情最是台城柳,
>
> 依旧烟笼十里堤。

这是唐末五代前蜀诗人韦庄的一首七言绝句《金陵图》,咏的是一幅图画,有怀古感慨之意。金陵自古帝王洲,明成祖迁都北京,金陵始有南京之名。龙蟠虎踞,再加上六朝金粉,俨然江南文化重镇,历来文人雅士常有吟咏描述的篇章。韦庄这一首是最著名的之一。

民国十五年秋,我在南京有半年的逗留,赁屋于东南大学大门对面的蓁巷。从海外归来,初到南京,好像有忽然置身于中古时代之感。以面积论,南京比北京大。从下关进入市内,唯一的交通工具是破旧的敞篷马车，路旁大部分是田畴草牧。南京的饮水要由挑夫或水车从下关取江水运到市内，江水是黄泥浆，家家都要备大水缸，用明矾澄清之后才能饮用。南京有电灯厂，电力不足，灯泡无光，只露丝丝红线，街灯形同虚设，人人预备手电筒。至于厕所，则厕列蹲坑，不备长筹，室有马桶，绝无香枣。每年至少产卵三次，每次至少产卵二百的臭虫，温热带地区无处无之，而"南京虫"之名独为天下所熟知，好像冤枉，不过亲自领教之后亦知其非浪得虚名。

因韦庄诗说起台城，我就先从台城说起。台城离我的学校和住处很近。一日午后课毕，偕友步行趋往。所谓台城，本是台省与宫殿所在之地的总称，其故址在鸡鸣山南乾河沿北。今习称鸡鸣寺北与明城墙相接的一段为台城遗址，实乃附会。但是台城太有名了，相传梁武帝萧衍于侯景之乱饿死于此。也有人说梁武帝并非饿死，实因老病于战乱之中死去。所有这些历史上的事实，后人不暇深考，鸡鸣寺附近那一段城墙大家认为是台城，我们也就无妨从众了。那一段城墙有个颇为宽大而苔藓丛生的墁砖的斜坡，循坡而上，即至墙头。这地方的景观甚为开廓，王勃《梓州福会寺碑》所谓"右萦层雉，左控崇峦"庶几近之。不过到处都是败壁摧垣，有一片萧索寂寥之感。我去的那一天，正值初秋，清风飒至，振衣当之，殊觉快意。想起台城在六朝的故事，由梁武帝想到陈后主，也不知那景阳井（即胭脂井）究竟在什么地方，只觉得一幕幕的历史悲剧曾在这一带扮演过，不禁兴起阵阵怀古的哀愁。这时节夕阳西下，猛听得远远传来军中喇叭的声音，益发凄凉，为之愀然，遂偕友携手踉跄而下。以后我们还去过许多次，凄迷的淑景至今不能忘。

南京有两个湖，一大一小。大的是玄武湖，小的是莫愁湖。玄武湖在南京城东北，周长约十五公里，面积约四平方公里半。其中有几个岛屿。

本是历朝操练水兵和帝王游宴之所,后来废湖为田,又曾几度疏浚为湖,直到清末辟为公园,习称后湖。其间古迹不少,如东晋郭璞的坟墓等。萧统编《昭明文选》也是在这个地方。我曾去过后湖两次,匆匆不及深入观赏,只见到处是席棚茶座,扰攘不堪。莫愁湖小得多,在水西门外,周长仅约三点五公里。相传南齐时代,洛阳女子莫愁远嫁到此地的卢姓人家,夫君远征,抑郁寡欢,湖因此得名。此说似不可信,因六朝时此地尚属大江的区域,莫愁湖之名始见于北宋乐吏《太平环宇记》。湖虽小,但有一段不平凡的历史。传说明太祖朱洪武曾在这湖上和徐达下过一局棋,赌注就是莫愁湖,徐达赢了,莫愁湖就成了他的别墅。后来好事者在此建了一座楼,名"胜棋楼"。大门口还有一副对联:

粉黛江山留得半湖烟雨
王侯事业都如一局棋枰

倒也稳妥贴切,可惜那局棋谱没有留下,无由窥测徐达的黑子棋怎样在白子中间摆出了"万岁"二字。我去游赏过一次,湖山仍旧,只是枯荷败柳,一片荒凉。

莫愁湖一度号称"金陵第一名胜",而我最欣赏的地方却是清凉山下的扫叶楼。扫叶楼是明末清初高人画士龚贤(半千)的隐居之地,在水西门外,毗近莫愁湖。驱车至清凉寺,拾级而升,数转即可登楼上。半千是昆山人,流寓金陵,结庐于清凉山下,葺"半亩园",筑"扫叶楼",莳花种竹,远离尘嚣,以卖书鬻画自给。从游者甚众,编《芥子园画传》之王概即出其门下。我游扫叶楼,偕往者胡梦华卢冀野,二君皆已下世。犹忆在扫叶楼上瀹茗清谈,偷闲半日。俯视半亩园,局面甚小,而趣味不俗。明末清初，江南固多隐逸，"金陵八家"以半千为首。其画"用笔厚重，用墨丰秾"，与时下泼墨之风迥异。半千不独以书画胜，人品之高尤足令人起敬。壁间中央供扫叶僧画像一帧，惜余当时未加详察，今已不复记忆是半千自画像的原本，抑是后人模拟之作。对半千其人，我至今怀有敬意，因而对扫叶楼印象亦特别深刻。

明初宫殿建筑几已完全毁于兵燹，唯孝陵木构殿堂之石基尚在，石碑翁仲以及神兽雕刻大体完好，具见其规模之宏大。陵前殿址有屋数楹，想系后人所筑，游客至此可以少憩。壁间悬朱元璋画像，不知何人手笔，獐头鼠目，长长的下巴，如猪拱嘴，望之不似人君。也有人说此像相当逼真，帝王之相固当有异常流。我对朱元璋个人的印象相当复杂，以一个平民出身的人而能克敌制胜位至九五，当然颇不简单，但其为人之猜忌残酷，亦历来所少有。他入葬孝陵，殉葬者有十余人，极人间之惨事。明、清两代荒谬绝伦之文字狱，朱元璋实开其端。我凭吊其陵寝，很难对他下一单纯之论断，从陵门到孝陵殿基址，有一拱形墓门隧道直抵墓门，据专家言乃一伟大的建筑设计。

从明陵折返，途经一小博物馆，内中陈列若干古物之中有一块高与人齐的石头，上面血渍殷然，据云是方孝孺洒的血。我看了大为震撼。方孝孺一代大儒，因拒为明燕王棣篡位草诏而被判大逆，诛九族，方曰"诛十族亦无所惧"。于是于九族之外加上门生一族，八百七十余人死之！这是历史上专制帝王最不人道的暴行！这也是重气节的读书人为了正义而付出的最大的代价。我在小学读历史，老师讲起过诛十族的故事，即不胜其愤慨，如今看到这血渍石，焉得不为这惨痛的往事面神伤？

到了南京而不去秦淮河一游，好像是说不过去。东南大学外文系教授李辉光、畜牧系的教授罗清生，经常和我在一起游宴。有一天我提议去看看这"烟笼寒水月笼沙"的胜景，二公无兴趣，强而后可。在华灯初上的时候，我们到了河畔。哇！窄窄的一条小河，好像是一汪子死水，上面还泛着一些浮沤，两岸全是破敝的民房，河上泊着几只褪色的游艇。我们既来则安，勉强地冲着一只游艇走去，只见船舱中走出一位衣履不整的老妪，带着一位浓妆艳抹俗不可耐的村姑出来迎客。我们不知所措，狼狈而逃，恐怕真是赢得李太白诗中所谓"两岸拍手笑"了。未来之前不是没有心理准备。明知这条传说中"祖龙"开凿的河渠，两岸有过多少风流韵事，都早已成为陈迹，不复存在，但是万没想到会堕落荒废到如此的地步。只能败人意，扫人兴，怎能勾起人一丝半点的思古之幽情？朱自清写过一篇《桨声灯影里的秦淮河》，为人传诵，他认为当时的秦淮河上的船依然"雅丽过于他处而又有奇异的吸引力"，我不能不惊服佩弦先生的胃口之强了。

金陵号称有四十八景，可观之地当然不止上述几处，我课余得闲游览所及如是而已。友辈往还，亦多乐事。张欣海、余上沅、陈登恪和我，当时均无室家，如无其他应酬，每日晚餐辄相聚于成贤街一小餐馆。南京烹调并不独树一帜，江南风味，各地相差不多。我们每餐都很丰盛，月底结账，四人分摊，每人摊派三十余元，约合一般教授月薪六分之一。有一天，李辉光告我，北门桥有一西餐馆供应鹿肉，唯须预订，俟猎户上山有获，即通知赴宴。我为好奇，应允参加一份。不久，果然接到通知，欣然往。座客六七人。鹿唯两只腿可食。虽非珍馐，究属难得一尝的野味。其实以鹿肉供食，在我国古时是寻常事。《礼记·内则》："春宜羔豚……夏宜腒鱐……秋宜犊麑……冬宜鲜羽……"麑，同麇，小鹿也。又提到鹿脯、麋脯之类。可见食鹿肉并不稀奇。

罗清生最善拇战，划拳赌酒，多半胜券在握。我曾请教其术，据告并无秘诀，唯须默察对方出拳之路数，如能看出其中变化之格式，自然易于猜中，同时自己之路数亦宜多所变化，务使对方莫测高深。因思孙子兵法谋攻篇所谓"知彼知己，百战不殆"，大概即是这个道理。我聆教之后，数十年间以酒会友拳战南北几乎无往不利。

图书馆主任洪范五先生亦我酒友之一，拇战时声调高亢，有如铜锤花脸。其寝室内经常备有一整脸盆之茶叶蛋，微火慢煨，蛋香满室。不独先生有此偏嗜，客来必定食蛋一枚。每蛋均写有号码，以志炖煮之先后。来客无不称美，主人引以为乐。

民国十六年春，革命军北代，直薄南京，北军溃败，学校停课改组，我未获续聘，因而结束我在南京半载之盘桓。六十年前之南京，其风景人物，已经如梦，至若怀想六朝时代之金陵，真是梦中之梦了。

/想我的母亲/

父母对子女的爱，子女对父母的爱，是神圣的。我写过一些杂忆的文字，不曾写过我的父母，因为关于这个题目我不敢轻易下笔。小民女士逼我写几句话，辞不获已，谨先略述二三小事以应，然已临文不胜风木之悲。

我的母亲姓沈，杭州人。世居城内上羊市街。我在幼时曾侍母归宁，时外祖母尚在，年近八十。外祖父入学后，没有更进一步的功名，但是课子女读书甚严。我的母亲教导我们读书启蒙，尝说起她小时苦读的情形。她同我的两位舅父一起冬夜读书，冷得腿脚僵冻，取大竹篓一，实以败絮，三个人伸足其中以取暖。我当时听得惕然心惊，遂不敢荒嬉。我的母亲来我家时年甫十八九，以后操持家务尽瘁终身，不复有暇进修。

我同胞兄弟姊妹十一人，母亲的劬育之劳可想而知。我记得我母亲常于百忙之中抽空给我们几个较小的孩子们洗澡。我怕肥皂水流到眼里，我怕痒，总是躲躲闪闪，总是咯咯地笑个不住，母亲没有工夫和我们纠缠，随手一巴掌打在身上，边洗边打边笑。

北方的冬天冷，屋里虽然有火炉，睡时被褥还是凉似铁。尤其是钻进被窝之后，脖子后面透风，冷气顺着脊背吹了进来。我们几个孩子睡一个大炕，头朝外，一排四个被窝。母亲每晚看到我们钻进了被窝，吱吱喳喳地笑语不停，便走过来把油灯吹熄，然后给我们一个个地把脖子后面的棉被塞紧，被窝立刻暖和起来，不知不觉地就睡着了。我不知道母亲用的是什么手法，只知道她塞棉被带给我无可言说的温暖舒适，我至今想起来还是快乐的，可是那个感受不可复得了。

我从小不喜欢喧闹。祖父母生日照例院里搭台唱傀儡戏或滦州影戏。一过八点我便掉头而去进屋睡觉。母亲得暇便取出一个大簸箩，里面装的是针线剪尺一类的缝纫器材，她要做一些缝缝连连的工作，这时候我总是一声不响地偎在她的身旁，她赶我走我也不走，有时候竟睡着了。母亲说我乖，也说我孤僻。如今想想，一个人能有多少时间可以偎在母亲身旁？

在我的儿时记忆中，我母亲好像是没有时候睡觉。天亮就要起来，给我们梳小辫是一桩大事，一根一根地梳个没完。她自己要梳头，我记得她用一把抿子蘸着刨花水，把头发弄得锃光大亮。然后她就要一听上房有动静便急忙前去当差。盖碗茶、燕窝、莲子、点心，都有人预备好了，但是需要她去双手捧着送到祖父母跟前，否则要儿媳妇做什么？在公婆面前，儿媳妇是永远站着，没有座位的。足足地站几个钟头下来，不是缠足的女人怕也受不了！最苦的是，公婆年纪大，不过午夜不安歇，儿媳妇要跟着熬夜在一旁侍候。她困极了，有时候回到房里来不及脱衣服倒下便睡着了。虽然如此，母亲从来没有发过一句怨言。到了民元前几年，祖父母相继去世，我母亲才稍得清闲，然而主持家政教养儿女也够她劳苦的了。她抽暇隔几年返回杭州老家去度夏，有好几次都是由我随侍。

母亲爱她的家乡。在北京住了几十年，乡音不能完全改掉。我们常取笑她，例如北京的"京"，她说成"金"，她有时也跟我们学，总是学不好,她自己也觉得好笑。我有时学着说杭州话,她说难听死了,像是门口儿卖笋尖的小贩说的话。

我想一般人都会同意,凡是自己母亲做的菜永远是最好吃的。我的母亲平常不下厨房,但是她高兴的时候,尤其是父亲亲自到市场买回鱼鲜或其他南货的时候,在父亲特烦之下,她也欣然抄起刀俎。这时候我们就有福了。我十四岁离家到清华,每星期回家一天,母亲就特别疼爱我,几乎很少例外地要亲自给我炒一盘冬笋木耳韭菜黄肉丝,起锅时浇一勺花雕酒,这是我最喜欢的一道菜。但是这一盘菜一定要母亲自己炒,别人炒味道就不一样了。

我母亲喜欢在高兴的时候喝几盅酒。冬天午后围炉的时候,她常要我们打电话到长发叫五斤花雕,绿釉瓦罐,口上罩着一张毛边纸,温热了倒在茶杯里和我们共饮。下酒的是大落花生,若是有"抓空儿的",买些干瘪的花生吃则更有味。我和两位姊姊陪母亲一顿吃完那一罐酒。后来我在四川独居无聊,一斤花生、一罐茅台当作晚饭,朋友们笑我吃"花酒",其实是我母亲留下的作风。

我自从入了清华,以后和母亲在一起的时候就少了。抗战前后各有三年和母亲住在一起。母亲晚年喜欢听平剧,最常去的地方是吉祥,因为离家近,打个电话给卖飞票的,总有好的座位。我很后悔没能分出时间陪她听戏,只是由我的姊姊弟弟们陪她消遣。

我父亲曾对我说,我们的家所以成为一个家,我们几个孩子所以能成为人,全是靠了我母亲的辛劳维护。一九四九年以后,音信中断,直等到恢复联系,才知道母亲早已弃养,享寿九十岁。西俗,母亲节佩红康乃馨,如不确知母亲是否尚在则佩红、白康乃馨各一。如今我只有佩白康乃馨的分儿了,养生送死,两俱有亏,惨痛惨痛!

我的一位国文老师

我在十八九岁的时候,遇见一位国文先生,他给我的印象最深,使我受益也最多,我至今不能忘记他。

先生姓徐,名镜澄,我们给他取的绰号是"徐老虎",因为他凶。他的相貌很古怪,他的脑袋的轮廓是有棱有角的,很容易成为漫画的对象。头很尖,秃秃的、亮亮的,脸形却是方方的、扁扁的,有些像《聊斋志异》绘图中的夜叉的模样。他的鼻子、眼睛、嘴好像是过分地集中在脸上很小的一块区域里。他戴一副墨晶眼镜,银丝小镜框,这两块黑色便成了他脸上最显著的特征。我常给他漫画,勾一个轮廓,中间点上两块椭圆形的黑块,便惟妙惟肖。他的身材高大,但是两肩总是耸得高高,鼻尖有一些红,像酒糟的,鼻孔里常川地藏着两筒清水鼻涕,不时地流着,说一两句话就要用力地吸溜一声,有板有眼有节奏,也有时忘了吸溜,走了板眼,上唇上便亮晶晶地吊出两根玉箸,他用手背一抹。他常穿的是一件灰布长袍,好像是在给谁穿孝,袍子在整洁的阶段时我没有赶得上看见,余生也晚,我看见那袍子的时候即已油渍斑斓。他经常是仰着头,迈着八字步，两眼望青天，嘴撇得瓢儿似的。我很难得看见他笑，如果笑起来，是狞笑，样子更凶。

我的学校很特殊的。上午的课全是用英语讲授，下午的课全是普通话讲授。上午的课很严，三日一问，五日一考，不用功便要被淘汰，下午的课稀松，成绩与毕业无关。所以每到下午上国文之类的课程，学生们便不踊跃，课堂上常是稀稀拉拉地不大上座，但教员用拿毛笔的姿势举着铅笔点名的时候，学生却个个都到了，因为一个学生不只答一声到。真到了的学生，一部分从事午睡，微发鼾声，一部分看小说如《官场现形记》《玉梨魂》之类，一部分写"父母亲大人膝下"式的家书，一部分干脆瞪着大眼发呆，神游八表。有时候逗先生开玩笑。国文先生呢，大部分都是年高有德的，不是榜眼，就是探花，再不就是举人。他们授课也不过是奉行故事，乐得敷敷衍衍。在这种糟糕的情形之下，徐老先生之所以凶，老是绷着脸，老是开口就骂人，我想大概是由于正当防卫吧。

有一天，先生大概是多喝了两盅，摇摇摆摆地进了课堂。这一堂是作文，他老先生拿起粉笔在黑板上写了两个字，题目尚未写完，当然照例要吸溜一下鼻涕，就在这吸溜之际，一位性急的同学发问了："这题目怎样讲呀？"老先生转过身来，冷笑两声，勃然大怒："题目还没有写完，写完了当然还要讲，没写完你为什么就要问……"滔滔不绝地吼叫起来，大家都为之愕然。这时候我可按捺不住了。我一向是个上午捣乱下午安分的学生，我觉得现在受了无理的侮辱，我便挺身分辩了几句。这一下我可惹了祸，老先生把他的怒火都泼在我的头上了。他在讲台上来回踱着，吸溜一下鼻涕，骂我一句，足足骂了我一个钟头，其中警句甚多，我至今还记得这样的一句：

"×××！你是什么东西？我一眼把你望到底！"

这一句颇为同学们所传诵。谁和我有点争论遇到纠缠不清的时候，都会引用这一句"你是什么东西？我把你一眼望到底"！当时我看形势不妙，也就没有再多说，让下课铃结束了先生的怒骂。

但是从这一次起，徐先生算是认识我了。酒醒之后，他给我批改作文特别详尽。批改之不足，还特别地当面加以解释，我这一个"一眼望到底"的学生，居然成为一个受益最多的学生了。

徐先生自己选辑教材，有古文，有白话，油印分发给大家。《林琴南致蔡子民书》是他讲得最为眉飞色舞的一篇。此外如吴敬恒的《上下古今谈》、梁启超的《欧游心影录》，以及张东荪的《时事新报》社论，他也选了不少。这样新旧兼收的教材，在当时还是很难得的、开通的榜样。我对于国文的兴趣因此而提高了不少。徐先生讲国文之前，先要介绍作者，而且介绍得很亲切，例如他讲张东荪的文字时，便说："张东荪这个人，我倒和他一桌吃过饭……"这样的话是相当的可以使学生们吃惊的，吃惊的是，我们的国文先生也许不是一个平凡的人吧，否则怎样会能够和张东荪一桌上吃过饭！

徐先生于介绍作者之后，朗诵全文一遍。这一遍朗诵可很有意思。他打着江北的官腔，咬牙切齿地大声读一遍，不论是古文或白话，一字不苟地吟咏一番，好像是演员在背台词，他把文字里的蕴藏着的意义好像都给宣泄出来了。他念得有腔有调，有板有眼，有情感，有气势，有抑扬顿挫，我们听了之后，好像是已经理会到原文的意义的一半了。好文章掷地作金石声，那也许是过分夸张，但必须可以朗朗上口，那却是真的。

徐先生之最独到的地方是改作文。普通的批语"清通""尚可""气盛言宜"，他是不用的。他最擅长的是用大墨杠子大勾大抹，一行一行地抹，整页整页地勾，洋洋千余言的文章，经他勾抹之后，所余无几了。我初次经此打击，很灰心，很觉得气短，我掏心挖肝地好容易诌出来的句子，轻轻地被他几杠子就给抹了。但是他郑重地给我解释一会儿，他说："你拿了去细细地体味，你的原文是软爬爬的，冗长，懈啦光唧的，我给你勾掉了一大半，你再读读看，原来的意思并没有失，但是笔笔都立起来了，虎虎有生气了。"我仔细一揣摩，果然。他的大墨杠子打得是地方，把虚泡囊肿的地方全削去了，剩下的全是筋骨。在这删削之间见出他的功夫。如果我以后写文章还能不多说废话，还能有一点点硬朗挺拔之气，还知道一点"割爱"的道理，就不能不归功于我这位老师的教诲。

徐先生教我许多作文的技巧。他告诉我："作文忌用过多的虚字。"该转的地方，硬转；该接的地方，硬接。文章便显着朴拙而有力。他告诉我，文章的起笔最难，要突兀矫健，要开门见山，要一针见血，才能引人入胜，不必兜圈子，不必说套语。他又告诉我，说理说至难解难分处，来一个譬喻，则一切纠缠不清的论难都迎刃而解了，何等经济，何等手腕！诸如此类的心得，他传授我不少，我至今受用。

我离开先生已将近五十年了，未曾与先生一通音信，不知他云游何处，听说他已早归道山了。同学们偶尔还谈起"徐老虎"，我于回忆他的音容之余，不禁地还怀着怅惘敬慕之意。

记梁任公先生的一次演讲

梁任公先生晚年不谈政治,专心学术。大约在一九二一年左右,清华学校请他作第一次的演讲,题目是"中国韵文里表现的情感"。我很幸运地有机会听到这一篇动人的演讲。那时候的青年学子,对梁任公先生怀着无限的景仰,倒不是因为他是戊戌政变的主角,也不是因为他是云南起义的策划者,实在是因为他的学术文章对于青年确有启迪领导的作用。过去也有不少显宦,以及叱咤风云的人物,莅校讲话。但是他们没有能留下深刻的印象。

任公先生的这一篇讲演稿,后来收在《饮冰室文集》里。他的讲演是预先写好的,整整齐齐地写在宽大的宣纸制的稿纸上面,他的书法很是秀丽,用浓墨写在宣纸上,十分美观。但是读他这篇文章和听他这篇讲演,那趣味相差很多,犹之乎读剧本与看戏之迥乎不同。

我记得清清楚楚,在一个风和日丽的下午,高等科楼上大教堂里坐满了听众,随后走进了一位短小精悍秃头顶宽下巴的人物,穿着肥大的长袍,步履稳健,风神潇洒,左右顾盼,光芒四射,这就是梁任公先生。

他走上讲台,打开他的讲稿,眼光向下面一扫,然后是他的极简短的开场白,一共只有两句,头一句是:"启超没有什么学问——"眼睛向上一翻,轻轻点一下头:"可是也有一点喽!"这样谦逊同时又这样自负的话是很难得听到的。他的广东官话是很够标准的,距离普通话甚远,但是他的声音沉着而有力,有时又是洪亮而激亢,所以我们还是能听懂他的每一字,我们甚至想如果他说标准普通话其效果可能反要差一些。

我记得他开头讲一首古诗《箜篌引》:

公无渡河。

公竟渡河!

渡河而死,

其奈公何!

这四句十六字,经他一朗诵,再经他一解释,活画出一出悲剧,其中有起承转合,有情节,有背景,有人物,有情感。我在听先生这篇讲演后约二十余年,偶然获得机缘在茅津渡候船渡河。但见黄沙弥漫,黄流滚滚,景象苍茫,不禁哀从中来,顿时忆起先生讲的这首古诗。

先生博闻强记,在笔写的讲稿之外,随时引证许多作品,大部分他都能背诵得出。有时候,他背诵到酣畅处,忽然记不起下文,他便用手指敲打他的秃头,敲几下之后,记忆力便又畅通,成本大套地背诵下去了。他敲头的时候,我们屏息以待,他记起来的时候,我们也跟着他欢喜。

先生的讲演,到紧张处,便成为表演。他真是手之舞之足之蹈之,有时掩面,有时顿足,有时狂笑,有时叹息。听他讲到他最喜爱的《桃花扇》,讲到"高皇帝,在九天,不管……"那一段,他悲从中来,竟痛哭流涕而不能自已。他掏出手巾拭泪,听讲的人不知有几多也泪下沾巾了!又听他讲杜氏讲到"剑外忽传收蓟北,初闻涕泪满衣裳……"先生又真是于涕泗交流之中张口大笑了。

这一篇讲演分三次讲完,每次讲过,先生大汗淋漓,状极愉快。听过这讲演的人,除了当时所受的感动之外,不少人从此对于中国文学发生了强烈的爱好。先生尝自谓"笔锋常带情感",其实先生在言谈讲演之中所带的情感不知要更强烈多少倍!

有学问,有文采,有热心肠的学者,求之当世能有几人?于是我想起了从前的一段经历,笔而记之。

/胡适先生二三事/

胡先生是安徽徽州绩溪县人，对于他的乡土念念不忘，他常告诉我们他的家乡的情形。徽州是个闭塞的地方。四面皆山，地瘠民贫，山地多种茶，每逢收茶季节茶商经由水路从金华到杭州到上海求售，所以上海的徽州人特多，号称徽帮，其势力一度不在宁帮之下。四马路一带就有好几家徽州馆子。民国十七八年间，有一天，胡先生特别高兴，请努生、光旦和我到一家徽州馆吃午饭。上海的徽州馆相当守旧，已经不能和新兴的广东馆、四川馆相比，但是胡先生要我们去尝尝他的家乡风味。

我们一进门，老板一眼望到胡先生，便从柜台后面站起来笑脸相迎，满口的徽州话，我们一点也听不懂。等我们扶着栏杆上楼的时候，老板对着后面厨房大吼一声。我们落座之后，胡先生问我们是否听懂了方才那一声大吼的意义。我们当然不懂，胡先生说："他是在喊：'绩溪老倌，多加油啊！'"原来绩溪是个穷地方，难得吃油大，多加油即是特别优待老乡之意。果然，那一餐的油不在少。有两个菜给我的印象特别深，一个是划水鱼，即红烧青鱼尾，鲜嫩无比；一个是生炒蝴蝶面，即什锦炒生面片，非常别致。缺点是味太咸，油太大。

徽州人聚族而居，胡先生常夸说，姓胡的、姓汪的、姓程的、姓吴的、姓叶的，大概都是徽州，或是源出于徽州。他问过汪精卫、叶恭绰，都承认他们祖上是在徽州。努生调侃地说："胡先生，如果再扩大研究下去，我们可以说中华民族起源于徽州了。"相与抚掌大笑。

吾妻季淑是绩溪程氏，我在胡先生座中如遇有徽州客人，胡先生必定这样地介绍我："这是梁某某，我们绩溪的女婿，半个徽州人。"他的记忆力特别好，他不会忘记提起我的岳家早年在北京开设的程五峰斋，那是一家在北京与胡开文齐名的笔墨店。

胡先生酒量不大，但很喜欢喝酒。有一次他的朋友结婚，请他证婚，这是他最喜欢做的事，筵席只预备了两桌，礼毕入席，每桌备酒一壶，不到一巡而壶告罄。胡先生大呼添酒，侍者表示为难。主人连忙解释，说新娘是 Temperance Lesgue（节酒会）的会员。胡先生从怀里掏出现洋一元交付侍者，他说："不干新郎新娘的事，这是我们几个朋友今天高兴，要再喝几杯。赶快拿酒来。"主人无可奈何，只好添酒。

事实上胡先生从不闹酒。民国二十年春，胡先生由沪赴平，道出青岛，我们请他到青岛大学演讲，他下榻万国疗养院。讲题是"山东在中国文化里的地位"，就地取材，实在高明之至，对于齐鲁文化的变迁，儒道思想的递嬗，讲得头头是道，亹亹不倦，听众无不欢喜。当晚青大设宴，有酒如渑，胡先生赶快从袋里摸出一只大金指环给大家传观，上面刻着"戒酒"二字，是胡太太送给他的。

胡先生交游广，应酬多，几乎天天有人邀饮，家里可以无须开伙。徐志摩风趣地说："我最羡慕我们胡大哥的肠胃，天天酬酢，肠胃居然吃得消！"其实胡先生并不欣赏这交际性的宴会，只是无法拒绝而已。

民国二十年六月二十一日胡先生写信给我,劝我离开青岛到北大教书,他说:"你来了,我陪你喝十碗好酒!"

胡先生住上海极司菲尔路的时候,有一回请"新月"一些朋友到他家里吃饭,菜是胡太太亲自做的——徽州著名的"一品锅"。一只大铁锅,口径差不多有一英尺,热腾腾地端了上桌,里面还在滚沸,一层鸡,一层鸭,一层肉,点缀着一些蛋皮饺,紧底下是萝卜白菜。胡先生详细介绍这一品锅,告诉我们这是徽州人家待客的上品,酒菜、饭菜、汤,都在其中矣。对于胡太太的烹调的本领,他是赞不绝口的。他认为另有一样食品也是非胡太太不办的,那就是蛋炒饭——饭里看不见蛋而蛋味十足,我虽没有品尝过,可是我早就知道其做法是把饭放在搅好的蛋里拌匀后再下锅炒。

胡先生不以书法名,但是求他写字的人太多,他也喜欢写。他做中国公学校长的时候,每星期到吴淞三两次,我每次遇见他都是看到他被学生们里三层外三层地密密围绕着。学生要他写字,学生需要自己备纸和研好的墨。他未到校之前,桌上已按次序排好一卷一卷的宣纸,一盘一盘的墨汁。他进屋之后就伸胳膊挽袖子,挥毫落纸如云烟,还要一面和人寒暄,大有手挥五弦目送飞鸿之势。胡先生的字如其人,清癯消瘦,而且相当工整,从来不肯作行草,一横一捺都拖得很细很长,好像是伸胳膊伸腿的样子。不像瘦金体,没有那一份劲逸之气,可是不俗。胡先生说起蔡孑民先生的字,也是瘦骨嶙峋,和一般人点翰林时所写的以黑大圆光著名的墨卷迥异其趣,胡先生曾问过他,以他那样的字何以能点翰林,蔡先生答说:"也许是因为当时最流行的是黄山谷的字体罢!"

胡先生最爱写的对联是"大胆地假设,小心地求证;认真地做事,严肃地做人"。我常惋惜,大家都注意上联,而不注意下联。这一联有如双翼，上联教人求学，下联教人做人，我不知道胡先生这一联发生了多少效果。这一联教训的意味很浓，胡先生自己亦不讳言他喜欢用教训的口吻。他常说："说话而教人相信，必须斩钉截铁，咬牙切齿，翻来覆去地说。《圣经》里便是时常使用 Verily, Verily 以及 Thou shalt 等的字样。"胡先生说话并不武断，但是语气永远是非常非常坚定的。

赵瓯北的一首诗"李杜诗篇万口传，至今已觉不新鲜，江山代有才人出，管领风骚五百年"，也是胡先生所爱好的，显然是因为这首诗的见解颇合于提倡新文学者的口味。胡先生到台湾后，有一天我请他到师大讲演，讲的是"中国文学的演变"，以六十八高龄的人犹能谈上两个钟头而无倦色。在休息的时间，《中国语文一月刊》请他题字，他题了三十多年前的旧句："山风吹散了窗纸上的松景，吹不散我心头的人影。"

胡先生毕生服膺科学，但是他对于中医问题的看法并不趋于极端，和傅斯年先生一遇到孔庚先生便脸红脖子粗的情形大不相同（傅斯年先生反对中医，有一次和提倡中医的孔庚先生在国民参政会席上相对大骂几乎要挥老拳）。胡先生笃信西医，但也接受中医治疗。

民国十四年二月孙中山先生病危，从医院迁出，住进行馆，改试中医，由适之先生偕名医陆仲安诊视。这一段经过是大家知道的。陆仲安初无籍籍名，徽州人，一度落魄，住在绩溪会馆所以才认识胡先生，偶然为胡先生看病，竟奏奇效，故胡先生为他揄扬，名医之名不胫而走。事实上陆先生亦有其不平凡处，盛名固非幸致。十五六年之际，我家里有人患病即常延陆来诊。陆先生诊病，无模棱两可语，而且处方下药分量之重令人惊异。药必须要到同仁堂去抓，否则不悦。每服药必定是大大的一包，小一点的药锅便放不进去。贵重的药更要大量使用，他的理论是：看准了病便要投以重剂猛攻。后来在上海有一次胡先生请吃花酒，我发现陆先生亦为席上客,那时候他已是大腹便便、仆仆京沪道上专为要人治病的名医了。

胡先生左手背上有一肉瘤隆起,医师劝他割除,他就在北平协和医院接受手术,他告诉我医师们动手术的时候,动用一切应有的设备,郑重其事地为他解除这一小患,那份慎重将事的态度使他感动。又有一次乘船到美国去开会,医师劝他先割掉盲肠再做海上旅行,以免途中万一遭遇病发而难以处治,他欣然接受了外科手术。

我没看见过胡先生请教中医或服中药,可是也不曾听他说过反对中医中药的话。

胡先生从来不在人背后说人的坏话,而且也不喜欢听人在他面前说别人的坏话。有一次他听了许多不相干的闲话之后喟然而叹曰:"来说是非者,便是是非人!"相反的,人有一善,胡先生辄津津乐道,真是口角春风。徐志摩给我的一封信里有"胡圣潘仙"一语,是因为胡先生向有"圣人"之称,潘光旦只有一条腿可跻身八仙之列,并不完全是戏谑。

但是誉之所至,谤亦随之。胡先生到台湾来,不久就出现了《胡适与国运》匿名小册(后来匿名者显露了真姓名),胡先生夷然处之,不予理会。胡先生兴奋地说,大陆上印出了三百万字清算胡适思想,言外之意《胡适与国运》太不成比例了。胡先生返台定居,本来是落叶归根非常明智之举,但也不是没有顾虑。首先台湾气候并不适宜。一九五七年十一月二十五日给陈之藩先生的信就说,"请胸部大夫检查两次X光照片都显示肺部有弱点(旧的、新的)。此君很不赞成我到台湾的'潮冷'又'潮热'的气候去久住。"但是一九五六年十一月十八日给赵元任夫妇的信早就说过:"我现在的计划是要在台中或台北……为久居之计。不管别人欢迎不欢迎,讨厌不讨厌,我在台湾是要住下去的（我也知道一定有人不欢迎我长住下去）。"可见胡先生决意来台定居，医生的意见也不能左右他，不欢迎他的人只好写写《胡适与国运》罢了。

一九六〇年七月十日胡先生在西雅图举行"中美文化合作会议"发表的一篇讲演，是很重要的文献，原文是英文的，同华七月廿一、廿二、廿三，"《中央日报》"有中文译稿。在这篇讲演里胡先生历述中国文化之演进的大纲，结论是："我相信人道主义及理性主义的中国传统，并未被毁灭，且在所有情形下不能被毁灭！"大声疾呼，为中国文化传统作狮子吼，在座的中美听众一致起立欢呼鼓掌久久不停，情况是非常动人。事后有一位美国学者称这篇演讲具有"丘吉尔作风"。我觉得像这样的言论才算得是弘扬中国文化。当晚，在旅舍中胡先生取出一封复印信给我看，是当地主人华盛顿大学校长欧地嘉德先生特意复印给胡先生的。这封信是英文的，是中国人写的英文，起草的人是谁不问可知，是写给欧地嘉德的，具名连署的人不下十余人之多，其中有"委员"、有"教授"，有男有女。信的主旨大概是说：胡适是中国文化的叛徒，不能代表中国文化，此番出席会议未经合法推选程序，不能具有代表资格，特予郑重否认云云。我看过之后交还了胡先生，问他怎样处理，胡先生微笑着说："不要理他！"我不禁想起《胡适与国运》。

胡先生在师大讲演中国文学的变迁，弹的还是他的老调。我给他录了音，音带藏师大文学院英语系。他在讲词中提到律诗及评剧，斥为"下流"。听众中喜爱律诗及评剧的人士大为惊愕，当时面面相觑，事后议论纷纷。我告诉他们这是胡先生数十年一贯的看法，可惊的是他几十年后一点也没有改变。中国律诗的艺术之美，评剧的韵味，都与胡先生始终无缘。八股、小脚、鸦片，是胡先生所最深恶痛绝的，我们可以理解。

律诗与评剧似乎应该属于另一范畴。

胡先生对于禅宗的历史下过很多功夫,颇有心得,但是对于禅宗本身那一套奥义并无好感。有一次朋友宴会饭后要大家题字,我偶然的写了"无门关"的一偈,胡先生看了很吃一惊,因此谈起禅宗,我提到日本铃木大拙所写的几部书,胡先生正色说:"那是骗人的,你不可信他。"

辜鸿铭先生逸事

辜鸿铭先生以茶壶譬丈夫,以茶杯譬妻子,故赞成多妻制,诚怪论也。

先生之怪论甚多,常告人以姓辜之故,谓始祖寔为罪犯。又言始祖犯罪,不足引以为羞;若数典忘祖,方属可耻云。

先生深于英国文学之素养。或叩以养成之道,曰:先背熟一部名家著作做根基。又言今人读英文十年,开目仅能阅报,伸纸仅能修函,皆由幼年读一猫一狗式之教科书,是以终其身只有小成。先生极赞成中国私塾教授法,以开蒙未久,即读四书五经,尤须背诵如流水也。

先生之书法,极天真烂漫之致,别字虽不甚多,亦非极少。盖先生生于异国,学于苏格兰,比壮年入张之洞幕,始沉潜于故邦载籍云。

先生好选《诗经》中成句,译英文诗,虽未能天衣无缝,亦颇极传神之妙,惜以古衣冠加于无色民族之身上耳,先生以"情"译poetry,以"理"译philosophy,以"事"译History,以"物"译Science,以"阴阳"译Physic,以"五行"译Chemistry,以"红福"译Juno,以"清福"译Minerva,以"艳福"译Venus,于此可见其融合中外之精神。

先生喜征逐之乐，顾不修边幅，既垂长辫，而枣红袍与天青褂上之油腻，尤可鉴人，粲者立于其前，不须揽镜，即有顾影自怜之乐。先生对于妓者颇有同情，恒操英语曰：Prostitude 者，Destitude 也（意谓卖淫者卖穷也）。

　　先生多情而不专，夫人在一位以上。尝娶日妇，妇死哭之悲，悼亡之痛，历久不渝。先生尝患贫，顾一闻丐者呼号之声，立即拔关而出，界以小银币一二枚，勃谿之声，尝因之而起。

　　先生操多种方言，通几国文字；日之通士，尤敬慕先生，故日本人所办之英文报纸，常发表先生忠君爱国之文字。文中畅引中国经典，滔滔不绝，其引文之长，令人兴喧宾夺主之感，顾趣味弥永，凡读其文者只觉其长，并不觉其臭。

闻一多在珂泉

闻一多在1922年出国,往芝加哥美术学院学习绘画。对于到外国去,闻一多并不怎样热心。那时候,他是以诗人和艺术家自居的,而且他崇拜的是唯美主义。他觉得美国的物质文明尽管发达,那里的生活未必能适合他的要求。对于本国的文学艺术他一向有极浓厚的兴趣。他对我说过,他根本不想到美国去,不过既有这么一个机会,走一趟也好。

一多在船上写了一封信来,他说:

我在这海上漂浮的六国饭店里笼着,物质的供奉奢华极了,但是我的精神乃在莫大的压迫之下。我初以为渡海底生涯定是很沉寂幽雅辽阔的;我在未上船以前,又时时在想着在汉口某客栈看见的一幅八仙渡海底画,又时时想着郭沫若君底这节诗——

无边天海呀!
一个水银的浮沤!

上有星汉湛波,

下有融晶泛流,

正是有生之伦睡眠时候。

我独披着件白孔雀的羽衣,

遥遥地,遥遥地,

在一只象牙舟上翘首。

但是既上船后,大失所望。城市生活不但是陆地的,水上也有城市生活。我在烦闷时愈加渴念我在清华的朋友。这里竟连一个能与谈话的人都找不着。他们不但不能同你讲话,并且闹得你起坐不宁。走到这里是"麻雀",走到那里又是"五百",散步他拦着你的道路,静坐扰乱你的思想。我的诗被他们戕害到几底于零,到了日本海峡及神户之布引泷等胜地,我竟没有半句诗的赞叹歌讴。不是到了胜地一定得作诗,但是胜地若不能引起诗兴,商店工厂还能吗……

他到了美国之后8月14日自芝加哥写的一封信,首尾是这样的:

在清华时,实秋同我谈话,常愁到了美国有一天被碾死在汽车轮下。我现在很欢喜地告诉他,我还能写信证明现在我还没有碾死。但是将来死不死我可不敢担保。

……

啊!我到芝加哥才一个星期,我已厌恶这生活了。

他虽厌恶芝加哥的烦嚣,但他对美国的文化却很震惊,他在这第一封信里就说:"美国人审美的程度是比我们高多了。讲到这里令我起疑问了。何以机械与艺术两个绝不相容的东西能够同时发展到这种地步呢?"

一多在芝加哥的生活相当无聊,学画画是些石膏素描,顶多画个人体,油画还谈不上。图画最要紧的是这一段苦功,但是这与一多的个性不能适合。他在九月十九日来信说:

实秋:

阴雨终朝,清愁如织;忽忆放翁"欲知白日飞升法,尽在焚香听雨中"之句,即起焚香,冀以"雅"化此闷雨。不料雨听无声,香焚不燃,未免大扫兴会也。灵感久渴,昨晚忽于枕上有得,难穷落月之思,倘荷骊珠之报?近复细读昌黎,得笔记累楮盈寸,以为异日归国躬耕砚田之资本耳。草此借候文安。

可见他对于中国文学未能忘情。他于翌年2月15日来信说:

我不应该做一个西方的画家,无论我有多少的天才!我现在学西方的绘画是为将来做一个美术批评家,我若有所创作,定不在纯粹的西画里。但是我最希望的是做一个艺术的宣道者,不是艺术的创造者。

可见他对于绘画之终于不能专心,是早已有了预感,又因为青春时期只身远游,感触亦多,他不能安心在芝加哥再住下去。他于5月29日来信说:

芝加哥我也不想久居。本想到波士顿，今日接到你的信，忽又想起陪你上 Colorado 住个一年半载，也不错。你不反对吧？

我想他既要学画，当然应该在芝加哥熬下去。虽然我也很希望他能来珂泉和我一起读书，但是我并不愿妨碍他的图画的学习。所以我并不鼓励他到珂泉来。

我在1923年秋到了珂泉(Colorado Springs)，这是一座西部的小城，有一个大学在此地，在一些西部小规模的大学里，这算是比较好的一个。这里的风景可太好了，因为这城市就在落矶山下，紧靠在那终年积雪的派克峰的脚下，到处是风景区。我到了这里之后，买了十二张风景片寄给一多，未署一字，我的意思只是报告他我已到了此地，并且用这里的风景片挠他一下。没想到，没过一个星期的工夫，一多提着一只小箱子来了。

一多来到珂泉，是他抛弃绘画专攻文学的一个关键。

珂罗拉多大学有美术系，一多是这系里唯一的中国人。系主任利明斯女士，姊妹两个都是老处女，一个教画，一个教理论。美国西部人士对于中国学生常有好感，一多的天才和性格都使他立刻得到了利明斯女士的赏识。我记得利明斯有一次对我说："密斯脱闻，真是少有的艺术家，他的作品先不论，他这个人就是一件艺术品，你看他脸上的纹路，嘴角上的笑，有极完美的节奏！"一多的脸是有些线条，显然节奏我不大懂。一多在这里开始画，不再画素描，却画油彩了。他的头发养的很长，披散在头后，黑领结，那一件画室披衣，东一块红，西一块绿，水渍油痕到处皆是，揩鼻涕，抹桌子，擦手，御雨，全是它。一个十足的画家！

我们起先在一个人家里各租一间房。房东是报馆排字工人，昼伏夜出，我们过了好几个月才知道他的存在，房东太太和三个女儿天天和我们一桌上吃饭。这一家人待我们很好，但都是庸俗的人。更庸俗的是楼上另外两个女房客，其中一个是来此养病的纽约电话接线生，异性的朋友很多，里面有一位还是我们中国学生，几乎每晚拿着一只吹奏喇叭来奏乐高歌，有时候还要跳舞。于是我们搬家。为了省钱，搬到学校宿舍海格门楼。这是一座红石建的破败不堪的楼房，像是一座堡垒。吃饭却成了问题。有时候烧火酒炉子煮点咖啡或清茶，买些面包，便可充饥。后来胆子渐渐大了，居然也可炒木樨肉之类。有一次一多把火酒炉打翻，几乎烧着了窗帘，他慌忙中燃了头发眉毛烫了手。又有一次自己煮饺子，被人发现，管理员来干涉了，但见我们请他吃了一个之后，他不说话了，直说好吃。他准许我们烧东西吃，但规模不可太大。

一多和我的数学根底原来很坏，大学一定要我们补修，否则不能毕业。我补修了，一多却坚持不可。他说不毕业没有关系，却不能学自己所不愿学的课程。我所选的课程有一门是"近代诗"，一共讲二十几个诗人的代表作品。还有一门是"丁尼孙与伯朗宁"。一多和我一同上课。他在这两门课程里得到很大的益处。教授戴勒耳先生是很称职的，他的讲解很精湛。一多的《死水》，在技术方面很得力于这时候的学习。在节奏方面，一多很欣赏吉伯林，受他的影响不小。在情趣方面，他又沾染了哈代与霍斯曼的风味。我和一多在这两门功课上感到极大兴趣，上课听讲，下课自己阅读讨论。一多对于西洋文学的造诣，当然不止于此，但正式的有系统的学习是在此时打下一些根基。

我们在学校里是被人注意的，至少我们的黄色的脸便令人觉得奇怪。有一天，学生赠的周刊发现了一首诗，题目是sphinx，作者说我们中国人的脸沉默而神秘,像埃及人首狮身的怪物,他要我们回答他,我们是在想些什么。这诗并无恶意,但是我们要回答,我和一多各写了一首小诗登在周刊上。这虽是学生时代的作品,但是一多这一首写得不坏,全校师生以后都对我们另眼看待了。一多的诗如下:

ANOTHER "CHINEE" ANSWERING

My face is Sphinx—like,

It puzzles you, you say,

You wish that my lips were articulate,

You demand my answer.

But what if my words are riddles to you?

You who would not sit down

To empty a cup of tea with me,

With slow, graceful, intermittent sips,

Who would not set your thoughts afloat

On the reeling vapors

Of a brimming tea—cup, placid and clear—

You who are so busy and impatient

Will not discover my moaning.

Even my words might be riddles to you,

so I choose to be silent.

But you hailed to me,

I love your child—like voice,

Innocent and half—bashful.

We shall be friends.

Still I choose to be silent before you.

In silence I shall bear you

The best of presents.

I shall bear you a jade tea—cup,

Translucent and thin,

Green as the dim light in a bamboo grove;

I shall bear you an embroidered gown

Charged with strange, sumotous designs.

Harlequin in lvzenges,

Bats and butterflies,

Golden—bearded, saintly dragons

Braided into irridescent threads of dream;

I shall bear you sprays.

Oi peach—blossoms, plum—blossoms, pear—blossouse;

I shall bear you silk—bound books

In square, grotesque characters.

Silently and with awe

I shall bear you the best of presents.

Through the companion with my presents

You will know me—

You will know cunning,

Vice,

Or wisdom only.

But my words nights be riddles to you,

So I choose to be silent.

一多画画一直没有停，有一天利明斯教授告诉他纽约就要举行一年一度的画展，选择是很严的，劝他参加。一多和我商量，我也怂恿他加入竞赛。一多无论做什么事，不做便罢，一做便忘寝废食。足足有一个多月，他锁起房门，埋头苦干，就是吃饭也是一个人抽空溜出去，如中疯魔一般地画。大致画完了才准我到他屋里去品评。有一幅人物，画的是一个美国侦探，非常有神。还缺少一张风景画。我建议由我开车送他到山上去写生。他同意了。

一清早，我赁到一辆车，带着画具食品，兴高采烈地上山了。这是我学会开车后的第三天，第一次上山，结果如何是可以想见的。先到了"仙园"，高大的红石笋矗立着，那风景不是秀丽，也不是雄伟，是诡怪。我们向着曼尼图公园驶去，越走越高，忽然走错了路，走进了一条死路，尽头处是巉岩的绝崖，路是土路，有很深的辙，只好向后退。两旁是幽深的山涧，我退车的时候手有些发抖。訇的一声，车出了辙，斜叉着往山涧里溜下去了，只听得耳边风忽忽地响，我已经无法控制，一多大叫。

忽然咯喳一声车停了，原来是车被两棵松树给夹住了。我们往下看，乱石飞泉，令人心悸。车无法脱险，因为坡太陡。于是我们爬上山，老远看见一缕炊烟，跑过去一看果然有人，但是，他说西班牙语，戴着宽边大帽，腰上挂一圈绳。勉强做手势达意之后，这西班牙人随着我们去查看，他笑了。他解下腰间的绳子一端系在车上，一端系在山上一棵大树上。我上车开足马力，向上走一尺，他和一多就掣着绳子拉一尺，一尺一尺地车上了大路，西班牙人和我们点点头就走了，但是我再不敢放胆开车，一多的画兴也没有了，我们无精打采地回去了。

风景何必远处求？学校宿舍旁边就很好，正值雪后，一多就临窗画了一幅雪景，他新学了印象派画法，用碎点，用各种颜色代替阴影。这一幅画很精彩。

一共画了十几幅，都配了框，装箱，寄往纽约。在这时候，一多给我画了一张像，他立意要画出我的个性，也要表示他手底的腕力，他不用传统的画法，他用粗壮的笔调大勾大抹，嘴角撇得像瓢似的，表示愤世嫉俗的意味，头发是葱绿色，像公鸡尾巴似的竖立着，这不知是表现什么。这幅像使他很快意。我带回国，家里孩子们看着害怕，后来就不知怎样丢掉了。

纽约的回信来了，只有美国侦探那幅画像得了一颗银星，算是"荣誉的提名"，其他均未入选。这打击对于一多是很严重的。以我所知，一多本不想做画家，但抛弃绘画的决心是自此时始。他对我讲过，中国人画西洋画，很难得与西方人争一日之短长。因为我们的修养、背景、性格全受了限制。实在是的，我们中国人习西洋画的，成功者极少，比较成功的往往后来都改画中国画了。其实这不仅于绘画为然，即以文学而论，学习西洋文学的人不也是很多人终于感到彷徨而改走中国文学的道路吗？所以一多之完全抛弃西画，虽然是由于这一次的挫折，其实以他那样的性格与兴趣，即使不受挫折，我相信他也会改弦易辙的，不过是时间的早晚而已。

我和一多在珂泉整整住了一年。暑假过后，我到波士顿去，他到纽约去。临别时我送了他一只珐琅的香炉，他送了我一部霍斯曼的诗集。

/忆冰心/

初识冰心的人都觉得她不是一个令人容易亲近的人，冷冷的好像要拒人于千里之外。她的《繁星》《春水》发表在晨报副刊的时候，风靡一时，我的朋友中如时昭瀛先生便是最为倾倒的一个，他逐日剪报，后来精裱成一长卷，在美国和冰心相遇的时候恭恭敬敬地献给了她。我在《创造周报》第十二期（一九二三年七月二十九日）写过一篇《〈繁星〉与〈春水〉》，我的批评是很保守的，我觉得那些小诗里理智多于情感，作者不是一个热情奔放的诗人，只是泰戈尔小诗影响下的一个冷隽的说理者。就在这篇批评发表后不久，于赴美途中在杰克逊总统号的甲板上不期而遇。经许地山先生介绍，寒暄一阵之后，我问她："您到美国修习什么？"她说："文学。"她问我："您修习什么？"我说："文学批评。"话就谈不下去了。

在海船上摇晃了十几天，许地山、顾一樵、冰心和我都不晕船，我们兴致勃勃地办了一份文学性质的壁报，张贴在客舱入口处，后来我们选了十四篇送给《小说月报》，发表在第十一期（一九二三年十一月十日），作为一个专辑，就用原来壁报的名称"海啸"。其中有冰心的诗三首：《乡愁》《惆怅》《纸船》。

一九二四年秋我到了哈佛，冰心在威尔斯莱女子学院，同属于波士顿地区，相距约一个多小时火车的路程。遇有假期，我们几个朋友常去访问冰心，邀她泛舟于脑伦璧迦湖。冰心也常趁星期日之暇到波士顿来做杏花楼的座上客。我逐渐觉得她不是恃才傲物的人，不过对人有几分矜持，至于她的胸襟之高超，感觉之敏锐，性情之细腻，均非一般人所可企及。

一九二五年三月二十八日波士顿一带的中国学生在"美国剧院"公演《琵琶记》，剧本是顾一樵改写的，由我译成英文。我饰蔡中郎，冰心饰宰相之女，谢文秋女士饰赵五娘。逢场作戏，不免谑浪。后谢文秋与同学朱世明先生订婚，冰心就调侃我说："朱门一入深似海，从此秋郎是路人。""秋郎"二字来历在此。

冰心喜欢海，她父亲是海军中人，她从小曾在烟台随侍过一段期间，所以和浩瀚的海洋结不解缘，不过在她的作品里嗅不出梅思斐尔的"海洋热"。她憧憬的不是骇浪滔天的海水，不是浪迹天涯的海员生涯，而是在海滨沙滩上拾贝壳，在静静的海上看冰轮乍涌。我一九三〇年到青岛，一住四年，几乎天天与海为邻，几次三番地写信给她，从没有忘记提到海，告诉她我怎样陪同太太带着孩子到海边捉螃蟹、掘沙土、捡水母、听灯塔呜呜叫、看海船冒烟在天边逝去，我的意思是逗她到青岛来。她也很想来过一个暑季，她来信说："我们打算住两个月，而且因为我不能起来的缘故，最好是海涛近接于几席之下。文藻想和你们逛山散步，泅水，我则可以倚枕倾聆你们的言论……我近来好多了，医生许我坐火车，大概总是有进步。"但是她终于不来，倒是文藻因赴邹平开会之便到舍下盘桓了三五天。

冰心健康情形一向不好,说话的声音不能大,甚至是有上气无下气的。她一到了美国不久就呕血,那著名的《寄小读者》大部分是在医院床上写的。以后她一直时发时愈,缠绵病榻。有人以为她患肺病,那是不确的。她给赵清阁的信上说:"肺病绝不可能。"给我的信早就说得更明白:"为慎重起见,遵协和医嘱重行检验一次,X光线,取血,闹了一天,据说我的肺倒没毛病,是血管太脆。"她呕血是周期性的,有时事前可以预知,她多么想看青岛的海,但是不能来,只好叹息:"我无有言说,天实为之!"她的病严重地影响了她的创作生涯,甚至比照管家庭更妨碍她的写作,实在是太可惋惜的事。抗战时她先是在昆明,我写信给她,为了一句戏言,她回信说:"你问我除生病之外,所做何事。像我这样不事生产,当然使知友不满之意溢于言外。其实我到呈贡之后,只病过一次,日常生活都在跑山望水,柴米油盐,看孩子中度过……"在抗战期中做一个尽职的主妇真是谈何容易,冰心以病躯肩此重任,是很难为她了。她后来迁至四川的歌乐山居住,我去看她,她一定要我试一试他们睡的那一张弹簧床。我躺上去一试,真软,像棉花团,文藻告诉我他们从北平出来什么也没带,就带了这一张庞大笨重的床,从北平搬到昆明,从昆明搬到歌乐山,没有这样的床她睡不着觉!

歌乐山在重庆附近算是风景很优美的一个地方。冰心的居处在一个小小的山头上,房子也可以说是洋房,不过墙是土砌的,窗户很小很少,里面黑黝黝的,而且很潮湿。倒是门外有几十棵不大不小的松树,秋声萧瑟,瘦影参差,还值得令人留恋。一般人以为冰心养尊处优,以我所知,她在抗战期间并不宽裕。歌乐山的寓处也是借住的。

抗战胜利后,文藻任职我国驻日军事代表团,这一段时间才是她一生享受最多的，日本的园林之胜是她所最为爱好的，日常的生活起居也由当地政府照料得无微不至。下面是她到东京后两年写给我的一封信：

实秋：

　　九月二十六日信收到。昭涵到东京，待了五天，我托他把那部日本版杜诗带回给你（我买来已有一年了），到临走时他也忘了，再寻便人罢。你要吴清源和本因坊的棋谱，我已托人收集，当陆续奉寄。清阁在北平（此信给她看看），你们又可以热闹一下。我们这里倒是很热闹，甘地所最恨的鸡尾酒会，这里常有！也累，也最不累，因为你可以完全不用脑筋说话，但这里也常会从万人如海之中飘闪出一两个"惊才绝艳"，因为过往的太多了，各国的全有，淘金似的，会浮上点金沙。除此之外，大多数是职业外交人员、职业军人、浮嚣的新闻记者，言语无味，面目可憎。在东京两年，倒是一种经验，在生命中算是很有趣的一段。文藻照应忙，孩子们照应玩，身体倒都不错，我也好。宗生不常到你处罢？他说高三功课忙得很，明年他想考清华，谁知道明年又怎么样？北平人心如何？看报仿佛不太好。东京下了一场秋雨，冷得美国人都披上皮大衣，今天又放了晴，天空蓝得像北平，真是想家得很！你们吃炒栗子没有？

　　请嫂夫人安

冰心十、十二

　　一九四九年六月我来到台湾，接到冰心、文藻的信，信中说他们很高兴听到我来台的消息，但是一再叮咛要我立刻办手续前往日本。风雨飘摇之际，这份友情当然可感，但是我没有去。此后就消息断绝。

附　录

冰心致作者的信之一

实秋：

　　前得来书，一切满意，为慎重起见，遵医（协和）嘱重行检查一次，X光线，取血，闹了一天，据说我的肺倒没毛病，是血管太脆。现在仍须静养，年底才能渐渐照常，长途火车，绝对禁止，于是又是一次幻象之消灭！

　　我无有言说，天实为之！我只有感谢你为我们费心，同时也羡慕你能自由地享受海之伟大，这原来不是容易的事！

　　文藻请安

冰心拜上六月二十五

冰心致作者的信之二

实秋：

　　你的信，是我们许多年来，从朋友方面所未得到的，真挚痛快的好信！看完了予我们以若干的欢喜。志摩死了，利用聪明，在一场不人道不光明的行为之下，仍得到社会一班人的欢迎的人，得到一个归宿了！我仍是这么一句话，上天生一个天才，真是万难，而聪明人自己的糟蹋，看了使我心痛。志摩的诗，魄力甚好，而情调则处处趋向一个毁灭的结局。看他《自剖》里的散文，《飞》等，仿佛就是他将死未绝时的情感，诗中尤其看得出，我不是信预兆，是说他十年来心理的酝酿，与无形中心灵的绝望与寂寥，所形成的必然的结果！人死了什么话都太晚，他生前我对着他没有说过一句好话，最后一句话，他对我说的："我的心肝五脏都坏了，要到你那里圣洁的地方去忏悔！"我没说什么，我和他从来就不是朋友，如今倒怜惜他了，他真辜负了他的一股子劲儿！

谈到女人，究竟是"女人误他""他误女人"，也很难说。志摩是蝴蝶，而不是蜜蜂，女人的好处就得不着，女人的坏处就使他牺牲了。

——到这里，我打住不说了！

我近来常常恨我自己，我真应当常写作，假如你喜欢《我劝你》那种的诗，我还能写他一二十首。无端我近来又教了书，天天看不完的卷子，使我头痛心烦。是我自己不好，只因我有种种责任，不得不要有一定的进款来应用，过年我也许不干或少教点，整个的来奔向我的使命和前途。

我们很愿意见见你，朋友们真太疏远了！年假能来吗？我们约了努生，也约了昭涵，为国家你们也应当聚聚首了，我若百无一长，至少能为你们煮咖啡！小孩子可爱得很，红红的颊，蜷曲的浓发，力气很大，现在就在我旁边玩，他长得像文藻，脾气像我，也急，却爱笑，一点也不怕生。

请太太安

冰心十一月二十五

冰心致作者的信之三

实秋：

山上梨花都开过了，想雅舍门口那一大棵一定也是绿肥白瘦，光阴过的何等的快！你近来如何？听说曾进城一次，歌乐山竟不曾停车，似乎有点对不起朋友。刚给白薇写几个字，忽然想起赵清阁，不知她近体如何？春来是否痊了？请你代走一趟，看看她，我自己近来好得很。文藻大约下月初才能从昆明回来，他生日是二月九号，你能来玩玩否？余不一一，即请

大安问业雅好

冰心三月二十五

冰心致赵清阁的信

清阁：

信都收入，将来必有一天我死了都没有人哭。关于我病危的谣言已经有太多次了，在远方的人不要惊慌，多会真死了才是死，而且肺病绝不可能。这种情形，并不算坏。就是有病时（有时）太寂寞一点，而且什么都要自己管，病人自己管自己，总觉得有点那个！你叫我写文章，尤其是小说，我何尝不想写，就是时间太零碎，而且杂务非常多。也许我回来时在你的桌上会写出一点来。上次给你寄了樱花没有？并不好，就是多，我想就是菜花多了也会好看，樱花意味太哲学了，而且属于悲观一路，我不喜欢。朋友们关心我的，请都替我辟谣，而且问好。参政会还没有通知，我也不知道是否五月开，他们应当早通知我，好做准备。这边待得相当腻，朋友太少了，风景也没有什么，人为居多，如森林，这都是数十年升平的结果。我们只要太平下来五十年，你看看什么样子，总之我对于日本的□□，第一是女人（太没有背脊骨了），第二是樱花，第三第四也还要有……匆匆请

放心

冰心四、十七

冰心致作者的信之四

实秋：

　　文藻到贵阳去了，大约十日后方能回来，他将来函寄回，叫我作复。大札较长，回诵之余，感慰无尽。你问我除生病之外，所做何事，像我这样不事生产，当然使知友不满之意，溢于言外。其实我到呈贡后，只病过一次，日常生活，都在跑山望水、柴米油盐、看孩子中度过。自己也未尝不想写作，总因心神不定，前作《默庐试笔》断续写了三夜，成了六七千字，又放下了。当然并不敢妄自菲薄，如今环境又静美，正是应当振作时候，甚望你常常督促，省得我就此沉落下去。呈贡是极美，只是城太小，山下也住有许多外来的工作人员，谈起来有时很好，有时很索然，在此居留，大有 Main Street 风味，渐渐地会感到孤寂。（当然昆明也没有什么意思，我每次进城，都亟欲回来！）我有时想这不是居处关系，人到中年，都有些萧索。我的一联是"海内风尘诸弟隔，天涯涕泪一身遥"，庶几近之。你是个风流才子，"时势造成的教育专家"，同时又有"高尚娱乐"，"活鱼填鸭充饥"。所谓之"依人自笑冯驻老，作客谁怜范叔寒"两句（你对我已复述过两次），真是文不对题，该打！该打！只是思家之念，尚值得人同情耳！你跌伤已痊愈否？景超如此仗义疏财，可惜我不能身受其惠。

　　我们这里，毫无高尚娱乐，而且虽有义可仗，也无财可疏，为可叹也！文藻信中又嘱我为一樵写一条横幅，请你代问他，可否代以"直条"？我本来不是写字的人，直条还可闭着眼草下去，写完"一瞑不视"（不是"掷笔而逝"）！横幅则不免手颤了，请即复。山风渐动，阴雨时酸寒透骨，幸而此地阳光尚多，今天不好，总有明天可以盼望。你何时能来玩玩？译述脱稿时请能惠我一读。景超、业雅、一樵请代致意，此信可以传阅。静夜把笔，临颖不尽。

冰心拜启

十一月二十七

冰心致作者的信之五

实秋：

我弟妇的信和你的同到。她也知道她找事的不易，她也知道大家的帮忙，叫我写信谢谢你！总算我做人没白做，家人也体恤，朋友也帮忙，除了"感激涕零"之外，无话可说！东京生活，不知宗生回去告诉你多少？有时很好玩，有时就寂寞得很。大妹身体痊愈，而且茁壮，她廿号上学，是圣心国际女校。小妹早就上学（九·一）。我心绪一定，倒想每日写点东西，要不就忘了。文藻忙得很，过去时时处处有回去可能，但是总没有走得成。这边本不是什么长事，至多也只到年底。你能吃能睡，茶饭无缺，这八个字就不容易！老太太、太太和小孩子们都好否？关于杜诗，我早就给你买了一部日本版的，放在那里，相当大，坐飞机的人不肯带，只好将来自己带了。书贾又给我送来一部中国版的（嘉庆）和一部《全唐诗》，我也买了，现在日本书也贵。我常想念北平的秋天，多么高爽！这里三天台风了，震天撼地，到那儿都是潮不唧的，讨厌得很。附上昭涵一函，早已回了，但是朋友近况，想你也要知道。

文藻问好

冰心中秋前一日

后 记

一

绍唐吾兄：

在《传记文学》十三卷六期我写过一篇《忆冰心》，当时我根据几个报刊的报道，以为她已不在人世，情不自已，写了那篇哀悼的文字。

今年春，凌叔华自伦敦来信，告诉我冰心依然健在，惊喜之余，深悔孟浪。顷得友人自香港剪寄今年五月二十四日香港《新晚报》，载有关冰心的报道，标题是《冰心老当益壮酝酿写新书》，我从文字中提炼出几点事实：

（一）冰心今年七十三岁，还是那么健康、刚强，洋溢着豪逸的神采。

（二）冰心后来从未教过书，只是搞些写作。

（三）冰心申请了好几次要到工农群众中去生活，终于去了，一住十多个月。

（四）目前她好像是"待在"中央民族学院里，任务不详。

（五）她说"很希望写一些书"，最后一句话是"老牛破车，也还要走一段路的"。

此文附有照片一帧。人还是很精神的，只是二十多年不见，显着苍老多了。因为我写过《忆冰心》一文，我觉得我有义务作简单的报告，更正我轻信传闻的失误。

弟梁实秋拜启

一九七二年六月十五日西雅图

二

绍唐吾兄：

六月十五日函计达。我最近看到香港《新闻天地》一二六七号载唐向森《洛杉矶航信》，记曾与何炳棣一行同返大陆的杨庆尘教授在美国西海岸的谈话，也谈到谢冰心夫妇，他说："他俩还活在人间，刚由湖北孝感的'五七干校'回到北京。他还谈到梁实秋先生误信他们不在人间的消息所写下悼念亡友的文章。冰心说，他们已看到了这篇文章。这两口子如今都是七十开外的人了。冰心现任职于'作家协会'，专门核阅作品，做成报告交予上级，以决定何者可以出版，何者不可发表之类。至于吴文藻派什么用场，未见道及。这二位都穿着绉巴巴的人民装，也还暖和。曾问二位夫妇这一把年纪去干校，尽干些什么劳动呢？冰心说，多半下田扎绑四季豆。他们在'文化大革命'时期，曾被斗争了三天。"这一段报道益发可以证实冰心夫妇依然健在的消息。我不明白，当初为什么有人捏造死讯，难道这造谣的人没有想到谣言早晚会不攻自破吗？现在我知道冰心未死，我很高兴，冰心既然看到了我写的哀悼她的文章，她当然知道我也未死。这年头儿，彼此知道都还活着，实在不易。这篇航信又谈到老舍之死，据冰心的解释，老舍之死"要怪舍予太爱发脾气，一发脾气去跳河自杀死了……"这句话说得很妙。人是不可发脾气的，脾气人人都有，但是不该发，一发则不免跳河自杀矣。

弟梁实秋顿首

一九七二年七月十一日西雅图

/忆周作人先生/

周作人先生住北平西城八道湾,看这个地名就可以知道那是怎样的一个弯弯曲曲的小胡同。但是在这个陋巷里却住着一位高雅得与世无争的读书人。

我在清华读书的时候,代表清华文学社会见他,邀他到清华演讲。那个时代,一个年轻学生可以不经介绍径自拜访一位学者,并且邀他演讲,而且毫无报酬,好像不算是失礼的事。如今手续似乎更简便了,往往是一通电话便可以邀请一位素未谋面的人去讲演什么的。我当年就是这样冒冒失失地慕名拜访。转弯抹角地找到了周先生的寓所,是一所坐北朝南的两进的平房,正值雨后,前院积了一大汪子水,我被引进去,沿着南房檐下的石阶走进南屋。地上铺着凉席。屋里已有两人在谈话,一位是留了一撮小胡子的鲁迅先生,另一位年轻人是写小诗的何植三先生。鲁迅先生和我招呼之后就说:"你是找我弟弟的,请里院坐吧。"

里院正房三间,两间是藏书用的,大概有十个八个木书架,都摆满了书,有竖立的西书,有平放的中文书,光线相当暗。左手一间是书房,很爽亮,有一张大书桌,桌上文房四宝陈列整齐,竟不像是一个人勤于写作的所在。靠墙一几两椅,算是待客的地方。上面原来挂着一个小小的横匾,"苦雨斋"三个字是沈尹默写的。斋名苦雨,显然和前院的积水有关,也许还有屋瓦漏水的情事,总之是十分恼人的事,可见主人的一种无奈的心情(后来他改斋名为"苦茶庵"了)。俄而主人移步入,但见他一袭长衫,意态翛然,背微伛,目下视,面色灰白,短短的髭须满面,语声低沉到令人难以辨听的程度。一仆人送来两盏茶,日本式的小盖碗,七分满的淡淡清茶。我道明来意,他用最简单的一句话接受了我们的邀请。于是我不必等端茶送客就告辞而退,他送我一直到大门口。

从北平城里到清华,路相当远,人力车要一个多小时,但是他准时来了,高等科礼堂有两三百人听他演讲。讲题是"日本的小诗"。他特别提出所谓俳句,那是日本的一种诗体,以十七个字为一首,一首分为三段,首五字,次七字,再五字,这是正格,也有不守十七字之限者。这种短诗比我们的五言绝句还要短。由于周先生语声过低,乡音太重,听众不易了解,讲演不算成功。幸而他有讲稿,随即发表。他所举的例句都非常有趣,我至今还记得的是一首松尾芭蕉的作品,好像是"听呀,青蛙跃入古潭的声音"!这样的一句,细味之颇有禅意。此种短诗对于试写新诗的人颇有影响,就和泰戈尔的散文诗一样,容易成为模拟的对象。

民国二十三年我到了北京大学,和周先生有同事三年之雅。在此期间我们来往不多,一来彼此都忙,我住东城他住西城相隔甚远,不过我也在苦雨斋做过好几次的座上客。我很敬重他,也很爱他的淡雅的风度。我当时主编一个周刊《自由评论》,他给过我几篇文稿,我很感谢他。他曾托我介绍把他的一些存书卖给学校图书馆。我照办了。他也曾要我照拂他的儿子周丰一(在北大外文系日文组四年级),我当然也义不容辞,我在这里发表他的几封短札,文字简练,自有其独特的风格。

周先生晚节不终,宦事敌伪,以至于身系缧绁,名声扫地,是一件极为可惜的事。不过他所以出此下策,也有其远因近因可察。他有一封信给我,是在抗战前夕写的:

实秋先生:

手书敬悉。近来大有闲,却也不知怎的又甚忙,所以至今未能写出文章,甚歉。看看这"非常时"的四周空气,深感到无话可说,因为这(我的话或文章)是如此的不合宜的。日前曾想写一篇关于《求己录》的小文,但假如写出来了,恐怕看了赞成的只有一个——《求己录》的著者陶葆廉吧?等写出来可以用的文章时,即当送奉,匆匆不尽。

作人启七日夜

关于《求己录》的文章虽然他没有写,我们却可想见他对《求己录》的推崇,按《求己录》一册一函,光绪二十六年杭州求是书院刊本,署芦泾循士著,乃秀水陶葆廉之别号。陶葆廉是两广总督陶模(子方)之子,久佐父幕,与陈三立、谭嗣同、沈雁潭合称四公子。作人先生引陶葆廉为知己,同属于不合时宜之列。他也曾写信给我提到"和日和共的狂妄主张"。是他对于抗日战争早就有了他自己的一套看法。他平素对于时局,和他哥哥鲁迅一样,一向抱有不满的态度。

作人先生有一位日籍妻子。我到苦茶庵去过几次没有拜见过她,只是隔着窗子看见过一位披着和服的妇人走过,不知是不是她。一个人的妻子，如果她能勤俭持家相夫教子而且是一个"温而正"的女人，她的丈夫一定要受到她的影响，一定爱她，一定爱屋及乌地爱与她有关的一切。周先生早年负笈东瀛，娶日女为妻，对于日本的许多方面有好的印象是可以理解的。我记得他写过一篇文章赞美日本式的那种纸壁地板蹲坑的厕所，真是匪夷所思。他有许多要好的日本朋友，更是意料中事，犹之鲁迅先生之与上海虹口的内山书店老板过从甚密。

抗战开始，周先生舍不得离开北平，也许是他自恃日人不会为难他。以我所知，他不是一个热衷仕进的人，也异于鲁迅之偏激孤愤。不过他表面上淡泊，内心里却是冷峭。他这种心情和他的身世有关。一九八二年九月二十日《联合报》万象版登了一篇《高阳谈鲁迅心头的烙痕》：

鲁迅早期的著作，如《呐喊》等，大多在描写他的那场"家难"；其中主角是他的祖父周福清，同治十年三甲第十五名进士，外放江西金溪知县。光绪四年因案被议，降级改为"教谕"。周福清不愿做清苦的教官，改捐了一个"内阁中书"，做了十几年的京官。

光绪十九年春天，周福清丁忧回绍兴原籍。这年因为下一年慈禧太后六旬万寿，举行癸巳恩科乡试；周福清受人之托，向浙江主考贿买关节，连他的儿子也就是鲁迅的父亲周用吉在内，一共是六个人，关节用"宸衷茂育"字样；另外"虚写银票洋银一万元"，一起封入信封。投信的对象原是副主考周锡恩，哪知他的仆人在苏州误投到正主考殷如璋的船上。殷如璋不知究竟，拆开一看，方知贿买关节。那时苏州府知府王仁堪在座，而殷如璋与周福清又是同年，为了避嫌疑起见，明知必是误投，亦不能不扣留来人，送官究办。周福清就这样吃上了官司。

科场舞弊，是件严重的事。但从地方到京城，都因为明年是太后六十万寿,不愿兴大狱,刑部多方开脱,将周福清从斩罪上量减一等,改为充军新疆。历久相沿的制度是,刑部拟罪得重,由御笔改轻,表示"恩出自上";但这一回令人大出意外,御着批示:"周福清着改为斩监候,秋后处决。"

这一来,周家可就惨了。第二年太后万寿停刑,固可多活一年;但自光绪二十一年起,每年都要设法活动,将周福清的姓名列在"勾决"名册中"情实"一栏之外,才能免死。这笔花费是相当可观的;此外,周福清以"死囚"关在浙江臬司监狱中,如果希望获得较好的待遇,必须上下"打点",非大把银子不可。周用吉的健康状况很差,不堪这样沉重的负担,很快地就去世了。鲁迅兄弟被寄养在亲戚家,每天在白眼中讨生活;十几岁的少年,由此而形成的人格,不是鲁迅的偏激负气,就是周作人的冷漠孤傲,是件不难想象的事。

鲁迅心头烙痕也正是周作人先生的心头烙痕,再加上抗战开始后北平爱国志士那一次的枪击,作人先生无法按捺他的激愤,遂失足成千古恨了。在后来"国军"撤离南京的前夕,蒋梦麟先生等还到监牢去探视过他,可见他虽然是罪有应得,但是他的老朋友们还是对他有相当的眷念。

一九七一年五月九日《中国时报》副刊有南宫搏先生一文《于〈知堂回想录〉而回想》,有这样的一段:

我曾写过一篇题为"先生,学生不伪!"不留余地地指斥学界名人傅斯年。当时自重庆到沦陷区的接收大员,趾高气扬的不乏人,傅斯年即为其中之一。我们总以为学界的人应该和一般官吏有所不同,不料以清流自命的傅斯年在北平接收时，也有那一副可憎的面目，连"伪学生"也说得出口！——他说"伪教授"其实也可恕了。要知政府兵败，弃土地人民而退，要每一个人都亡命到后方去，那是不可能的。在敌伪统治下，为谋生而做一些事，更不能皆以汉奸目之，"饿死事小，失节事大"，说说容易，真正做起来，却并不是叫口号之易也。何况，平常做做小事而谋生，遽加汉奸帽子，在情在理，都是不合的。

南宫搏先生的话自有他的一面的道理，不过周作人先生无论如何不是"做做小事而谋生"，所以我们对于他的晚节不终只有惋惜，无法辩解。

/关于老舍/

最近我到美国去，无意中看到我的女儿文蔷收藏的一个小册，其中有一页是老舍的题字。这是四十多年前的事了，当时老舍和我都住在四川北碚。老舍先是住在林语堂先生所有的一小洋房的楼上靠近楼梯的一小间房屋，房间很小，一床一桌，才可容身。他独自一人，以写作自遣。有一次我问他写小说进度如何，他说每天写上七百字，不多写。他身体不大好，患胃下垂，走路微微有些佝偻着腰，脸上显着苍老。他写作的态度谨严，一天七百字不是随便写出来的。他后来自己说："什么都要想好久。"他的楼下住着老向一家，但是他们彼此往来并不太繁。老舍为人和蔼可亲、平易近人，但是内心却很孤独。

后来老舍搬离了那个地方，搬到马路边的一排平房中的一间，我记得那一排平房中赵清阁住过其中的另一间，李辰冬夫妇也住过另一间。这个地方离我的雅舍很近，所以我和老舍见面的机会较多。有一天我带着文蔷去看他，文蔷那时候就读沙坪坝南开中学初中，还是十来岁的小孩子。请人签名题字是年轻学生们的习气。老舍欣然提笔，为她写下"身体强学问好才是最好的公民"十三个字。虽然是泛泛的鼓励后进的话，但也可以看出老舍之朴实无华的亲切的态度。他深知"身体强"的重要性。

在这个时候，老舍得了急性盲肠炎。当时罹盲肠炎的人很多，在朋友中我首开纪录。由于当时缺乏消炎药剂，我两度剖腹，几濒于危，住院一个多月才抬回雅舍休养。老舍步我后尘，开刀也不顺利，据赵清阁传来消息，打开腹腔之后遍寻盲肠不得，足足花了个把钟头，才在腹腔左边找到，普通盲肠都在右边，老舍由于胃下垂之故，盲肠换了位置。行手术后，他的身体益发虚弱了。

抗战初，老舍和我一样，只身出走到后方，家眷由济南送到北平。他写信给朋友说："妻小没办法出来，我得向他们告别，我是家长，现在得把他们交给命运。"后来我曾问其夫人近况，他故作镇定地说："她的情况很好，现服务于一所民众图书馆——就是中央公园里那个'五色土'的后面的那座大楼。"事实上，抗战到了末期的时候北平居民生活非常困苦，几近无以为生的地步。不久，老舍的夫人胡絜青女士来到了后方，在北碚住了不久便和老舍搬走，好像是搬到重庆附近什么乡下去了。他离去不久有一封信给我，附近作律诗六首（见附录）。诗写得不错，可以从而窥见他的心情，他自叹中年喜静，无钱买酒，半老无官，文章为命，一派江湖流浪人的写照！

老舍之死，好久是一个谜，现在不是谜了。他死得惨，他的父亲也死得惨。胡絜青说：

八国联军攻入北京城的时候，他父亲死在南长街的一家粮店里。是舅舅家的二哥回来报的信，这个二哥也是旗兵……他败下阵来，路过那家粮店，进去找点水喝，正巧遇见了老舍的父亲。攻打正阳门的八国联军的烧夷弹把父亲身上的火药打燃，全身被烧肿，他自己爬到那个粮店等死。二哥看见他的时候，他已不能说话，遍身焦黑，只把一双因脚肿而脱下的布袜子交给了二哥。后来父亲的小小衣冠冢中埋葬的就是那双袜子。这时老舍不足两岁。

这段悲惨的家史是天然的小说题材，在老舍的一生中，不管走到哪里，它都一次又一次地回到他的记忆里，勾起他的无限辛酸和义愤。

历史不能重演，然而，历史又往往那么酷似。老舍的父亲牺牲在帝国主义的炮火之下，老舍本人竟惨死在"文艺黑线专政"论的毒箭之下；老舍的父亲孤单而受尽苦痛地死在一间小粮店里，老舍本人也同样孤单而受尽苦痛地死在一个小湖的岸边；老舍的父亲的墓冢中没有遗骨，只有一双布袜子，老舍本人的骨灰盒中也同样没有骨灰，只有一副眼镜和一支钢笔……（《正红旗下》代序）

老舍父子都是惨死，一死于八国联军，一死于"四人帮"的爪牙。前者以旗兵身份战死于敌军炮火之下，犹可说也，老舍一介文人，竟也死于邪恶的"文艺黑线专政"论的毒箭之下，真是惨事。我们的了解是，他不是溺死在一个小湖的水里，他是陈尸在一个小湖的岸边。他的尸首很快火化了，但是他的骨灰盒里没有骨灰！像老舍这样的一个人，一向是平正通达、与世无争，他的思想倾向一向是个人主义者、自由主义者，他的写作一向是属于写实主义，而且是深表同情于贫苦的大众。何况他也因格于形势而写出不少的歌功颂德的文章，从任何方面讲，他也不应该有他那样的结局。然而，不应该发生的事居然发生了。我没有话说，我想起了胡适先生引述《豆棚闲话》所载明末流贼时民间的一首《边调歌儿》：

老天爷，你年纪大，

耳又聋来眼又花。

你看不见人，听不见话。

杀人放火的享尽荣华，

吃素看经的活活饿杀！

老天爷，你不会做天，你塌了罢！

你不会做天，你塌了罢！

老舍最后一部小说是《正红旗下》。一九八〇年六月北京人民文学出版社出版，一四二页，九万七千字。

这部小说作于一九六一年年底和一九六二年。据胡絜青的代序说，这部小说的遭遇很惨，经过也很曲折。小说以写满人为主，而且是清朝末年的满人，并且是以义和团那个时代的骚动为背景。所以在体裁上当然与所谓"现代体裁"不同。老舍所以敢动笔写这一部早就想写的小说，是因为他以为他已获得允许可以"在一定的大前提之下自由选择体裁"，但是他想错了。一九六二年下半年，起了一阵"现代文字狱妖风"，株连了一大批文艺工作者，"谁愿意莫名其妙地因写小说而被戴上'反党'的大帽子呢？""这些文艺政策上的不正常现象就构成了《正红旗下》既没写完，又没发表的原因。"

《正红旗下》原稿一百六十四页成了无法见天日的违禁品，"被藏在澡盆里、锅炉里、煤堆里，由这家转到那家，由城里转到郊区，仿佛被追捕的可怜的小鹿。"我们现在读这部《正红旗下》，真看不出对任何人有违碍之处，也许其唯一可议之处是缺乏合于某些时尚的标语口号。也许这部小说是忠于历史、忠于人性、忠于艺术的写实作品,而不是什么为谁服务的东西,于是犯了忌讳。总之是这部长篇小说刚刚开了一个头,介绍,故事中几个人物,刚刚要写到义和团事变,刚刚要写到他父亲的惨死,便停笔了,而且残稿一直没有能发表,直到老舍死后好久才得出版。

这部小说没有写完是一憾事。在作风上这部自传性质的小说和以往作品不同,态度较严肃,不再在口语文字方面的诙谐取巧。毫无隐避的这是自传性质的一部小说,不过究竟是小说,不是自传。人物是真的,背景是真的,故事穿插有真有假。从这部小说中我们可以明了老舍的身世。

老舍生于光绪二十四年腊月二十三日(西历一八九九年二月三日),正是糖瓜儿祭灶那一天。他本名舒庆春,旗人有名无性,指名为姓,晚近多冠以汉姓,所以老舍到底原来是何姓氏,是不是姓舒,现无可考。对于老舍最有研究的胡金铨先生在他的《老舍和他的作品》一书中也说:"舒字可能是排行……我们就暂定他姓舒。"

我近阅崇彝著《道咸以来朝野杂记》(页四七),据说"满洲八大姓"之一是"舒穆鲁氏",绎姓舒。可能老舍姓舒,绎自舒穆鲁,并不是名字之上冠以汉姓。这是我的猜测,无关宏旨。

老舍的出生地点,在《正红旗下》附录有详细的说明,是很有趣的,他出生"在一个顶小顶小的胡同里……一个很不体面的小院",在西城护国寺附近的小杨家胡同(以前名为小羊圈,后嫌其不雅而改令名)。现在这小院的门牌是八号。这个"不见经传"的地方,在老舍笔下实际上已被描写过许多次,他告诉过我们:

"我们住的小胡同里,连轿车也进不来,一向不见经传"(《吐了一口气》),最窄处不过一米,最宽处不过一米半左右,唯因其不见经传,至今没有被拆掉,没有被铲平。"那里的住户都是赤贫的劳动人民,最贵重的东西不过是张大妈的结婚戒指(也许是白铜的),或李二嫂的一根银头簪。""在我还是个孩子的时候,我们的小胡同里……夏天佐饭的'菜'往往是盐拌小葱,冬天是腌白菜帮子,放点辣椒油。还有比我们更苦的,他们经常以酸豆汁度日。它是最便宜的东西,一两个铜板可以买很多。把所能找到的一点粮或菜叶子掺在里面,熬成稀粥,全家分而食之。从旧社会过来的卖苦力的朋友们都能证明,我说的一点不假!"(《勤俭持家》)在《正红旗下》里,特别是附录里,老舍诞生地的实在情形描写得更是详尽。我强调这个破落的大杂院,是要说明老舍出身是何等的清苦。老舍出生到长大,一直就是在这样一个穷苦的环境里打转,照理说他的所谓"成分"应该算是很好,应该算是很"普罗"的了,然而他还不能免于文艺政策的歪风之一厄!

老舍是旗人。旗人就是满洲人。清太祖时,士卒分编为八旗,以黄、白、红、蓝四旗为左翼,镶黄、镶白、镶红、镶蓝为右翼,是为满洲八旗。太宗时添设蒙古八旗,汉军八旗,扩大编制,攻占全国。满、蒙、汉旗兵共约二十八万人,拱卫京师,并分驻国内重要地区。最初旗人都是旗兵,后来繁衍日众,旗人不必是兵。但是朝廷优遇旗人,每口按月发放饷银。从此旗人成为特权阶级,养尊处优,生活安逸。清朝并不像元朝那样的歧视汉人,元人以蒙古人为优先,色目人次之,汉人又次之,南人最下。清代比较开明,虽然满人、汉人之间显然仍有轩轾。尤其是旗人领饷一事,造成民间不平的现象,养成旗人懒惰的恶习,最为失策。满洲人本是优秀的民族,八旗兵本是勇悍的战士,但是到清朝晚年,大部分旗人已经不能维持其优越的生活水准,不待辛亥革命全面停发饷银,旗人早已沦为穷困的阶级了。老舍笔下的北京贫民,正是当时典型的旗人。

在清朝晚年，北京的旗人、汉人已经在生活习惯上大体互相影响，有融为一体之势。民族间的创痕经过几百年时间的冲淡，已经不复成为严重的课题。不过旗人与汉人之间究竟还有一些不同的地方。例如：旗人礼貌特别周到，繁文缛节也特别多，旗礼比汉礼要多很多讲究。旗人说话也特别委婉含蓄，声调和缓而爽朗，不时的带着一点诙谐打趣的味道。在生活享受的艺术上，旗人也是高人一等，不分贫富，常能在最简陋的条件下获致最大的享受。诸如此炎，不胜枚举。道地的北京人能很快地辨识谁是旗人谁是汉人。可见汉满之间的分别尚未尽泯，满人的民族意识还是存在的。老舍对于旗人，尤其是赤贫的旗人，就很关切。他这一部《正红旗下》便是以全副力量描写他自己的身世，也同时描写那一时代的旗人生活的状态。可惜的是他没写完。

一九六四年夏天老舍在河北密云县[1]枟营大队住了约三个月。为什么老舍要到那地方去？是"劳动改造"？是"下放"？是自费旅游？是官方招待？我们不知道。老舍有一篇散文题名"下乡简记"，记他的枟营之旅，开头一段是这样的：

地点：密云县机关公社的枟营大队。枟营位于密云县城外东西，约五里。原因：为什么要到枟营去？因为这里有不少满汉旗人。在辛亥以前，满蒙旗人当兵吃粮为主要出路，往往是一人当兵，全家都吃那一份钱粮，生活很困难，赶到辛亥革命以后，旗兵钱粮停发，生活可就更困难了。旗兵只会骑马射箭，不会种地，没有手艺，钱粮一停，马上挨饿。他们的子弟呢，只有少数念过书，又不善于劳动，只有做一些小生意，往往连自己也养不活。

---

[1] 1914年，密云属京兆地方。1928年，改京兆为北平，密云改隶河北省。

原来，清朝皇帝对旗人的要求，就是只准报效朝廷，不许自谋生计，这就难怪他们不善于劳动了。辛亥革命呢，又有点笼统的仇视满人。这么一来，整整齐齐的杄营就慢慢地变成"叫花子营"了！有的人实在当无可当，卖无可卖，便拆毁了营房，卖了木料；有的甚至于卖儿卖女！拆、典、当、卖、死、走、逃、亡，悲惨万状。这里原有满蒙旗人二千户，是乾隆四十五年由北京调拨来的，担任皇帝到承德去避暑或狩猎的中途保护工作。到解放时，只剩下二百多户，都极穷困。因此，我要去看，他们今天是怎样活着呢。

老舍出生地小杨家胡同在北京城里，辇毂之下，在义和团时代即已堕落成那个样子，由北京调拨到密云县的杄营大队，情形还好得了吗？似乎不能怪辛亥革命之仇视满人。一大群人任事不做平白领饷，无论如何是说不过去的。清朝最初也不是完全不重视八旗的教养，《清会典》："八旗都统，满洲八人，蒙古八人，汉军八人……掌八旗之政令，稽其户口，经其教养，序其官爵，简其军赋……"二十四位都统，还有四十八位副都统，在"经其教养"方面究竟做了些什么事？据《清会典》事例："雍正七年议准，满洲蒙古，每参领下各设学舍一所，十二岁以上幼丁均准入学"，是为"八旗义学"。又"顺治元年定，八旗各择官房一所，建为学舍，以教八旗子弟"，是为八旗官学。此外，八旗有公产，"不下数十万亩，详查八旗闲散人内，有正身情愿下乡种地者，上地给予一百亩，中地给予一百五十亩，下地给予二百亩，令携家口居乡耕种。初耕之年，量给牛种房屋之资。"又"雍正二年覆准，以二百余顷作为井田，将无产业之满洲蒙古汉军，共一百户，前往耕种，每户授田百亩，凡八百亩为私田，百亩为公田……设立村庄，盖土房四百间，给予种地人口粮耕牛籽种农具，以便耕种，并于八旗废官内拣选二人前往管理"。凡此种

263

种法令设施，早年对于旗人福利之关切不可谓漫不经心，此后苟能本此精神认真办理，旗兵驻扎之地的后人应该不至于沦落为"叫花子营"。此则吾入读《正红旗下》之后，于表示同情之余，又不能不有的一番感慨。

老舍写《正红旗下》的真正主题，据胡絜青的说明，乃是"要告诉读者：清朝是怎样由'心儿里'烂掉的，满人是怎样向两极分化的，人民是怎样向反动派造反的，中国是一个何等可爱的由多民族组成的统一的大有希望的国家"……这一个伟大的主题，由于这部小说才写了一个开端便停止了，我们无法看到老舍怎样的去发挥。

老舍夫人胡絜青是一位画家，曾拜在齐白石门下，大笔纵横，饶有气魄，最近曾在香港展出她的作品，我看到她的精印的画册。

附印在文左她写的四个大字："健康是福"，我们不难从这四个字揣想她的心情，一个人能健康地活着便是幸福，这是人生起码的条件，然而也是很难得的理想啊！

我又在这里印出老舍夫妇的一张照片，照片背面有胡絜青的题字，是一九六四年冬在老舍书桌旁所照。

附　录

实秋兄：

　　北碚别后，想已康复健饭；天暑，千万珍重！在碚，友众酒香，返乡顿觉寂苦——此间唯鼠跳蛙鸣，略有声色耳！工作之余，以旧诗遣闷，已获数律。笔墨游戏，不计工拙，录呈乞政，或足当"清补"剂也。祝吉！

弟舍启
业雅先生祈代候！

久许文藻冰心兄登山奉访，懒散至今，犹未践诺，诗以致歉

中年喜到故人家，挥汗频频索好茶！
且共儿童争饼饵，暂忘兵火贵桑麻；
酒多即醉临窗睡，诗短偏邀逐句夸！
欲去还留伤小别，门前指点月钩斜！

端午大雨，组湘兄邀饮

端午偏逢风雨狂，村童仍着旧衣裳。
相邀情重携蓑笠，敢为泥深恋草堂！
有客同心当骨肉，无钱买酒卖文章！
前年此会鱼三尺，不似今朝豆味香！

节日大雨，小江（组湘男孩）着新鞋来往，即跌泥中

小江脚短泥三尺，初试新鞋来去忙；
迎客门前叱小犬，学农室内种高粱；
偷尝糖果伴观壁，偶发文思乱画墙；
可惜阶苔着雨滑，仰天踬倒满身浆！

村 居

茅屋风来夏似秋,日长竹影引清幽。
山前林木层层隐,雨后溪沟处处流。
偶得新诗书细字,每赊村酒润闲愁;
中年喜静非全懒,坐待鹃声午夜收!
半老无官诚快事,文章为命酒为魂!
深情每祝花长好,浅醉唯知诗至尊。
送雨风来吟柳岸,借书人去掩柴门。
庄生蝴蝶原游戏,茅屋孤灯照梦痕!

中 年

中年无望返青春,且作江湖流浪人!
贪求亏心眉不锁,钱多买酒友相亲;
文惊俗子千铢贵,诗写闲情半日新;
岂能太平鱼米贱,乾坤为宅竹为邻!